JN211219

冬の保安官

新装版

大沢在昌

角川文庫
20160

目次

冬の保安官

シーズンオフの別荘地は静かだった。

夏が過ぎさり、冬を迎えようとしている別荘地には、凝縮された享楽の雰囲気はない。夜は静かで、夏の間の夢の名残りを、遠く闇の向こうへ押しやってしまっている。芝の広がる庭で開かれるようなガーデンパーティのはなやかな笑い声も、けたたましい嬌声もそこにはなかった。

あるのは、雨戸をたてひっそりとした無人の家並みで、音をたてるのは、山の下から吹きあげる風に、枝を触れあわす、葉をすっかり落とした木々だけだ。

男は静かな場所が好きだった。静かな場所にひとりで立ち、音のない空気に耳をすませ、あたりの匂いをかぐのが好きだった。

彼は今、誰も乗っていないジープのかたわらに立っていた。ジープはエンジンの唸りでかすかに震え、ヘッドライトが人影のない家々を照らしていた。

別荘地は、温泉町を見おろす山の中腹に沿ってあった。登ってくる山道はつづら折りで起伏も激しく、ときおり山のふもとを行く車の放つ光が、鋭い角度で夜空をよこぎっていった。だが今夜そこまで登ってきた車は、彼の乗ってきたジープ一台きりだった。

別荘地帯の入口には、小さな監視所がある。そこには年寄りの管理人がいて、あた
が雪に閉ざされてしまうまで暮らしているのだった。

　男が立っているのは、山の頂上に向かっている舗装された山道で、平地と山頂のほぼ中間あたりの高さに位置し、最も別荘が多い丘につづいていた。そこまで来るとようやく、山道の傾斜はなだらかになり、道幅も広くなるのだ。

　道の両側に立ちならぶ別荘の大半は個人の所有物だが、中にはいくつかの貸別荘もあった。男にとってはたいしたちがいではない。人のいない別荘地は、彼にとっては単なる仕事場であり、その静けさが彼を満足させた。

　夏の別荘地にあるのは、短い季節の間に精いっぱいの快楽をむさぼろうとする人間たちの欲望だけだ。年とともに、やってくる者の顔ぶれが変わろうとも、そこで彼らがわずかな時間に費す、金や無駄な努力は同じだった。何かから逃れるように、暑苦しい街からやってきたとしても、結局は再びそこに戻っていくことになるのだ。

　男は長い時間、そこに佇んでいた。ただひっそりと、あたりの景色と同じように、動かず立っているだけだ。年は四十を幾つかこえたぐらいで、贅肉のつきはじめた体は、がっしりとしている。

　顔だちは全体に優しく、目尻には笑い皺があった。その目はときおりあたりを見回したが、特に意識しているものはないようだった。火のついた煙草を、腰のあたりにたらした大きな手にはさみ、立ち昇る煙がけむたいかのように目を細めている。

引退したスポーツ選手を思わせる大柄な体は、襟に毛皮のついたジャンパーで包まれていた。

見上げると、都会では見ることのできない澄んだ夜空に、溢れるほどの星が浮かんでいた。一年中で、最も美しい星空を眺められる時期なのだった。

彼は煙草をジープの灰皿で消し、エンジンとライトを切った。助手席から大型の懐中電灯をとりあげ、ベルトで肩から吊るす。

それから誰もいない別荘を見回すと、最も近い場所にある一軒に向けて歩き出した。

懐中電灯はつけない。晴れた夜空には、充分道を辿れるだけの明るさがあった。

冷えた夜気が、彼の吐く息を白く変えた。

その別荘は白塗りの瀟洒な木造二階建てで、落ち葉の中に埋もれていた。山道からわずかにそれた斜面にあり、昇り坂になった階段が、おもちゃのようなポーチにつづいている。

階段は地面に短く切った丸太を埋めこんで作ったものだった。彼は階段を昇ると、戸口に立ち、懐中電灯を点した。

錠前の具合を見、同じようにフランス式の小窓におりた雨戸を調べる。錠前はきちんとかかっていて、こじあけられたような跡はなかった。

男はその家をひと回りした。かさかさに乾いた落ち葉を踏みしめ、二階を見上げる。

入念に、変わった様子がないことを確かめ、電灯を消し、元の山道に戻った。

彼は次の別荘に向かった。一軒一軒を丁寧に調べていく。どこもすべて無人で、異常はない。

やがて彼は駐めておいたジープにひきかえした。来たときと、何ひとつ別荘地に変化はなかった。

その夜の彼の仕事は、それですべて終わりだった。冷えの厳しい山で、寝床の調達を他人の家で果たそうとしたり、乾燥した空気と暖をとるための焚き火の関係について無頓着な人間がいないかどうかを確かめるのだ。

たまに、もう少し手癖の悪い手合いを相手にすることもあった。が、それとて、彼には重大な問題ではなかった。彼は、この仕事が気に入っているのだった。

男はジープの中で数本の煙草を灰にすると、車首を巡らせた。

山道をゆっくり下っていく。

時刻は真夜中すぎで、その晩はもう、別荘地にやってくる者はいない筈だった。

いつ、どの別荘が利用されるかは、常に、前もって所有者または使用者によって、管理人を通じ、彼に連絡されていたのだ。

彼が実質的な管理を受けもっているのは、五十軒近い別荘だった。彼はそのすべての利用日程のリストを持っており、その夜は、うち二軒にしか人はいなかった。

その二軒のたっている地帯はもう見回ったあとだった。山のふもとの方の別荘地帯だ。

山道を下っていった彼は、道に面した一軒の別荘の前で車を止めた。それは山小屋風に造られた二階屋の建物で、横手にコンクリートをしいた駐車場を持つ別荘だった。

そこに一台の車が駐まっていた。メタリックブラウンのトランザムで、一階の窓からもれる灯りが車体を鈍く照らしている。

前にそのあたりを見回ったときには、なかった車だった。

周囲の別荘はいずれも無人で、その別荘も今夜は誰も利用者がいないことになっていた。

彼はジープを止めても、すぐにはおりなかった。座席の中で背すじをのばし、じっとトランザムを見つめていた。

その別荘は個人の所有で、メタリックブラウンのトランザムが過去に駐まっているのを見たことはなかった。

やがて彼はジープのエンジンを切ると、おりたった。別荘の木の扉は閉じていて、灯りがもれているのは、横手の窓におろされたブラインドのすきまごしだった。

彼は懐中電灯を点し、ダッシュボードからバインダー型のリストをとり出すと、その別荘の持ち主を調べた。持ち主は、横浜に住む、芸能プロダクションの社長だった。しかしその男が他にもあまり人にはいえぬような副業を営んでいることを、彼は知っていた。

駐車場の入口には、鎖をはりわたした柱が立っている。車を入れるには、その柱をコンクリートの床から抜き、鎖をたるませるのだ。柱はがらんどうのステンレスで、たいした重さはない。

彼は鎖をまたぐとトランザムに歩み寄った。ナンバープレートを照らす。横浜のナンバーがついていた。

ボンネットに掌をのせた。冷えきっている。十分もあれば冷えきる季節だ。それだけのことをすると、彼はもう一度背すじをのばして無人の車を見つめた。それから落ちついた足取りで駐車場をよこぎり、家の扉の前に立った。頑丈な樫の板で作られた扉には、真鍮のノッカーがついている。そのノッカーを、彼はゆっくりと叩いた。金属製の音があたりに響いた。周囲はまるきりの闇だった。

返事はなかった。彼は再びノッカーを叩いた。

扉が不意に開き、彼は暖かそうな光に包まれた。同時に、銃口と向かいあっていた。拳銃は小型のオートマチックで、持っているのは頭をポニーテイルにした少女だった。真夜中の別荘よりも、真昼の原宿が似合いそうなその娘を、彼はじっと見つめた。

ポニーテイルにはパラシュートスカートと同じ花柄のスカーフが巻きつけられ、白の飾りボタンがついたブラウスに、黄色いカーデガンを羽織っている。

年はどう多く見積っても、運転免許を取得できる、ぎりぎりというところだ。娘は、薄くルージュをひいた唇をきつく噛み、両手で拳銃を構えていた。整った顔立ちの中で、幼さと成熟しかけた女の表情が入り混じっている。眼の下には、年頃には似合わない、うっすらとした隈があった。

男は低い声でいった。

「それの使い方を知っているかね？」

娘は一歩退くと答えた。銃口は彼の胸元に向けられたままだった。

「知ってるわ」

「だったら、試してみる必要はない。私はこの別荘地の保安管理人だ。シーズンオフの間の警備を担当している。今夜、ここには誰も来ないと聞いていたから、よったんだよ」

「そう」

娘は小さく頷（うなず）くと銃口をおろした。長い時間、ひどい緊張を強いられていたようだった。息を吸いこむとき、肩が震えた。

「あたしもここに今夜来るなんて、朝起きたときには思ってもみなかったわ。それに、ここってすごく寒い」

彼は娘の肩ごしに一階の部屋を見渡した。一室で一階の大部分を占めるその部屋には、毛脚の長いカーペットがしきつめられ、暖炉に似せたストーブが勢いよく燃えている。

丸太を組んで作ったように見せかけられた壁には幾枚かの絵がかけられ、部屋の正面には、大きな革製のソファが並んでいた。

ソファの中心のテーブルの上に、ブランディのフロスティボトルとグラスがひとつのっていた。部屋の中には、娘の他に誰もいない。

「ひとりかね？」

彼は視線を娘に戻すといった。娘は男の背後にある夜をのぞきこんでいたが、はっとしたように顔を上げた。

「そ、そうよ」

「寒いのならドアを閉めてもいいのだが」

娘は頷いた。彼は玄関に一歩踏みこみ、うしろ手に扉を閉じた。

娘は男の革のジャンパーを見つめた。

「暖かそうね」

男が無言で頷くと、娘は初めて笑みを浮かべた。幼さが女に勝ったのだった。

男もほほえみ返した。それは、見る者を落ちついた気分にさせる笑みだった。

「君も暖かそうじゃないか」

男がいうと、娘は小首をかしげた。瞳（ひとみ）から心細さが消え、勝気な光が瞬（またた）いた。

「体はね」

年には似合わぬ口調だった。

「ほう？」

娘は再び男の方に向き直った。

「おじさんの声、素敵ね。もっと聞きたいな。暖炉のそばに来て、少し話していかない？」

「そいつをどこかに置いておくと約束してくれるならね」

彼はいった。

「あら」

娘はいって、手にした銃を見おろした。

「こんなものにびくびくすることないわ。おじさん見るの、初めて？」

男は微笑を浮かべたまま首を振った。

「じゃいいじゃない」

口調には、どこか男に阿るものがあった。まだ十代だとしても、充分に女であることを知る機会はあったのだ。

娘は暖炉のそばのソファを指した。

「さ、早く。靴は脱がなくていいの」

男がゆっくりと部屋にあがると、娘は拳銃をセンターテーブルの上に置いた。ゴトリ、という音は、小さいながらも人の命を奪うに充分な力があることを示していた。

男はソファに腰をおろし、娘の方は向かず、炎を見つめた。

「こんなに寂しい所で何をしているのかね？」

「あたし？　孤独を楽しみに来ている、といったら信じる？」

「いいや」

男は静かに首を振った。

「そうね。あたりまえね」

娘はくすっと笑って、テーブルから煙草をとり上げた。ライターは、娘には似合わない大ぶりのデュポンだった。

男は娘が慣れた仕草で煙草を吹かすのをじっと見つめた。

「たまには寂しいのって好きよ。でも今はちがう。待ってるんだ、あの人を。この別荘の持ち主。年は、そう……おじさんより少し下かな。悪い奴。でも、あたしには優しいよ。お前は娘みたいだってよくいわれる。いやらしくない？　なんだか」

娘は笑った。白い喉が赤い光りに映えた。

「こんなことというの変かな」

「いや。年より大人なんだなと思うだけさ」

男は首を振ってみせた。

「あたしさ、こういう所の管理人てみんなもっとお爺ちゃんばかりだと思ってたわ。ちがうのね」

「そう――最近、たちのよくない連中がときどき勝手に入りこんだり、悪戯をしたりするんでね。私は特別に雇われたんだ。冬の間だけ。だが今年で三年目になる」

「保安官だ、じゃあ。バッジもピストルも持っていないけど。よかったらこれ、貸してあげようか」

娘は屈託なげに笑った。

「それは、君の恋人がくれたのかい？」

「そう。お前持ってろって。あとでここにあの人も来るわ。先に行って待ってろっていわれたの」

男はかすかに頷いた。

「欲しい？　ピストル」

「いや、必要ないさ。静かな街なんだ」

静かすぎるときもある、と彼は思った。たまには昔のことを思い出す。あまりにも忙しく、何もかも、考えるということができなかった日々を。

「おじさんもここに住んでるの？」

「はずれの方にね」

「奥さんや子供は寂しがらない？」

娘は新しい煙草の火口を見つめていった。

「いないんだ」

目を丸くした。

「別れたの？」

「そう」

「おじさんのことを理解できなかったのよ、きっと。あたしのママもパパと別れちゃったんだけど、よく、パパのことがわからないってこぼしてたわ。でも一番わかってなかったのは娘のことよね。あたしのこと、すごくいい子だって思ってたんだから」

「反対じゃないかな。理解しすぎていたから別れるってこともある」

「ふうん。人間て、そんなものかな。片っ方が片っ方を理解しているときは、もう一方は理解していない。結局、わかりあえたときは遅すぎたりしてね」

娘は笑った。今度の笑いは、男を意識した、どこか寂しげな笑いだった。

確かに遅すぎた。男は思った。彼には色々なことがわかったが、そのときにはもう他に何もなかった。そこで彼は仕事をやめ、この別荘地で働きだしたのだ。仕事は決して易(やさ)しいものではなかったが、彼にとっては生き甲斐(がい)だった。それがある日から、意味のない、つまらぬものになってしまったのだった。

彼は、ふと、今よりもっと寒い晩に、雨に打たれてずっと立っていたことがあったのを思い出した。

男は立ち上がり、暖炉の前に立つと手をかざした。炎は暖かだった。

暖炉の上には、六十号ほどの大きな絵がかけられていた。若い女が暗い街並を背にし、街灯によりかかっている。幼さの残るその横顔に、男の気を惹(ひ)かずにはおかない翳(かげ)があった。

「これは君かい？」

男はジャンパーから煙草をとり出し、オイルライターで火をつけた。

「そうよ」

娘は頷いた。

「あの人が知りあいの絵描きさんに頼んで、描いてもらったの。素敵でしょう。いつかあたしを大スターにしてやる、そうしたらすごい値打ちが出るぞ、でも俺は売らないって。アハハ、おかしいね」

「そう、君ならスターになれるかもしれない。この絵の君は少し寂しそうだが」

「精いっぱい気どったの。そしたらそんな顔になっちゃった。寂しいのは……」

娘はいい淀んだ。

「もう、スターは無理ね。いろいろあたしのために無理しておかしくなっちゃったみたいだから。この別荘も売るんだって」

「そうか。でもまた機会はあるさ。それより――」

男はあっさりと頷き、絵の背景を見つめた。横浜の街だった。外国人が多く、一日に幾つもの出来事がある盛り場だ。

「このバックは――」

男の言葉に娘も立ち上がった。絵と同じようにマントルピースによりかかったポーズで見つめた。

「わかる？　あまりきれいなとこじゃないけど、にぎやかで好きなんだ。あたしここで育ったの。知ってる？」

男は無言で頷いた。かつてはそこに彼の仕事場があった。彼はそこで、多くのものを見、学んだ。多くのものを知り、失った。その絵の街が、彼にはなつかしく見えた。見つめていると、雑踏や人いきれ、車の流れや夜のネオンサインなどが、目や耳に甦ってくるようだった。

彼は目を閉じ、首を振った。深呼吸をして、目を瞠った。

「空気が少しこもってきたようだね。入れかえよう」

娘は頷くと、窓のブラインドを見、それから山道とは反対側に面した大きなサッシの窓を開いた。

二人は開かれた空間に歩みよった。眼下に温泉町の光が瞬いている。それは、ちっぽけな光の粒だった。ときおり、風が吹き上げると、別荘の両脇に茂った林の梢がさやさやと音をたてた。

「きれい。あたし、街の夜景って好きよ。なんかこう、胸がきゅっとするけど」

娘は息を吸いこんだ。

風にのって車の音が室内に流れこんだ。それはクラクションだったが、あまりに遠い距離をへだてていて、何か奇妙に現実離れをした響きがあった。

「まるで絵みたい。こんなところでずっと暮らしたらどうかな。飽きちゃうかな」

娘は独り言のようにいった。

「君には静かすぎて、つまらないだろう」

「でも、こういうのもいいなって思う。ガチャガチャしてばかりいるのが生活じゃないかもね」

「そしていつでも銃を持つ？」

「まさか。本当は使い方なんて知らないもん」

「恐かったんだな」

「そんなことないわ！」

不意に激しく娘はいった。

「あたし、恐いなんて思ったこと一度もないわ。そんなことでビビってたらスターになれっこないじゃない」

「…………」

「もう、どっちでもいいけどね。面倒くさい。あーあ、アイスクリームが食べたいな」

彼はほほえんだ。

「ね、こんなところでさ、ストーブにあったまりながら冷たいアイスクリーム食べるのって、すっごい贅沢だと思わない？」

「ここにはないのかね」

「そんなガキっぽいもんおいてないって。前にそういったらあの人に馬鹿にされちゃってさ」

「じゃあ次に見回るとき、持ってきてあげよう」

「本当?! あたしチョコレートとナッツがかかってるのが好きなの。本当は太るとヤバいからさ、ずっと我慢してたんだ」

彼は太い息を吐いた。

「さて、そろそろ、お暇しないと。夜が明けてしまう」

「そっか。お仕事の邪魔した？」

娘は窓枠にうしろ手を突いて、体をのばした。

「少しも。もう仕事はすんだんだ。あとは帰って寝るだけだ」

「おじさんちもこんなに広いの？」

「いや……」

男は苦笑した。

「狭くて、ここより寒いよ。ただしここと同じように、鳥や虫の声が聞こえる」

「そう。あたしんちもすごく狭かったからさ、こんな広いところにいると、恐くはないけど何していいかわかんなくて困っちゃう」

「本でも読んだらどうかね」

「うーん、得意じゃないな。でもお掃除や料理は好きだから。普通の食べ物やお酒はどっさりあるんだ」

「君の、その彼はいつ現われる？」

「さあ、知らない。今日か、明日か。アイスクリームを買ってきてくれないことは確かよ」

「もし何か必要になったら、電話で麓の管理人詰所に連絡すれば役に立ってくれる。番号はここだ」

男はジャンパーの内側から手帳を出すと、番号を書きとめ、破いた頁を渡した。

「おじさんもそこにいるの？」

「いや、私はちがう。見回りの初めと終わりに寄るだけだ」

彼はソファに置いてあった懐中電灯をとりあげると、玄関に向かった。

「それじゃ、おやすみ」

扉に手をかけて振りかえった。

「ありがとう、おもしろかったよ。これからも頑張ってね」

娘はにこっと笑った。

「おやすみなさい」

男が外に出ると、東の空には、薄い青みがさしていた。

息が濃い白に色を変え、地面にもびっしりと霜がおりている。

男はジープに乗りこみ、エンジンを始動した。冷えきったエンジンが温まるのを待ち、ゆっくりと車首を巡らし、下りにかかる。

山道を降りていくと、下から一台のライトが登ってくるのが見えた。相手が見え隠れするカーブをいくつか過ぎ、やがて二台の車は向かいあう形で止まった。

それは黒塗りのクライスラーだった。ジープとすれちがうには、道が狭すぎるのだ。

クライスラーには二人の男が乗っていた。二人とも若く、険しい人相をしていた。

助手席にすわっていた男が窓をおろし、かみつくような口調でいった。

「車をどけろよ、おい」

つづいて、運転していた男がドアを開いておりたった。

「おっさん、この辺で茶色のトランザムを見かけなかったかい。平べったいアメ車だ」

男は無言で若い男を見つめた。ジープをおり、その男の前まで歩いていくといった。

「久しぶりだな、ミッキー」

ミッキーと呼ばれた男は不審そうに、薄明りを通して相手の顔をのぞきこんだ。

あっという声がその口からもれた。

「あんたは――」

二人の男は古馴染みだった。そう遠くない昔、男は猫で、ミッキーは鼠だったのだ。

男は首を振った。

「あいかわらずか、ハマの様子は。お前ら、今でもデカい面して歩いているようだが」

ミッキーは返す言葉もないようだった。ただ呆けたように男を見つめていた。

助手席にすわっている男がいらいらしたように、窓から首を出し叫んだ。

「何やってんだ、ミッキー。早いとこ女を見つけねえと、兄貴にヤキ入れられちまうぜ」

「ふん」

男は笑い、ミッキーが着こんでいる洒落(しゃれ)たツイードのコートの襟をひっぱった。

「出世は遅いようだな。え、ミッキー」

「うるせえ。警察(サツ)をやめた野郎にとやかくいわれる筋合いはねえよ。それより、茶のトランザムを見なかったのかって訊(き)いてるじゃねえか、どうなんだ」

「帰れ」

男は短くいった。

「なんだと」

「ここからUターンして帰んな。今夜は、誰もここへは来なかった。だから帰るんだ」

彼の声には少しも荒いところはなかった。だが、ミッキーのような男達が逆らえない何かがあった。車中の男も、もう何もいわなかった。

ミッキーは男の顔をにらみつけようとした。しかし視線が合うと、自分から外していった。

「野郎、いいかげんなこといいやがると――」

男は不意にミッキーの襟をつかんだ手に力をこめた。ミッキーの顔をのぞきこめる位置までひきよせる。

「何しやがる、この、放せ――」

「何があったんだ?」

「誰がてめえなんかに……」

男はさして苦労もせず、絞めあげた。

「何があった、いえ」

次の瞬間、右手の甲でミッキーの顔を殴りつけた。膝で下腹部を蹴上げる。

「よせっやめろっ」

ミッキーは鼻をかばって叫んだ。車中の男が飛び出したが、手を出したものかどうか、迷っているように、見つめていた。

「いうんだ。いわんと、鼻の骨をへし折るぞ」

「わかった、わかったよ、畜生。トランザムのスケの野郎は、組の銭をパクったんだよ。他にもあちこちからパクって、組と警察の両方から追われてるんだ」

「埋めてこいといわれたのか、え、おい」

「知らねえよ。そんなことあんたにいえるわけねえだろ」

男はミッキーを突きとばした。

「帰れ。ここから降りるんだ。お前らのようなクズは通さん」

「畜生め」

ミッキーは顔を押さえて立ちあがり、クライスラーの扉を開いた。

「へっ。ハマのシェリフとまでいわれた野郎がこんな田舎で、別荘の番人とはたいした出世だぜ。仲間うちにもよくいっといてやらあ。お前が寂しい場所で暮らしてるって聞けば、喜んで訪ねてくる野郎もいるだろうよ。昔のお礼をしにな——」

ドアは音高く閉まり、クライスラーはバックのまま山道を下っていった。

男は薄い笑みを浮かべ、黒い車が見えなくなるのを見守った。

その赤い尾灯が見えなくなるのを待ち、彼はジープに乗りこんだ。途中、クライスラーがわき道に隠れていないかを確かめながら、下っていく。

下り坂の終わりが別荘地の入口だった。そこには管理人詰所があり、今、その前には数台の車が駐(と)まっていた。うち二台がパトカーだった。

管理人詰所は木造の小さな家で、瓦(かわら)ぶきの屋根からは煙突が出ている。男はジープを駐め、ガタガタと鳴るガラス戸をひいて中に入った。

家の中には七十過ぎの老人と、ダルマストーブを囲むように、数人のがっしりとした男たちが立っていた。ひとりだけ、黒のコートを着た初老の男が、皆から離れ、土間のあがり框(かまち)に腰かけていた。手にコーヒーの入った金属カップを持っている。

彼が詰所に入って老人に頷くと、その男はカップを置き立ちあがった。そして彼と向かいあった。

やがて初老の男がいった。

「久しぶりだな」

「四年ぶりですか」

彼は答えた。

「そうだ」

初老の男が煙草を出してくわえると、男はオイルライターの炎をさしだした。

「さっき、そこでミッキーに会いました。娘を追っているんですか」

「いや」

初老の男は煙を大きく吸いこんでからいった。

「その、男だ。ここで愛人の娘と落ちあい、ほとぼりが冷めるのを待ってから、高飛びをする気らしい。ミッキーは、今そこで逮捕した。車の中にオモチャを積んでいたからな。また当分喰らいこむことだろうよ」

「あいかわらずのようですね。しかしまさか、こんな所でお会いするとは思ってもいませんでしたよ、課長と」

「まったくだ。調べてみたら、奴の立ち回り先になりそうな所に、君が勤めていると聞いていた別荘地があったんで、驚いた」

彼は微笑を浮かべた。

「そいつはまだこちらには来ていませんよ。別荘には娘がいるだけです。娘もひっぱるんですか」

「いや、共犯ではないし、本人は何も知らんだろう。いずれ、出るところには、出なければならんだろうが」

彼は小さく頷いた。

「ところで、こちらはどうだい？」

初老の男は訊ねた。

「いいですね、静かで。誰かさんのように、しんどい体をあちこちに運ばずにすむし、夜っぴて追ったり、張ったりすることもない」

男は笑顔を大きくした。

「そうか、こいつめ。ときどき、うらやましくなるよ。君のように辞めてよそへ移っていった連中が」

「あなたには無理ですよ、課長。あなたにはこんな生活は平和すぎて、我慢できないにちがいない」

「そうかな」

課長と呼ばれた初老の男は、ガラス戸を通して、別荘地に登っていく道を見上げた。

「君でもできるのなら、私でもできるだろう。さっき、ミッキーが懐しい渾名をいっていたぞ。ハマのシェリフに会った、とな。今じゃ、この――」

パトカーから降りた制服警官が、管理人詰所のガラス戸をひいた。

「課長、県警から無線が入っております」

「ちょっと、すまんね」

初老の男は彼に頷くと、コートの襟を立てて詰所を出た。

男は、パトカーの排気筒から吐き出される白いガスを見つめていた。寒すぎるときもあるし、平和すぎるときもある。しかし、自分は今これで満足している。

初老の男がパトカーを出、戻ってくると、大きな声でいった。

「奴があがった。今しがた県境で押さえたそうだ」

男たちがやれやれ、という声をもらした。それを聞いて、彼は初老の男に微笑してみせた。初老の男も笑い返すと、大きなくしゃみをした。

「いかん。ここはどうも私には寒すぎる。それじゃ、あとで娘を連れにくるから、すまんがそのときまで、娘の動きをそれとなく見ておいてくれんかな」

「お安い御用です」

彼は頷いた。そして、刑事たちが車に乗りこみ、立ち去っていくのを見送った。

車が見えなくなると、男はジャンパーの前を開いて、あがり框に腰をおろした。

管理人の老人がいれたコーヒーを受けとり、さっき初老の男が見ていたのと、同じ方角を眺める。

だしぬけに詰所の電話が鳴り、男は一瞬驚いたようにそれを見つめた。が、すぐに立ちあがり、受話器をとって耳にあてた。

「もしもし――」

眠そうな娘の声が流れ出した。

「君か」

「まだ保安官も起きていたのね。徹夜で街の番をするの？」

「いいや。もう帰るところだ」

彼は少しためらった。

「何か必要なものでも？」

「アイスクリーム。……おじさんが帰ったあと、すぐに、あの人から電話があったの」

「………」

「もしもし、聞こえてる？」

「ああ。聞こえているとも」

男は窓の方を見ていった。

「それで？」

「あの人の話だと、当分、事情があってこっちへ来られないのだって。だからあたし、長い待ち惚(ぼう)けをくわされそうなんだ」

「そうか」

「だから、アイスクリーム、忘れずに持ってきて。眠かったのだけど、それが気になって電話しちゃった。おじさんがそこにいてよかった……」

彼はそっと息を吐いた。

「わかった。チョコレートとナッツののったアイスクリーム、忘れずに持っていこう」

「覚えてたんだね」

「覚えていた」

「よかった。へへ、これで安心して寝れるよ」

「おやすみ」

「おやすみなさい」

カチリと音をたてて電話が切れても、彼はしばらく受話器を握っていた。やがてそっと戻し、ジャンパーの前を閉じた。

老人におやすみを告げ、表に出た。ゆっくりとジープに乗りこむ。

彼の顔には、夜が始まったとき、ひとりで夜の空気を楽しんでいた、あの落ちつきに満ちた表情が浮かんでいた。エンジンを始動し、彼は、彼の街につづく山道を、静かに登っていった。

ジョーカーの選択

1

そのイタリア料理店にはふたつの入口がある。ひとつは、飯倉片町から麻布台へと抜ける目抜き通りに面し、ガラスばりの壁から、洒落た内装と気どりで全身をふくらませた客たちの様子が見てとれる位置だ。

もうひとつは、裏側の坂に浮かぶようにして造られ、正面に比べれば暗く陰気で、ぽっかりと口をあけた洞窟のように見える。そこから入ると、表の貌とはうってかわり、赤いキャンドルをともしたバーカウンターの向こうで、どこか剣呑な雰囲気のバーテンダーがシェイカーを振っている。

正面の店は、午前十一時に開き、午前二時に閉まる。裏側にある穴倉のようなバーは、午後六時から午前四時まで営業している。同じ店でありながら、客たちが中を行き来することはできず、またそうする客もいない。

片方は、活気に満ち、流行の服装でふんだんな金の匂いを香水のようにふりまく客たちがひきもきらず席を埋め、常連と覚しい間では、人目を常に意識したやりとりがとびかう。もう片方では、カウンターがすべて埋まるのはまれで、客同士が口をきくことは滅多にない。客の服装はまちまちで、金はかかっているが、ひと昔前にはやったものや、身なりはそれほどでもないのに、つけている貴金属だけが異様に値のはる類いといった調子だ。

　ただはっきりとしているのは、そういった特徴には、理由がある、という点だ。たとえば、ひと昔前のはやりを捨てられずにいる女は、四年前まで、日本最大の華僑の愛人だった。金蔓を失ったのは、男に捨てられたからではなく、男がその肉体の上で死んだためだ。

　情事の最中に突然、男が呻いて動かなくなった。初めは冗談だと思い、揺すったが、身動きひとつしない。そして、今までになく男の体を重く感じ、その目を見たとき息が止まったのを知ったという。

　男は細身の女が好きで、その女も、体重が四十キロに満たない。男は九十キロの巨漢で、翌朝、手伝いの老婆がやってくるまで、女は死体の下で悲鳴をあげつづけていた。

　男の親族の手で死体がひきとられると、横浜と神戸で華やかな葬儀がとりおこなわれた。無論、女はそのどちらにも出席することはなかった。葬儀の数日後、弁護士が女の住居に現われ、住んでいたマンションをひき払うよう通告した。かわりに、部屋数がふたつ少ない別のマンションの部屋と、小さな駐車場の権利証が渡された。女は生きている間、その駐車場からのあがりを受けとれるが、そこを売ったり、ビルにすることができない。

　女にしてみれば、それはどうでもよいことだった。ただ三十二の女盛りで、性交為中の死を体験し、以来、男に抱かれるのを恐怖に感ずるようになったのが、一番の傷手(いたで)だった。体は男を激しく求めるのだが、常に恐怖に負け、ベッドを伴にすることができない。強い欲求不満のはけ口がアルコールとなった。

細身で童顔のこの女は、たいてい夕方から閉店までのどこかの時間帯に、バーに現われる。ときには一日に二度現われることもある。そこにいない時間は、六本木にある他の、いささか怪しげなスナックで酔い潰(つぶ)れているという噂(うわさ)だ。

貴金属をつけている男は、密輸の専門家だ。ただし、武器と麻薬の類いにだけは手を出さない。そのどちらもが、発覚した国によっては死刑に処せられる品だからだ。他のもの、たとえばポルノ、絵画などの美術品、熱帯魚、動植物等、に関しては、驚くほど広範囲な知識と手段を持っている。貴金属は、彼の命綱である。密輸が発覚した場合、ホテルや住居に寄らず、いつでも高飛びする費用をまかなえるよう、あるいは係官に渡して見逃しをとりはからってもらう賄賂(わいろ)として、あるのだ。通帳がなければ役に立たない銀行口座など、彼にとっては何の意味もない。従って、その身につけた、ネックレス、ブレスレット、指輪、時計、カフス、タイピンなどをあわせれば、優に億の単位がつく金額となる。即ち、彼の全財産はいつも、彼とともにある。

バーは、彼にとって、いわば事務所で、特定のものを密輸してもらいたい依頼人は、このバーで連絡をつける、といったわけだ。

シェーカーを振っているバーテンダーについても注釈を加えておこう。年齢は三十四歳、十二年前、ウェルター級の東洋二位までいった元ボクサーである。ボクサーにしては目鼻だちがきれいで、それが原因で八百長事件にまきこまれ、資格を失った。つまりは女だ。ただ、それがなくても、決してそこから上には進めなかったろうと私は思っている。彼の美しい顔だちは、相手を威圧するものに欠けているのだ。そして第一に、その顔そのものが弱点で、ガラスの顎(あご)、グラスジョーだったのである。それを知っていたのは、彼のトレーナーだけだった。そのトレーナーは、彼がリングを去った翌年に肝臓ガンで死んだ。従って、今知っているのは、彼と私のふたりきりだ。私が知ったのは、それから三年後、あるどしゃ降りの晩に、池袋のデパートの発送所の前で、彼と殴りあいをしたからだ。工事で地面がぬかるみ、彼は得意のフットワークを生かせずにいた。そのうちに、私のまぐれあたりが、彼の顎(あご)に入った。さほど力がこもったパンチではなかった。だが、彼の白いスーツの背は、泥にまみれる羽目になった。

以来、あちこちで、私と彼は出会い、すれちがった。今は、彼はこのバーをオーナーに任されている。妥当な人選といえるだろう。

肉がつき、たるみ始めた顎は以前に比べ、ショックアブソーバーとしての機能に富みだしている。その分、かつての美貌(びぼう)は失われ、女で不始末を犯すこともなくなった。私は、彼がこのバーを切りまわすようになって以来――六年、ここの客ということになる。

私がどういう人間であるか、説明をする必要はないだろう。私もまた、このバーの客であるからには、まっとうな人種ではない。

私には、ある渾名(あだな)がある。その渾名を知る者にとってのみ、バーとそこにいる私の存在は有意義になる。その名を告げる者が、現われるまで、一年三百六十五日（バーには定休日はない）、私はそこで待ちつづけている。

「ジョーカーって人に会いたいんです」

十一月最初の月曜の晩だった。入ってきていったのは、品のいいアーガイルのセーターにチャコールグレイのスラックスをつけた若者だった。色白で、どこかおっとりとした顔だちをしている。バーよりも、表のレストランの方が向いているタイプだった。

「俺だよ」

私は短くいって、空になったブルドッグのグラスを、バーテンダーの沢井の前におしやった。

若者は軽く頭をさげ、近づいてきた。バーには他に、華僑の愛人だった女、和美がいるだけだ。顔色に変化はないが、今夜の和美はかなり酔っている。テキーラベースのカクテルを、私が知っているだけで五杯は空けていた。ここに来る前にも、どこかで飲んできたのはまちがいない。

「かわいいわね、ボク」

和美がねっとりとしたかすれ声でいった。

驚いたように、若者の足が止まった。和美を見、私を見た。

「話がすんだら、あたしと飲まない？　がっかりなんかさせないから」

和美はいいおえると、再びグラスに視線を戻した。脚を組みなおす。スリットの入ったブルーのドレスから白い太腿が大きくのぞいた。

「すわれよ」

私はいって、若者に隣のストゥールを示した。若者は無言で腰をおろした。ちらりと和美を見やる。形のいい脚から目をそらすのが困難なようだった。よくわかる。和美は真剣に男に抱かれたいと願っているのだ。だが、いつもぎりぎりのところで拒む。初めて和美を知った男にはそれがわからない。ただ、和美の全身から放たれている飢えだけが、痛いほど性欲を刺激するのだ。

「料金のことは知っているか」

私は新たなグラスを沢井から受けとりながらいった。

「はい。着手金が百万」

「あるんだな」

若者は頷いた。

「話を聞こう。名前は？」

「村山です。あの……女の人を捜して欲しいんです」

「それは後だ。学生か」

村山は頷いた。名の通った私立大の名を口にした。それほど程度は高くないが、金持ちの子弟が多いので知られている。

「親は何をしてる」

ぽかんと私を見た。

「いわなけりゃいけませんか」

「君が払えなくなったときのことを考えている。あるいは、払いたくなくなったときのことを」

「払います」

少しむっとしたようだ。

「払えなくなったらどうだ。事故にあったり、急病で倒れたりして」

「父は知りません。関係のないことです」

「わかっている。俺のところに来る連中は、皆、俺にすら何も知られたくないんだ。だが払いは払いだ、そうだろう」

「もし父のことをいわなかったら、この話はナシですか」

私は息を吐いた。

「全額先払いなら別だ」

村山は頷いた。こわきに抱えていたクラッチバッグを開いた。

「小切手でもかまいませんか」

「キャッシュだ」

「じゃあ、今夜は小切手を書いて、明日ここにキャッシュを届けます。交換では？」

私は目を閉じた。大学生に小切手帳を持たす親に興味がないといえば嘘になる。だが、仕事は仕事だ。

「いいだろう」

村山はクロスのボールペンで二百万という数字を記入した。

その間、私は和美を見ていた。カウンターにつっぷし、ぴくりとも動かなかった。金には興味がない女だ。背中のあいたドレスは、やはり流行遅れだった。男に抱かれることができたら、新しい洋服を買うかもしれない。

そのときは、金に対する考え方もかわるだろう。

目を戻すと、村山が破りとった小切手をさしだしていた。真剣な表情だった。私はそれを受けとると、沢井に渡した。

「預けとく。明日、この子が二百万持ってきたら返してやってくれ」

「明日から臨時休業になるかもしれませんよ」

沢井はニヤッと笑っていった。村山は瞬きひとつしなかった。小切手の使い方を知っているようだった。あるいは、二百万という金額を電車の定期代程度にしか思っていないのかもしれない。

「よし。女といったな」

「速野理麻。本名かどうかはわかりません。年は二十一だといってました」

「学生か」

首を振った。

「何をしてる」

「プロです」

「プロ？　何の」

私の顔を見、今度は和美の背中を見た。息を吸いこみ、一拍おくと答えた。

「プロの売春婦です」

2

私がジョーカーと呼ばれている理由は簡単だ。人ができないことをするからだ。カードの七並べで、ジョーカーは、どうしてもつながらない数字を埋めるのに使われる。数字が普通の人間で、私がそのジョーカーだ。

つながらぬものをつないだあと、私に用はない。別の人間が使うか、そこに捨てておかれるかのどちらかだ。どちらにしても、あれば便利だが、手をアガるには邪魔な存在だ。人々にとってみれば、まさにそうした人間というわけだ。

村山の話を聞き終えると、私はすぐバーを出た。村山は残った。和美がひきとめたのだ。若い盛りだ。和美のような男好きのする女に誘惑され、無視する方が不自然というものだろう。

おそらく、あのバーで二〜三杯飲んだあと、村山は、和美に誘われるまま、近くにある和美のマンションか、ホテルに行くにちがいない。

そして、多分――。

駄目だろう。理由もなく拒絶され、驚いた村山は、少しばかりの屈辱と後悔を胸に、部屋を出ていくことになる。

だからといって、村山を愚かだと思う気持は私にはない。バーテンダーの沢井にしても同じだろう。私も、沢井も、和美を相手に同じ経験を持っている。和美に対して腹はたたない。

ただし、それは理由がわかっているからで、村山の場合はどうだろうか。

村山が女を殴るタイプの男だとは思えなかった。腹をたて、物を壊すことはあるかもしれない。しかし、人を傷つけるのはできそうにない。

人間には、はっきり二タイプがある。意図的に他人の肉体を傷つけることが可能な人間と、そうでないタイプだ。

私は前者だ。沢井もそうだ。あのバーの常連は皆そうだ。そうでなければ生きていけない世界の住人だ。

私が向かったのは、六本木の交差点を麻布十番へ下った右側にあるマンションだった。入口の扉は自動ロックされており、キイを持つか、内部からの操作でない限り開かない。

その上、ごていねいに、閉回路のモニターカメラまでがロビーの天井には吊るされている。私はインターホンの、八階にある部屋の番号を押した。

「はい」

嗄れた女の声が応える。この声を聞くと、いつもカラスの妖怪を連想する。

「ジョーカーだ」

扉がするすると開いた。私は中に入り、エレベーターに乗りこんだ。

目当ての部屋の前まで来ると、ノックもしないのに扉が開かれた。いつものことだ。

扉を開けた丸まっちい小男は、内側にすわっていてエレベーターの音がすると、のぞき穴に目を押しつけるのだ。

小男は無言で内側に顎をしゃくった。

もう一枚、目貼りをされたガラス扉がある。それを開くと、デスクがあって、橋本の婆さんがすわっていた。

婆さん、と呼ばれているが、本当のところはそれほどの年ではない。五十を幾つか過ぎたくらいだろう。部屋の中には、何種類もの香水のかおりが漂っている。

細長いその部屋には、もう二枚ドアが面していて、どちらも閉まっている。婆さんは、電話機が三台並んだデスクの上で、アイスクリームを食べていた。

「何だい」

スプーンですくいあげたアイスクリームをつきだした口に持っていきながら、婆さんはいった。

「上はどうだ」

「いつもの調子さ。まあまあ、だね」

上の階の部屋では、麻雀とカードの賭場が立っている。下のこの階は、博打以外の楽しみを欲しがる客たちの連絡事務所だ。そちらにかけては、やくざがからまぬ店としては、六本木では一番の老舗だろう。

「女の子を捜してる。速野理麻という名を使っている子だ」

「うちじゃないね」

「わかってる。外人相手のグループらしい」

スプーンを置くと、婆さんはティッシュペーパーを一枚ぬき、ていねいに口をぬぐった。

「上玉かい」

「だろうな」

「モデルのアルバイトだったら、『ボナパルト』のマネージャーに聞いた方が早いね」

ボナパルトは、麻布台にあるディスコだった。タレントが集まる店で知られている。そこのマネージャーが小遣いかせぎに、客のモデルたちをV・I・Pの常連に回しているという噂は、私も聞いたことがあった。

「揃ってるのか」

「いやになるね。こっちがいくら磨いても、しょせん玉がちがうやね。ただ、やってる方も商売だとこれっぽっちも思っちゃいないからね。サービスの内容はちがう」

「モノならあっち、サービスならこっち、か」

婆さんは答えず、ハイライトを抜いて火をつけた。

「他にはどうだ」

「すぐ、そこに――」

婆さんは煙を吐いて顎をしゃくった。

「アスレチックの入った外人専用の超高級マンションがあるだろ」

私は頷いた。

「そこに住んでる素人の外人連中が、自分たちの楽しみ用に作ったって話を聞いたこともあるわね」

「それかな」

「ボナパルトの子が何人か抜かれていったらしいよ。そっちの方がサツを気にしないですむし、金になるってんで」

「どこでコンタクトする?」

「日本人は駄目だね。どうしてもってんなら、アスレチックのマネージャーのトビーって男にかけあってみたら。ごついよ、そのかわり」

私は顎をなでた。

「痛いのは好きじゃないな」

「子供を使ってるって聞いたこともある」

「今さらいうほどのことでもないだろう」
十五、六の娘が、十八、十九と偽って商売をするのはよくある話だ。ここにもひとりやふたりはいるにちがいない。
「十や十一くらいのをさ。さすがにあたしんところには、そんなのはいない。去年までランドセルをしょってたような鼻たれじゃ、商売にはならないからね」

「客に日本人はひとりもいないのか」

「いるとすりゃ、お偉いさんだね。役人あたりかね。外国生活が長かったような」

村山が速野理麻と知りあったのは、父親が大使館づとめをしている友人の別荘でのパーティだったという。理麻はそこに、父親の外国人ゲストと一緒に来ていたのだ。ゲストが友人の父親とゴルフをしている間、村山は友人や理麻とともにテニスをした。そして東京に戻ったあと、デートを重ねたのだ。

それが夏のことだ。二週間前、突然、理麻との連絡がとだえた。送っていったことはあるが、中まで入ったことのないマンションに村山が出かけてみると、速野の名前は表札になく、管理人もそんな女は住んでいない、と答えたという。

要するに、理麻はそこに住んでいると偽って、籠抜けをしていたのだ。情事は常に、ラブホテルで行われていた。そこまでなら、村山も、遊ばれたのだとあきらめることができたろう。

ところが一週間前の深夜、村山の部屋に電話がかかってきた。自室においてある電話の番号は、わずかな友人しか知らない。たいていは、母親かお手伝いが出る、家の電話番号を村山は使っているのだという。理麻には部屋の番号を教えてあった。

電話をとった村山は、はじめ悪戯電話だと思った。相手が何もいわないからだ。しかし耳をすませているうちに、低い泣き声が聞こえた。女の声だった。

やがて、小さく「助けて」と囁くのが聞こえた。理麻だと直感した村山が、そう訊ねた瞬間、電話は切られた。二度とかかってはこなかった。

村山が私の名を知ったのは、よく女を口説きに連れていくジャズバーのオーナーからだった。村山の話を聞いて、噂で聞いた私のことを告げたのだ。

「役人か」

私は村山の話を思いだしながらいった。

「そう、それも上級官僚だわね」

婆さんがハイライトをひねり潰しながらいった。私の考えを読んだようにつけ加えた。

「トビーと会うつもりだったら、素手はよすんだね。あたしの胴回りほどもあるような、ごっつい腕をしてるよ」

「考えてみる」

私は答えた。婆さんはおかしそうに笑った。

「あんたは行くさ。ジョーカーだものね。あんたが畳まれたって聞いたら、喜ぶ連中がわんさかいるだろうよ」

「やるときは、リングサイドのチケットを婆さんにも一枚プレゼントするさ」

「ぜひとも、そうしておくれ」

私は首を振って、踵を返した。確かにトビーと会うのが今の時点では、最良の手段のように思えた。

3

婆さんのいった通りだった。私をコンクリートの駐車場にのばした男は、身長は私と同じくらいだが、体重は二十キロ余分にあったろう。その大半が筋肉で、私の腕をひねりあげ、柱に額を叩きつけ、挙句にダンボールの空箱のように駐車場の床に投げだすのに使われたのだった。

「ユー」

仰向けになった私の胸板に、でかいナイキのシューズをのせ、トビーはいった。金髪を短く刈りこみ、この時期にしては、いささか薄着といえるタンクトップにショートパンツ姿だ。

「ユー、馬鹿。オセッカイ、嫌ワレル。コノ次、ユー死ヌ。オーケイ?」

「オーケーなわけはないだろう」

私は苦しい息の下でいった。トビーは舌打ちをして、大きな拳(こぶし)を握りしめ、私の顎をこづいた。

「ユー、オーケイ？」

「何時だい、今」

私はいった。おそらく朝が近い。普通の人間なら、運動能力が最も低下する時間帯だ。だが、朝まで開いているアスレチックジムのこの化け物マネージャーは、普通の人間ではないらしい。

トビーは小さく首を振って、私の顎を殴りつけた。衝撃が顎から後頭部を伝って、コンクリートの床に抜けた。気が遠くなりかける。

「ユー、オーケイ？」

今度は返事をする暇はなかった。二度目のパンチが顎を襲い、今度は衝撃が床にアースされる手前で、私の脳をパンクさせたのだ。

「ヘイ、ヘイ」

頰(ほお)を叩かれ、私は目を開いた。ジョギングウエアを着けた中年の白人が私の上にかがんでいる。ブラウンの髪をきちんと分け、口ヒゲをのばしている。口臭防止剤とシェービングローションの香りが鼻をついた。

「アー・ユー・オーケイ？」

「イヤ」

私は呻いた。日本語なら、ノーだが、英語ならイエスだ。

「ユー・ドランク・ツー・マッチ？」

男は頬に笑みを浮かべていた。私はゆっくりと体を起こした。首から下の痛みはそれほどでもなかった。ひどいのは顎と後頭部だ。

夜が明けている。雀の鳴き声の他は、車の音すら聞こえなかった。

苦笑いを浮かべたまま、白人は私が立ちあがるのを手伝ってくれた。

「サンキュー」

私がようやく立ちあがっていうと、白人は肩をすくめた。ジョギングをすぐにつづけられるよう小さなステップをくり返している。

ソビエト大使館の裏を下った坂道の途中だった。私が訪ねたアスレチッククラブは、この二本先のマンションの一階にある。どうやらトビーは、私をそこの駐車場でのばしたあと、かついできて捨てたらしい。

「ユア・ウェルカム」

白人は爽やかな笑顔を浮かべ、手を振った。

「ネクストタイム・モア・ケアフリィ」

片目をつぶっていい、走りだした。陽気な男だが、案外、ソビエト大使館をジョギングしながら探るCIAかもしれない。

私は白人が遠ざかるのを見送り、ガードレールに腰をおろした。煙草を吸う気にもならなかった。

昨夜、橋本の婆さんのマンションを出たあと、アスレチッククラブにトビーを訪ね、速野理麻の名を出したとたんにこの目にあったのだ。

ある意味では、トビーは脳味噌の容量の乏しさを示したともいえる。そんな名は知らない、といわれれば、こちらはそこまでだったのだ。

トビーが何を警戒しているかを調べるのが次の命題になりそうだった。今度は、あの筋肉の使いみちを封じなければならないが。

私は呻きをこらえながらよろよろと立ちあがり、表通りへ歩いていった。ソビエト大使館警備の機動隊員が杖にもたれ、無関心そうに私を眺めた。

タクシーをつかまえ、恵比寿のアパートへと向かった。そして部屋に入ると、湿布を顎と後頭部に貼りつけ、日が暮れるまで、つかのま死ぬことにした。

午後八時、トビーがアスレチックジムを出てくるのを、私は駐車場に止めた車の中から見守っていた。今夜のトビーは、ドレスアップしている。エルボウパッチのついたハンティングジャケットに、マドラスチェックのスラックス、イエロウのニットタイといういでたちだ。

トビーは、駐車場にあったプレリュードに乗りこんだ。荒っぽくエンジンを吹かし、後退する。私のすぐ鼻先を通っていったが、気づかないようだ。

今夜、私が乗っているのは遮光シールをウインドウ全面に貼ったメルセデスのコスワース仕様だった。このあたりでは、高級車ほど、人目につかないのだ。これが年式の古いリッターカーであれば、トビーも注意を払ったかもしれない。

外苑東通りに出たプレリュードは六本木交差点を左折し、六本木通りに入った。そのまま西麻布の交差点を過ぎ、渋谷方向に進む。

やがて左に寄ると、日赤の医療センターに向かう道を曲がった。その先は、名門女子大がある通りだ。

プレリュードはそこまでは行かず、細い路地を右に折れた。少し進むと、右側に敷地を広くとり、塀をはりめぐらせた建物がある。

その大きな鉄門の前でプレリュードは止まった。窓を開け、窮屈そうに体をのりだしたトビーがインターホンを押すのを横目で見ながら、私はメルセデスで走りすぎた。

その次の路地を曲がったところで車を止め、私は降りたった。

塀の規模から見て、五百坪以上の広さがある建物だ。門の高さは三メートル近くある。塀に沿ってしばらく歩くと、鉄門のところに来た。プレリュードの姿はない。どうやら中に入ったようだ。

門には何の表札も掲げられてはいなかった。

私は門に近より、中の様子が探れないか顔を押しつけた。太い鉄のパイプを交差させ、すきまには透かし彫りのような模様が入っている。わずかなすきまから、芝を張った庭園と、まっすぐにのびたエントランス、煌々とついた庭園灯が見えた。

民家という感じはしない。何かの施設のようだ。あたりは静かだった。

門を離れ、塀を反対の方向に進んだ。通用口はない。ぐるりと回って、車を止めた位置まで戻ると、私は顎をなでた。癖だが、今夜を限りに、やめられそうな癖だった。顎は、ちょっと触れただけでもひどく痛んだのだ。

メルセデスに乗りこみ、ハンドルに手をかけて待った。

二時間ほどすると、鉄門が開かれる軋みが聞こえた。メルセデスを始動し、ライトをつけぬまま、ゆっくりと発進させた。

プレリュードが出てきたところだった。間をおいてゆっくりとつけた。プレリュードは外苑東通りに出ると右折し、六本木に進んだ。

まっすぐにアスレチックジムの駐車場に向かう。駐車場に入ると、最初とはちがう位置に止まった。

私はマンションの前で車を止め、見守っていた。

プレリュードを降りたったのは、トビーではなかった。髪が腰までもある、細い東洋人の女だ。ドアをロックし、そのまま歩きだした。歩きながら、バッグを開き、指をひっぱる。私は目をこらした。手袋だった。薄い手袋を外しているのだ。

手袋が必要な寒さではない。まして暖かな車内を出てから外している。バッグにそれをしまいこんだ女は、わき目もふらぬ足どりで表通りに向かった。紺のワンピースに幅の広いベルトをつけ、踵の高い黒のパンプスをはいている。長い髪が街灯の下でつやつやと光っていた。

私はライトをつけ、メルセデスを進めた。女がタクシーの空車に向かって手をあげたところで、ぴったりわきに寄せた。

サイドウインドウをおろす。

美人だった。女性にしては太めの眉と、白い肌、アーモンド型の瞳が目を惹く。ただ、目の光は冷たく、無関心そのものの色を浮かべている。

「お送りしますよ」

私の声が聞こえなかったように、女は歩きだした。その背にいった。

「トビーに借りがあるんでね」

女の足が止まった。視線がさがり、電柱の貼り紙でも見るような目で私を見た。

「あなた、誰？」

「トビーに借りがある者さ」

「トビーなんて知らないわ」

「こいつは驚いた。君が乗ってきたプレリュードを二時間前まで乗り回していた男だよ」

女はじっと私を見つめた。

「あっちへ行け、といわないのかい」

「何が望みなの」

「トビーはどこに行ったんだい」

「知らないといったでしょ」

私のメルセデスのうしろで待っていた空車があきらめて走りさった。

「じゃあトビーのガールフレンドは？」

「あたしじゃないわよ」

速野理麻でもなさそうだった。二十五は過ぎている。

「わかっている。トビーのガールフレンドなら誘わない。奴さんは、すぐに筋肉を見せたがるんでね」

「筋肉だけじゃ勝てない相手もいるわ」

「君のボーイフレンドか」

女の頰に力がこもった。

「乗れよ。ボーイフレンドが恐いわけじゃないが、妙な真似はしない。君を広尾まで送っていく間、話がしたいだけだ」

私はあっさりカードを晒した。パターンを見ている限り、おこっている出来事は、婆さんがいっていたような〝素人〟の手口ではない。

「殊勝ね」

私はドアロックを解いた。女はするりと乗りこんできた。香水のかおりはしない。当然だろう。指紋を残さぬよう気を配ったのだ。残り香にも注意をはらったにちがいない。

「名前は何ていうの」

私が車を発進させると、女は訊ねた。

「ジョーカー」

ちらりと私を見た。

「本名は？」

「忘れたよ」

「いい車に乗っているわね」

「趣味でね」

「他に趣味はないの？」

「捜しているんだ」

「女は？」

「趣味というのかい、あれを」

「趣味にできる女もいるわよ」

「不幸にして会ったことはない」

「会ってるわ」

女の手が私の膝（ひざ）の上にあった。指先が微妙な動きをしていた。爪（つめ）が同心円を描くように回っている。

「じゃああとで、ね」

「運転に専念できなくなる」

「どこで？」

「どこでもいいわ。あなたのところでも」

「明日、掃除をしようと思っていたんだ」

「気にしないわよ、そんなこと」

「積極的だな」

「そうかしら」

「この次にしようといったら、チャンスはあるかい」

「ないわ。あなたがしかけたのよ」

女は首を振った。

「じゃあ、君のところに行こう」

女は息を吸いこんだ。面白がっているような光がアーモンドの瞳の奥で瞬いた。

「ボーイフレンドがいるかもしれないわよ」

「トビーじゃなけりゃいい」

「トビーって人がよほど恐いのね」

「痛いのが嫌いなんだ」

女は微笑(ほほえ)んだ。邪悪な笑みだった。

「名前は何という？」

私は訊ねた。

「私の？　ボーイフレンドの？」

「そうだな。先にボーイフレンドを聞こう」

「ジョン」

「スミスという姓かい」

「正解よ」

「君は？」

「ジェーン」

「あそこに住んでいるのかな」

「まあね」

「ジョンも？」

「まあね」

車は西麻布の交差点を過ぎていた。左折し、例の建物の横まで来た。

「待って」

ジェーンがドアロックを解き、素早くドアを開いた。門のインターホンに早口の英語で話しかける。

しばらくすると、ひとりでに門が開いた。

「入って」

ジェーンが助手席に戻っていった。私が車を乗りいれると、背後で門は閉まった。

屋根のはりだした、平屋の建物が芝生の中心に建っていた。敷地の四隅には水銀灯が点り、庭園には影がひとつもない。

屋根は、建物の入口や窓を大きくおおい、上方からの視線をさえぎる仕組になっている。

「家の正面まで車をつけていいのよ」

「ジョンはいたのかい？」

「いたわ。あなたにとても会いたがっている」

ジェーンは頷いて、バッグから小さなオートマティックをつかみだし、私に向けた。

4

私とジェーンは、屋敷の玄関を入ったところにある、広い板ばりの部屋にいた。私は部屋の中央に立ち、ジェーンは入ってきたドアのかたわらにあるソファに足を組んですわっていた。拳銃は膝の上にあり、私の鳩尾を狙っている。

部屋にはもう一枚ドアがあり、それが内側に開いた。背の高い黒人が入ってきて、ジェーンに小さく頷く。黒人は右わきにたらした手に、マグナムの短銃身をさげていた。

ジェーンは黒人の合図を受けて、さっと立ちあがった。

「ちょっと両手をあげて」

いわれた通りにすると、手早く、慣れた仕草で私の体を探った。財布がぬきとられ、わきの下、ウエストの周囲、足首を、入念にチェックされる。それから財布を手に、私には見向きもせず、ドアに歩みよった。ノブに手をかけ、いった。

「立っているとくたびれるわよ。ジョンがあなたに会うまで、まだだいぶ時間がかかりそうだから。すわって待ったら？」

ジェーンが出ていくと、外から鍵がおろされた。

黒人は、私と距離をおき、部屋の反対側に立った。銃は床に向けられている。無表情の目は、私を見つめてはいるが、何の感想も抱いてはいないようだった。

私はゆっくりとジェーンがすわっていたソファに腰をおろした。

腕時計をのぞいた。真夜中に近かった。家の中は物音ひとつしない。

時間がじりじりと流れた。

幾度か、黒人に話しかけてみた。だが何も聞こえなかったかのように無視されただけだ。

部屋に入れられてから一時間近くが経過した。

不意に、ジェーンが出ていったドアの鍵が回り、開けはなたれた。

ジェーンと、銀ぶちの眼鏡をかけた日本人の男が入ってきた。男は部屋の中央まで来ると足を止め、私を見おろした。グレイのスラックスにノーネクタイで白いシャツを着ている。銃は持っていない。用心深く、黒人の火線をさえぎらぬような位置に立った。

「名前を聞こう」

深みのあるバリトンで男はいった。

「ジョーカー。君がジョンか」

「そうだ」

「なぜ太郎にしなかった」

男は首を振った。

「おかれた状況がわかっていないらしい。この場で撃ち殺すこともできるんだぞ」

暴力的ないい方ではなかった。

「本名を訊いている。君の財布には、免許証すら入っていなかった。メルセデスも同様だ。車検証もない。何者なんだ」

「ジョーカー」

「痛いのは嫌いだと、ジェーンにはいったそうだが、そうされたいのか」

「名前を知ればそれで満足なのか」

「生意気な口をきくな。名前は？」

「ジョーカーといった筈だ。とりあえず、それで話を進めたらどうだ？」

男は何かいいたげに私を見つめた。が、頷いた。

「いいだろう。何が目的だ」

「女の子を捜している。速野理麻というコールガールだ」

男の表情には何の変化もなかった。

「なぜ？」

「頼まれた」

「誰に？」

「会いたがっている人間に」

「名前は？」

私は首を振った。

男が黒人に合図をした。黒人はよりかかっていた壁からのっそりと体を起こした。男に銃を預け、無言でシャツの袖をまくりあげた。

「俺が長時間ここから出てこないと、三桁の電話番号を押す相棒がいるぞ」

私はいった。男は首を振った。

「関係ないな。警察には手が出せん」

鋭いストレートが私の鳩尾に叩きこまれた。呻いてかがむと、黒人が前髪をつかんでひきおこした。

「顔はやめておけ」

男が日本語で命じ、次の一撃は喉にきた。息がとまり、ひざまずいた。立ちあがらされ、胃に二発が刺さった。

私は胃の中味を吐きだした。黒人はリラックスし、間合いをはかって、私にパンチを叩きこんだ。

打つと退き、打つと退く。黒人の爪先しか私には見えなかった。何度目か、膝をついたとき、立ちあがらせようとした黒人を男が止めた。

「名前だ」

「ジョー……カー」

「馬鹿め」

男が嗤った。カチリ、と音がした。見上げるとマグナムの銃口が私の額を狙っていた。

「地下室へ連れていけ」

黒人が私の腕をつかみ、ひきずり起こした。歩くというよりは転がるように、部屋を出、廊下のつきあたりまで進んだ。各部屋はひとつ、ひとつが完全に独立しているようだった。

廊下のつきあたりの床に、スティールの二枚ドアがとりつけられていた。黒人が右手で私の肩をつかみ、左手でそれをひき起こした。

コンクリートの階段がのびていた。

「入れ」

男は短くいって、銃を振った。私が二、三段、階段を降りたとき、ドアが閉まった。

蛍光灯が天井にとりつけられている他は、何もないガランとした部屋だった。大きさは八畳ほどだろう。コンクリートの壁も床も打ちっぱなしのままだった。

階段を下りきったところで、入ったときには気づかなかった毛布の包みを見つけた。見なくても、それが何であるか見当はついた。めくりあげると、うつぶせになったハンティングジャケットの背中があった。中央にふたつ丸い穴が開き、血を吸って黒ずんでいる。

毛布を戻し、階段の一番下の段に腰をおろした。すぐに私を同じ目にあわせなかったのは、私の背後関係がわからなかったからだろう。尤も死体を見せた以上は、いずれ始末するつもりにちがいない。

トビーを殺したのが、速野理麻の失踪調査をかわすためだとすれば、理麻は、よほど大きなトラブルに巻きこまれたのだということになる。それが何であるかはわからないが、私の考えた通り、ここの連中は素人ではなかった。

吐きけはおさまっていたが、全身がひどくこわばった。殴り方にいくらか加減があったようだ。本当なら内臓破裂で死んでいても不思議はない。

しばらくじっとしていると、体のこわばりがおさまってきた。縮んでいた筋肉を、ようやく動かせるようになった。

立ちあがり、トビーの死体にもう一度歩みよった。毛布をはがし、仰向けにする。銃弾は二発とも前までは抜けていなかった。黒人のマグナムではなく、別の銃が使われたようだ。貫通力を弱めた、消音器つきのオートマティックだろう。

トビーの体を探った。財布とキイリング——車のものではなく、部屋の、だろう——小さな折り畳み式のナイフ、ハンカチ、小銭などが出てきた。ナイフは、せいぜい五センチほどの刃渡りだ。

財布は血によごれていたが、中の金まではしみていなかった。ナイフとキイリングを自分のポケットに移し、あとを元に戻した。

連中が私の背後関係を調べている時間が、私に与えられた猶予だ。それほど長くはない。

私は階段を昇り、スティールドアに耳を当てた。物音は何も聞こえなかった。両掌を観音開きの片方にあて、ゆっくりともちあげた。扉は数センチほど持ちあがったところで止まった。把手に閂をかませてあるようだ。

できたすきまに目をあてると、太い棒が見えた。バールのような一本棒を通してあるのだ。

掌をおろし、また持ちあげた。つっかい棒が軋む音が聞こえた。くりかえすことによって外すことができるかもしれない。ただし、誰もこの地下室の扉を見はっていなければ、だ。

今度は両手をそれぞれの扉にあてがい、上げてはおろし、上げてはおろした。軋みがそれとわかるほど大きくなった。つっかい棒が動きだしている証拠だ。焦せらずに、くり返した。

やがて片方の扉が抵抗なく持ちあがった。つっかい棒が抜けたのだ。

反対側に落としてしまわぬよう、へりをつかみ、ゆっくりと押しあげた。できたすきまから頭をのぞかせた。

銃を手に、「お疲れさま」をいう人間はいなかった。

廊下に人影はない。

体を扉の下からひっぱりだすと、そっとおろした。つっかい棒を元に戻す。平べったい鋼管だった。何に使うのか、見当もつかない。

廊下を玄関に向け進んだ。人声も足音もしなかった。全員が眠っているとは思えない。部屋のドアをひとつひとつ開けて、中をのぞきたい欲求にかられた。単なる売春組織にしては、大がかりすぎるアジトだ。

玄関には錠前がふたつとチェーンロックがかかっていた。それを外し、外に出た。

庭園灯はすべて点っていた。

車がない。私は一瞬、立ちすくんだ。だが外に持っていく筈はない。この家の反対側にでもガレージがあるのだ。

キイはとりあげられたが、スペアがバンパーの裏に隠してある。

少し考え、それを放棄した。鉄門のロックを作動させなければ車ではここを出られない。

あとはひとつ、門をよじのぼって、外に逃げる手だ。この明るい庭園で姿を見つけられれば、格好の標的となる。

玄関を忍び出たところで、ひとつの考えが浮かんだ。

簡単すぎる。もしこのまま、撃たれることなく脱出できたなら、それはあまりに簡単すぎはしないか。動けなくなるほど殴られなかったこともあわせて考えれば、罠である可能性の方が高い。

私をこのまま逃がし、追跡してどこへ駆けこむかを見定めようとしているのかもしれない。

とすれば、彼らが売春組織であるとは、ますます考えにくくなる。

それを知るためにも、私は小走りで駆けだした。叫び声でもあがり、背中に弾丸がくいこめば、私の勘は外れだ。連中はただの間抜けで、こちらは、それに輪をかけた間抜け、ということになる。

叫び声はおきず、弾丸も飛んでこなかった。それでも、鉄門のパイプにとりついたときは、汗で手がすべった。

パイプに片脚をかけ、体をひきあげた。三メートルをよじ登るのは楽ではない。だが、地獄との国境の壁だ。

爪先をパイプのすきまにこじいれ、指をからみつかせてよじ登った。

門は私の体重を受けて揺れ、音をたてた。だがもはや音は気にならない。

登り終えると、反対側に一本ずつ脚を移し、降りにかかった。一メートルほど降りたところで手を離し、とび降りた。

息を整える間もなく、私は走りだした。間抜けが、大間抜けであった場合もある。もし今追いつかれ、撃ち殺されれば、大大間抜けだ。

六本木通りに出ると、地下道をくぐって富士フィルム側に渡った。尾行されている様子はない。だが、罠だとすれば、尾行に気づかれるような愚を相手が犯す筈はない。

通りかかったタクシーの空車を止め、着払いで飯倉片町に向かった。バーは、じき看板だが、閉めたとしても、沢井はすぐには帰らない。

人通りの少なくなった六本木を抜け、レストランの前でタクシーを右折させた。

沢井はまだ中にいた。客は誰もいない。看板の灯を消したばかり、といった様子だ。

とりあえず金を借り、タクシーを帰すと、私はカウンターに腰をおろした。

「迷惑をかけるかもしれん」

沢井はひっそりと笑った。

「身ぐるみはがれて、ツケ馬つきですか。いいでしょう。あの坊や、キャッシュで持ってきましたよ」

「そいつはまだ預けとく。別の預け物を出してもらうことになりそうだ」

沢井は眉をひそめた。

「そいつは厄介だな。本気ですか」

私は頷いた。沢井は、カウンターの内側で身をかがめた。カウンターの真下にとりつけた合わせ錠式の金庫を開けると、小さな手さげ金庫をとりだした。私はそれを受けとり、トイレに入った。

だいぶ前に預けたので、番号を忘れかけていた、確か、誕生日にしておいた筈だ。蓋を開けると、中から三十八口径のリボルバーを取りだし、ベルトにはさんだ。トイレを出、金庫を返して沢井にいった。

「今夜は明るくなるまで帰らん方がいいぜ。俺を訪ねてくる奴がいるかもしれん」

「チャカ持ってですか？」

私が頷くと、沢井は嫌な顔をした。

「万一の場合はあんたの二百万円を渡して勘弁しろといっていいですか？」

「筋者じゃないから、金じゃ片はつかんさ」

「なるほど大迷惑だ。早く出て下さい。鍵をかけて中で震えていることにしよう」

「悪いな」

沢井は肩をすくめた。

「預かっている金の半分で手を打ちましょう」

私は唸った。

「仕方ない」

沢井は嬉しそうな顔になった。

「おどされたら、あんたの百万で勘弁しろっていってみます」

「勝手にしろ」

私はいいすててバーを出た。空が青みがかっていた。往来には、何台もの車が止まっていたが、ライトをつけているのは一台もなかった。エンジンも切り、きっと体をふせているのだろう。

上着ごしに銃に触れ、勇気を奮いおこして歩きだした。まだ撃ってはこない。私の住居も、正体も、連中は見極めていない。

徒歩で、アスレチッククラブのあるマンションに向かった。ポケットの中には、トビーの死体からとったキイリングがある。

アスレチッククラブのシャッターも、さすがに降りていた。看板には、午前四時に閉まり、午前六時にオープンすると記されている。ちょうどその間にあたったのだ。キイリングについたキイのひとつが、シャッターに合った。シャッターを持ちあげ、振り返った。

駐車場に、主を失ったプレリュードがあった。

シャッターの内側にあるガラス扉を別のキイで開き、中に入った。シャッターをもう一度おろすと、ライターの火で灯りのスイッチを捜した。

そこは靴脱ぎ場と脱衣所のつながった部屋だった。体育会のクラブハウスのような匂いが漂っている。

正面にガラス窓があり、両側に扉があった。鍵はかかっていない。窓の向こうはプールだ。

右側の扉を押すと、サウナルームとシャワーがあり、プールに降りる階段がのびていた。ガランとしてひとけがなく、閉めた扉の音がプールの水面にうつろに反響した。

左側の扉を押し開けた。暗闇の中に動くものを見つけ、思わず銃に手がのびた。鏡だった。灯りをつけると、並んだトレーニングマシーンが、光を反射した。

トレーニングルームの奥に、もう一枚、扉があった。「MANAGER」というプレートが掲げられている。

その錠もリングのキイで突破した。

中は、デスクを中心にした雑然とした部屋だった。コンテストでとったらしいさまざまなトロフィや楯、有名人とともに写した、トビーの写真がプレートに飾ってある。

デスクのひきだしにとりかかった。錠のおりたひきだしはふたつだった。ふたつとも抜くと、中味をデスクの上にぶちまけた。現金がドルと円でわずかずつ入った封筒、パスポート、手紙類、だった。ひきだしを抜いたデスクの穴をのぞいた。

封筒がひとつ、奥にテープで留められていた。手をのばし、それをはがした。

写真が入っていた。全部で三枚ある。

覆面をつけた白人の男が、鎖で縛りつけた若い女を相手に楽しんでいる。一枚が笞（むち）を使い、もう一枚がのしかかって首をしめている姿だった。

三枚目では、男は覆面をとっていた。呆然（ぼうぜん）とした表情でたちすくみ、縛られた女を見おろしている。女の体からは力がぬけ、鎖にぶらさがっていた。目が瞠（みひら）かれ、舌が開いた口からのぞいている。女が死んでいることは明らかだった。

その写真をポケットにしまった。あとを元に戻し、立ちあがろうとしたとき、聞き覚えのある、カチリという音がした。

顔をあげ、その夜の疲れがどっとふきだすのを感じた。銃を手にした黒人と、例の日本人が部屋の入口に並んで立っていた。

5

「おかげで手間が省けたよ」

日本人がいった。

「トビーのことだ。どうせたいした知恵は使っちゃいないだろうと思ってはいたが、手間は手間だ。省けただけで満足しなければいかんな」

「この娘（こ）が速野理麻だな」

日本人は肩をすくめた。

「写っている白人は誰だ？」

「知ることはあるまい。おまえはここに押しいったこそ泥で、トビーを射殺したあげく自分も撃たれて死ぬんだ」

「そこにある大使館の大物と見たがどうだ？」

日本人の目が鋭くなった。

「やはりただのこそ泥ではないようだな」

「楽しみのための売春組織とは表向きで、本当は情報を集めるためにこしらえたのじゃないか？　こういう趣味の持主も満足させてやるような女を集め、あちこちの大使館員を遊び仲間にひっぱりこむ。死人が出たのが、遊びのいきすぎによる事故だとしても、そちらにはでかい貸しができる。ちょっとした情報を流してもらえるていどの貸しがな」

「貴様、外事課のイヌか」

私は首を振った。

「いったろう、ジョーカーだと。俺はどこにも属していない。一匹狼（いっぴきおおかみ）のもめごと処理屋だ」

「気のきいたセリフだな」

「この娘（こ）に惚（ほ）れちまった男の子に頼まれたんだ。困っているようなら助けてやってくれと」

いいざま、私はデスクの陰に身を伏せた。

黒人のマグナムが轟音をたて、トビーのトロフィのひとつを粉砕した。三十八口径をひきぬいた私は、彼らの足もとめがけて発砲した。

私が銃を持っているとは予期しなかったにちがいない。あわてた二人は、狭いドアから外に抜けだそうと押しあった。

私が頭をのぞかせたとき、日本人が一歩先んじたところだった。黒人が振り向き、銃を持ちあげた。私は二発撃ち、一発がその喉を撃ちぬいた。

黒人の体が背中にぶちあたり、日本人の男はよろめいた。こちらに背を向けて四つんばいになり、上着から銃をひっぱりだそうともがいた。

「よせ」

今度は、私が撃鉄を起こす音を聞かせる番だった。男は凍りつき、ひざまずいたまま、手をあげた。

「撃たないでくれ」

上着の衿に黒人と同じタイプのリボルバーがひっかかっていた。

「なぜトビーを殺したんだ？」

「強請ったからだ。我々は金は必要としていなかった。だがトビーは、ネガを複写して、小遣い稼ぎをしようと考えたんだ。奴は馬鹿だった。おまえにもすぐ手のうちを晒した。おまえと一組にして処分することにしたんだ」

尻をこちらに向けたまま男は答えた。その脚と框の間に、仰向けの黒人の死体がころがっている。

「写っている白人は何者だ」

「二等書記だ。国に帰れば、党の中央委員会の高級秘書になることが決まっているんだ」

「あてにはならんぞ」

「知ったことか。こちらはいわれた通りにやっただけなんだ」

「なるほど。ジョン・スミスは別にいるというわけだな。NSAか、CIAといったところだろう」

「知らん」

男の声が上ずった。

「理麻はこの男の相手を嫌がっていたんじゃないか?」

「喜ぶ女なんか、ひとりもいるもんか。女の首をしめて楽しむ変態野郎なんだ、そいつは!」

「どこかに閉じこめていた、そうだな、どこだ?」

「広尾だ。例の広尾の家だよ。地下にたくさん楽しみ部屋があるんだ」

「死体はどこにやった?」

「沈めた。東京湾だ。二度と浮かびあがっちゃこない」

「どうせ、頭がカラッポの商売娘だ。せいぜい楽しんだんだ。体だけで世渡りができると思うような小娘だよ」

「いくらでもとりかえがきく、というわけか」

「この街を見てみろ。そんな女ばっかりじゃないか。ガキからいい年をした大人まで、サカリがついてやがる。この国に来た外国人も皆、そのサカリが移るんだよ」

「今度は街のせいか」

「撃たないでくれ、頼む」

私は息を吐いた。ここまでわかった以上、私にできることは何もなかった。警察に知らせる気はないし、知らせても無駄だ。

「よし、ゆっくり立て。銃には触るな」

「わかった。何もしない、しないから撃つな」

男はゆっくりと体を起こした。

「そのまましろへ退るんだ。手はあげておけ」

私はデスクの陰から出た。黒人の落としたマグナムを拾いあげ、男を振り返らせた。

「ジョン・スミスは何者だ？」

「スポンサーだ。組織作りの資金主だ」

「本名は？」

「憐(あわ)れだな」

　男が口を開いた。こもった銃声がして、男の目がぱっと広がった。次いで、万歳をしたまま私に倒れかかってきた。男の体を受けとめ、背中を見た。血のしみが広がっている。

「マタ、会エテ、嬉シイ、デスネ」

　サイレンサーを付けた九ミリオートマティックを手にした白人が扉の陰から現われ、黒人の死体をまたぎこえていった。

　きれいに分けたブラウンヘアーと口ヒゲに見覚えがあった。トビーにのばされた朝、起こしてくれたジョガーだ。

　その白人の九ミリが咳こみ、私は右腕の肉を殺がれる痛みを味わった。三十八口径が足もとに落ちた。

「ジョン・スミスか」

　私は歯をくいしばっていった。

　白人はにっこりと笑った。

「アノトキ、起コサナイデ、眠ラセレバヨカッタネ。永久ニ」

「人が死にすぎるぜ、それじゃあ」

「死ンデモ惜シクナイ人、惜シイ人、世ノ中ニ種類。皆、惜シクナイ」

「それがおまえの選択か」

　白人は私と距離をあけて、部屋を回りこみ、トビーの遺品の写真をデスクからすくいあげた。今夜はジョギングウエアではなく、スイングトップにジーンズ、ポロシャツといういでたちだ。

「ここにも一枚あるぜ」

私は自分の上着の右ポケットを示していった。

「出セ」

「右手が動かない」

「左手ヲ使エ」

私の左手は黒人のマグナムを握っていた。私はそろそろとマグナムをデスクの上に置いた。写真をひっぱりだすべくポケットに左手をさしいれた。

裏地がひっかかっている。

私は呻(うめ)き声をたて、しゃがみこんだ。

「立テ」

銃口が下がった。次の刹那(せつな)、白人の膝(ひざ)にタックルした。仰向けに白人が倒れ、暴発した弾丸が天井の灯りを粉々にした。そのまま、白人の体をとびこえ、部屋の出口に向かった。銃声が背後でして、左のわき腹に熱い痛みを感じた。

暗いトレーニングルームの中に倒れこむように逃げこんだ。

再び銃声がして、ノーチラスマシンのどこかに弾丸があたる鋭い反響音と火花が散った。

私は位置を変えようとして、置いてあったバーベルに足をとられ、転倒した。銃声とともに、壁の大きな鏡が大音響をたてて砕け散った。

マネージャールームの灯りが消え、光は脱衣所から洩れるわずかなものだけだった。

私は床を這うように進んだ。

スミスがどこにいるのか見当もつかない。左手をズボンのポケットにすべりこませた。トビーの死体からとったポケットナイフがあるきりだ。

銃声がして、ノーチラスマシーンのケーブルを切った。ウエートを吊るすケーブルだ。甲高い音が闇に響いた。

私はナイフを床におき、手に触れたものをつかんだ。アレイに使うウエイトの円盤だった。もう私はうんざりしていた。ひと晩の間に銃を向けられるのも、撃たれるのも、充分すぎるほどの回数だ。一年分に匹敵する。後悔しても始まらないが、安すぎる仕事だった。

低い位置から円盤を投げた。

ドスンという音と銃声が交錯した。もう一枚のアレイを見当をつけた場所に投げた。

もう少し鈍い音と呻き声がした。すぐにナイフを拾いあげ、ノーチラスマシンの陰からとびだした。

おぼろげな光の中で、スミスが額に手をあててうずくまっているのがわかった。銃を構える暇を与えず、その首にナイフをふるった。

ぱっと血がしぶくのが見えた。スミスが銃を落とし、首に手をやった。目が広がり、白眼の部分が闇に光った。噴きだす血を止めようとでもするようにスミスの手が首すじをまさぐった。血は、その指のすきまからも噴きだしていた。おそろしく、手入れの行き届いたポケットナイフだった。

私は荒い息をつきながら、スミスから体を離した。スミスは片方の手を喉にあてがい、もう片方の手を私にのばしながら、ゆっくり倒れこんだ。

アスレチッククラブの事件は新聞には出なかった。わかりきっていることだ。スミスの背後からおこぼれをちょうだいしているのが、この国の情報機関なのだ。ここぞとばかりに、恩を売るべく、警察に圧力をかけたのだろう。

二日間、私はもぐっていた。バーに顔を出したのは、依頼を受けてから四日目の晩だった。わき腹の傷は、ふさがりかけていたが、右腕は、まだ指一本動かせなかった。

午後九時で、バーには客がひとりもいなかった。まだ時間が早いのだ。

カウンターで薄い水割りをなめていると、電話が鳴った。とった沢井が、私に受話器をさしだした。

村山だった。

「あの、調査のことなんですけど……」

「終わったよ」

「本当ですか⁉　実はもう、あきらめようと思っていたんです。それで、あの――」

「電話じゃ話せん。ここに来るか、こちらが出かけていくかだ」

「今は、ちょっと、まずいんです。あとで、いいでしょうか……」

「十一時ぐらいまでならいるだろう」

「じゃあ、あとで顔を出します」

電話を切ると、私は、左ポケットの写真に触った。死体のうつっているのは処分していた。残しておくには危険すぎるブツだった。

「奴さん、何ていってました？」

沢井が珍しく訊ねた。

「二時間したら、来るとさ」

「無理だな」

沢井はニヤッと笑っていった。

「どうして？」

「今日はやけに空いてる、そう思いませんか？」

沢井がカウンターの端を示していった。

「そういや、いないな」

「最初の日、一緒に帰ってからずっとです。全然、飲んだくれに来ませんよ」

私はゆっくりと沢井の顔を見上げた。

「和美が？」

沢井は頷いた。

「あの坊やと？」

沢井はもう一度頷いた。

「うまくいったって、わけか？」

沢井はみたび頷いた。

私は息を吐きだした。ひどく疲れた気分になっていた。

「お代わりを作りましょう」

「いらないよ」

いって私は立ちあがった。

「帰るんですか？」

「坊やが来たら、伝えてくれ。あの子のことは忘れちまえ、と。いくらでもとりかえがきく子だったんだ。海の向こうに行っちまったって」

「本当にそう伝えますよ」

「ああ。そうしてくれ」

「金はどうします？」

「追加料金はいらん。それで満足だろう」

「安い仕事、受けちまったんじゃないですか？」

料金の半分を奪った沢井が、さも良心が痛んでいるかのようにいった。

「いや」

私はバーの扉を押しあけて表に出た。

「こんなものさ」

右腕がひどく、わき腹が少し、胸がわずかだけ、痛んだ。誰のために痛んでいるのだろう――私は東京タワーを見上げ、考えた。

わからなかった。

湯の町オプ

最後の一発は天釘に当たるとくるりと回り、開いたままのチューリップをかすめて、落ちていった。

バネはかなり年期が入っているが、釘の方は、オボコどころか尼さん並みの固さだった。

「締めすぎだよ、こりゃあ」

つぶやくようにいって、男は石油ストーブのかたわらに腰かけた婆さんをふりかえった。婆さんは、顔の皺と皺のあいだからはみだすほど濃く白粉を塗った顔をくしゃくしゃにして笑った。まっ赤な唇が開くと、歯という歯がほとんど抜け落ちているため、妙に艶っぽい顔つきになる。

「酔っぱらい相手だからね。カスミちゃんは元気かい」

男は面白くもなさそうに笑ってみせた。面長で目尻が少し垂れている。笑い顔が泣き顔のようで、泣き笑いというのがぴったりくる表情になった。

「あいかわらずさ。二月からこっちは、さっぱりだ」

いって、だらしなく羽織ったカーディガンのポケットからショートホープの箱をとりだした。

「どこもそうだよ。いいのは、錦城舘とグランドぐらいかね。団体が入ってっからね」

「じゃあ婆ちゃんとこはまあまあか」

男はマッチで火をつけ、婆さんに歩みよった。

壁ぎわに十台ほど並んだパチンコ台はどれも今どき珍しい手打ちで、ベニヤ板に打ちつけたものだ。同じ間口の店の中には、射的のカウンターもあり、

「十二はつ、五百円。拾い玉禁止」

と書いた紙が下がっている。

カウンターから二メートルほど離れた棚には、素焼きのヴィーナス像が二列に並べられている。

棚の奥がショウケースで、日本人形やヌイグルミがところ狭しと押しこめられ、「七十」とか、「二百」と書いた紙が袋に貼りつけてあった。

婆さんはストーブに左手をかざしながら、右手をカウンターの下にもぐりこませ、ひょいとミカンをつかみだした。

「駄目だね。こんなもんは、ストリップの幕間の暇潰しさね。今どきの団体はさっさとコンパニオンを呼んじまって、宿の中で遊びをすませちまう。食べなよ」

ミカンをさしだした右手には、マニキュアが塗られ、安物の大きな指輪がふたつ、はまっていた。

男は小さく頷きミカンを受けとると、カウンターに寄りかかった。カーディガンの下は、色のあせたポロシャツで、以前は背広と合いだったと思われる膝の抜けたズボンから素足がのぞき雪駄につながっている。

男はミカンをむくと、無造作に袋を口にもっていった。皮はださず、無精ヒゲののびた顎を動かして飲みこんだ。

「何時だい」

婆さんが、男の腕時計に眼をとめ、いった。

「ん？　一時半」

「パーマ屋がそろそろこみだすかね」

「どうかな」

男はいって、顔をしかめ、ガラスの引き戸の向こうに目をやった。

さして太くはない、一本の川をはさんで、坂道が二本走り、その坂に沿って向かいあう形で旅館が建ち並んでいる。どんより曇った空の下に、

「歓迎、恋人温泉」

と書かれたアーチが立っていた。

旅館は、アーチをくぐってすぐの位置から始まって、坂の上にいくほど、立派で近代的な建物になっている。そして、旅館街の中ほどに向かいあって建つ、「錦城舘」と「恋人温泉グランドホテル」の二軒で最大規模になり、また上に向かうにしたがって、

小さく古びた建物にかわっていく。

射的屋と土産物屋がやはりアーチをくぐってすぐの場所にパラパラと建ち、ラーメン屋、スナックなどがそのあいだを埋めている。

坂のてっぺんには、ヌード劇場があった。これも二軒、川をはさんで向かいあわせに建っているが、一軒はもう、潰れている。

男はミカンを食べ終えると、外皮を婆さんにさしだした。

「ごっとさん」

婆さんは受けとり、またもまっ赤な洞穴のような笑みを浮かべた。

「人形、なんかもってくかい。カスミちゃんとこの子、もう小学生だろ」

「二年だ。俺にはこれっぽっちもなつきやがらねえ」

男は答えた。

「男の子だったよね。じゃあ、アンパンマンだ」

「いらねえよ。こづかいくれてやった方が喜ぶさ」

男は煙を太い吐息とともに吐きだした。

ガラス戸の向こうに、紺の法被を着た開襟シャツの大男が立った。店の中をのぞこうと顔を押しつけ、ガタガタと音をたてて力まかせに戸を開いた。

「気をつけとくれよ、戸が外れちまうよ」

婆さんが叫んだ。男はまだ若く、二十そこそこに見えた。ぼんやりとした、焦点のはっきりしない目をしている。ぶよっとした感じで太っており、色が妙に白かった。

「酒井さん、酒井さん」

本当に戸が外れそうになり、若い男は両手でガラス戸を抱っこするような格好になっていた。

「なんだよ」

男はものうげに答えた。

「お女将さんが、酒井さんに用があるって。探してたんす」

男はすぐには答えず、煙草を口にもっていった。

「本当なんす。お女将さんが酒井さん、連れてこいって」

ガラス戸を抱っこした男は泣きべそをかきそうになっていった。いつも誰かにどやされ、いじめられて生きている——そんな印象を与える若者だった。

「早く戸をもとに戻しなよ、グズ！」

婆さんが腰を浮かせ、若者はあわてて戸と格闘を始めた。

寄りかかっていた男がすっと身を起こした。若者に手を貸し、戸をレールに戻した。

「すんません」

若者はぺこぺこと頭を下げた。

「じゃ行くか」

男はなにごともなかったかのようにいって、ガラッと戸を開けた。

「はい、すんません」

若者はもう一度いって、男の顔を盗み見た。

「邪魔したね」

「あいよ。カスミちゃんによろしくね」

射的屋の婆さんはいって、再びストーブに両手をかざした。

「明和荘」という旅館が、「恋人グランドホテル」の二軒上に建っていた。若者はその男衆だった。

酒井と呼ばれた男は、若者と肩を並べ、濡れた坂を上がっていった。恋人温泉は、標高二千メートルの山のふもとにあるため、冬場は必ず、朝のうちに雨が降る。雪にかわるのは、同じ山すそでも反対側の斜面で、そこまでは車で一時間、「恋人スキー場」という名で知られている。

「仕事、どうだ」

酒井はさして急ぐようすもなく歩を進めながら、若者に訊ねた。

「朝、眠いす」

「だろうな」

「でも、飯いっぱい食わせてくれます。お女将さん、いい人です」

「古参の仲居にはいじめられねえか」

「ちょこっとす」

若者は、はにかんだように笑った。若者の母親は、隣の県の温泉場から流れてきた芸者で、若者が十六のときに、客と駆け落ちした。若者は父親の顔を知らず、十七のとき、働いていたスキー場で、都会からきていたスキー客の学生と喧嘩(けんか)をし、ひとりをリフトからつき落として大怪我を負わせた。

保護観察が解けたあと、酒井が「明和荘」に仕事を世話したのだ。ふだんは動作のすべてが鈍く、粗暴なところはかけらもないが、怒って暴れだすと手がつけられない。

「明和荘」の前までくると、若者はまた頭をぺこっと下げた。

「俺、玄関の掃除がありますから。お女将さん、中にいます」

酒井は頷いて、「明和荘」のガラス戸を引いた。

若者と同じ法被を着けた下足番の老人が、上がり框(かまち)から腰をあげた。

「カスミさん、元気かい。きのう、ちょっくら見かけたが」

「『錦城』で座敷がかかってね」

酒井が答えると、老人はフンと鼻を鳴らした。顎(あご)で旅館の奥を示した。

「奥にいるよ。あんた待ってるわ。小宴会場の方な」

「知ってる」

酒井はいって、雪駄を脱いだ。そろえられているスリッパには足を通さず、あがった。

小宴会場は、帳場の横を抜け、土産品コーナーの奥を曲がった廊下にあった。

閉まった襖に、草履が一足、揃えて脱いである。

酒井は襖の前で立ち止まり、

「酒井だ」

と、声をかけた。

「どうぞ」

女の声が応え、酒井は襖を開けた。

「明和荘」のお女将は、五十代の初めだった。着物姿に老眼鏡をかけ、膝の上においた帳簿に目を通している。

「今、これ見ちゃうから、ちょっと待ってて」

「ああ」

酒井はいって、うしろ手で襖を閉め、畳の上にアグラをかいた。

小宴会場は、二十四畳ほどの広さで、横に細長く、小さな舞台を備えている。天井を見あげると、衝立を通すためのレールが二本あって、八畳ずつの三部屋にも分けられる仕組になっているのがわかった。

「明和荘」は、恋人温泉が、まだ「小糸温泉」といっていた頃からの老舗で、二年前に建物を全面改築したのだった。

「終わった」

お女将がいったので、酒井は視線を戻した。帳簿をかたわらにおいたお女将の手には、親指の爪ほどはあろうかという大きさの真珠の指輪がはまっていた。

「カスミちゃん元気？」

「まあまあだ」

「最近、うちのお客様は、芸者さんとらなくて……。家族連れが多いのよ」

「払いがよくてけっこうじゃないか」

「まあね」

お女将はいって、着物のたもとから煙草入れをとりだした。紬の煙草入れの中味はセブンスターだった。それに小ぶりのダンヒルで火をつけ、老眼鏡を外した。

「『銀波の間』に、一昨日から、男のお客様が泊まってるの。年は四十二、三、あんたと同じくらい。ひとりで、飛びこみできて」

「払いか？」

「いいえ。十万ほど、前金でちょうだいしてるわ。こちらがいったのじゃなくて、あちらから」

「首吊りか？」

「それもないと思うわ。でも、きのうの夜、布団しきにいった初枝さんが――初枝さん、知ってるわよね」

「ああ」

「お客様のボストンバッグをずらそうとして、中味を見ちゃったの。布でくるんであったのが、少しほどけてたって」

「何だ？」

「ピストル」

酒井の顔が無表情になった。ショートホープをとりだし、火をつけた。お女将が煙草盆を押しやった。

「女は呼んだか」

「いいえ」

「酒は？」

「夕食のときに燗を一本くらい。あとは冷蔵庫のビールが一本」

「荷物は？」

「そのボストンバッグがひとつ」

「靴は？」

「靴はって？」

「きれいだったか、よごれていたか」

「源さんに訊いてみるわ」

「あとでいい。新聞を気にしてるか」

「別に。うちは部屋に届けてないけど、欲しいとはいわれてない」

「何といって、部屋をとった？」

「二―三日、泊めてくれって。きたときはネクタイしめてたわ。チェックインは、一昨日の五時半頃よ。御予約は、といったら、お金をだしたの」

酒井は黙った。

「駐在に知らせた方がいいかしら」

温泉街を坂の下に三百メートルほど下ったところに駐在所があった。

「今、どこにいる？」

「さっきは部屋。昼食はきのうは外で食べたけど、今日はラーメンをとったわ」

酒井は無精ヒゲののびた顎をかいた。ヒゲがさほど濃いたちではない。

「筋者っぽい口のきき方か」

「そうでもない。いかついことはいかついけど、ちゃんとした喋り方よ。指もそろってるし」

「今、他に客は？」

お女将は首をふった。

「連泊はそのお客様だけよ。今日はもう少ししたら、老人会の十二人ほどの団体さんが入るだけ」

「宿帳、見せてくれ」

お女将は黙って、帳簿の中にはさんであった紙片をとりだした。

酒井は手にとった。

「一柳(いちやなぎ)謙介、四十一歳、会社員」とある。住所は隣県の県庁所在地だった。

「見てくれる?」

お女将が訊(たず)ねた。酒井は、ああ、と頷(うなず)いて紙片を返した。

「いつ出てくかはいってないんだな」

お女将は首をふった。

「ふつうにちゃんとお金を払っていってくれるなら、別にいいのよ。客を選り好みできるようじゃないのだから、うちも」

その言葉に酒井はお女将の顔を見た。が、一瞬後、視線をそらし、そうかとつぶやいた。

「わかった。この客がもしでかけたら、知らせてくれ。『ドム』でコーヒー飲んでる」

酒井はいって立ちあがった。

「ありがと。これ」

お女将は帯のあいだから封筒をとりだした。封筒は「明和荘」の名入りだった。

酒井は頷き受けとると、ズボンのポケットに押しこんだ。

小宴会場を出た酒井は、玄関にいくと、下足番の老人にいった。

「『銀波』の客の靴、見せてくれないか」

すわっていた老人は腰をあげ、下駄箱に歩みよった。

「お女将さんかい」

「ああ」

老人はフンとまた鼻を鳴らした。黒の革靴をつかみだし、酒井に見せた。

「磨いたのか」

酒井は訊いた。

「軽く、だ。もとからよごれちゃいなかった」

靴のサイズは二十五・五で酒井と同じだった。安物ではないが、特に高価というメーカーでもない。サラリーマンなら、何足かもっているうちの、よそいきといったていどだ。

「裏、見せてくれ」

酒井がいうと、老人は靴をひっくりかえした。

靴底はまだ新しく、買ってからそれほど時間がたっていないことを示していた。その男の生活にもよるが、半年以内だろう。ぴかぴかの新品というほどでもない。

踵の外側が減っていた。酒井はその減りぐあいを確かめるように、人さし指の指先で触れた。

「ありがとよ」

酒井がいうと、老人は無言で靴を戻した。

酒井は雪駄に足を通した。

「邪魔したね」

ガラスの引き戸に手をかける。

「弟さん、元気かね」

老人がその背中にいった。酒井の動きが止まった。ゆっくりふりかえった。

「知らんな。会ってないんだ」

ピストルを見た、とお女将に聞かされたときと同じような、無表情になっていた。

「まだ、あっちかい？」

老人は首をかたむけた。

「そうじゃないか」

「あっちはいいわな、スキー場は。儲かってしょうがねえだろ」

「どうかな」

酒井は低い声でいった。そしてくるりと背中を向けると、引き戸を開いた。

「ドム」は、旅館街の頂上から一本奥まった路地に建つ喫茶店だった。どうということのない、ありきたりの造りで、入口には紫色のガラス扉がはまっている。

酒井が扉を押すと、店内には誰もおらず、カウンターの内側で丸首のセーターを着けた眼鏡の男が新聞を読んでいた。

男は目を上げ、酒井を見ると、無言で新聞を畳んだ。

店は、カウンターのほかに、白い布カバーをかけた四人席が三つあるきりだった。壁ぎわに本棚があり、「徳川家康」が全巻と、マンガの単行本がぎっしり詰まっている。

酒井はカウンターの椅子に腰をおろした。

眼鏡の男が読んでいた新聞に目をやり、いった。

「とれたか」

「駄目」

眼鏡の男は短く答えた。新聞はスポーツ紙で競馬欄を表に畳まれている。眼鏡の男の片耳には、ラジオのイヤフォンがさしこまれていた。

眼鏡の男は、ガスコンロにかけた、湯をはった金盥からコーヒーカップをひとつつまみあげた。カウンターに広げたフキンの上におき、フィルターをセットすると、コーヒーをスプーンで入れ、同じく火にかけてあったヤカンから湯を注いだ。

湯は細い糸のように、均等にコーヒーの粉に注がれた。小さな気泡をともなって、ふんわりとコーヒー粉は盛りあがった。

「うまいもんだ」

さして抑揚のない声で酒井はいった。ヤカンをおろした眼鏡の男は、

「商売だからな」

と、そっけなく答え、カウンターの内側の椅子に戻って、新聞をとりあげた。

酒井は横を向き、カーディガンから煙草をとりだした。

店の中は有線も流れておらず、コンロにかけられたヤカンがしゅうしゅうと唸ってい

るだけだった。

酒井が煙草に火をつけたマッチ棒を灰皿に落とすと、眼鏡の男が立ちあがった。フィルターをどかし、コーヒーのたまったカップを受け皿にのせて、酒井の前に押しやった。

「山は雪だってよ」

眼鏡の男はいった。

「いかねえのか、スキー」

酒井は訊いた。

「こう暇じゃな」

眼鏡の男は小さくいって、カウンターの上においてあったショートピースの缶をひきよせた。

「暇だからいいんじゃないか」

「銭がな。保たない」

「馬にばっかりつぎこんでるからだ」

「馬はたまに儲けさせてくれるからな」

眼鏡の男は怒るようすもなく、いった。

「たまあに、だろ」

酒井が吐きだすようにいっても、とりあわなかった。

酒井は、何も入れないコーヒーを口もとに運び、すすった。

カウンターの隅にピンク電話があった。それが鳴った。

眼鏡の男はゆっくりとした動作で受話器をとりあげた。

「はい」

酒井はそちらに目を向けず、コーヒーをすすりつづけていた。

「ああ、いるよ」

眼鏡の男はいって、受話器を酒井にさしだした。

「はい」

酒井はカップを左手にもちかえ、声を受話器に吹きこんだ。

「そうだ。別に。客の件だよ」

相手の声に耳を傾け、いった。

「わからん。ああ。風邪はもういいのか」

相手が何かをいいかけると、それをさえぎり、いった。

「お前さんじゃないよ。昇だ。ああ」

聞いた。

「わかった」

受話器を耳から外し、眼鏡の男にさしだした。眼鏡の男はそれをもとに戻した。

「あとで車の鍵、届けるとさ」

酒井はいった。

「グランドで宴会がある。ここまで車できて、鍵、ここに預けてくから、乗って帰ってくれとよ」

「カスミさんか?」

酒井はぼんやりと前を見つめ、一本調子で喋った。

それを聞き、少ししてから眼鏡の男がいった。

「いいカミさんだよな」

酒井は目を上げ、相手を見た。

「もったいねえな、ここじゃよ。きれいだし」

「好きでやってんだよ」

酒井はつぶやくようにいった。眼鏡の男の目に笑いが浮かんだ。

「なんであんたに惚れてんだ?」

「知るかよ」

酒井はいった。そしてつけ加えた。

「欲しきゃ、くれてやるぜ。もってけよ、コブつきだが」

「昇くんだって、いい子じゃないか」

「だから、やるっつってんだろ」

酒井の声にいらだちが混じると、眼鏡の男は嬉しそうに笑った。

「離れねえよ、あんたを。とれるもんなら、とっくにとってらあ」

酒井は鼻を鳴らした。

再び電話が鳴った。

「また、あんただ」

いって、眼鏡の男は受話器をとった。

「はい。あ、どうも。いますよ。ちょっと待って下さい」

さしだされた受話器を酒井は受けとった。

「はい、酒井。わかった」

受話器を返すと、ストゥールを降りた。

「もう帰んのか」

驚いたように眼鏡の男はいった。酒井は頷き、ズボンのポケットに手を入れた。「明和荘」のお女将から受けとった封筒をとりだす。

「あいつがきたら、これを渡しといてくれ」

カウンターにおいた。そしてふりかえりもせず、店をでていった。

コーヒーカップは空だった。

喫茶店をでた酒井は、急ぐようすもなく、川ぞいの道を下っていった。

大型の観光バスが一台、坂を登ってくるのとすれちがった。年寄りばかりがシートを埋めている。

軽自動車が何台か、川の反対側の道を下っていった。雲が切れ、薄い陽が、まだ濡れている道路に、酒井の影を作った。

酒井はズボンのポケットに両手を入れ、歩いていた。

やがて、少し先の土産物屋から男がひとりでてくるのが見えた。

髪を短く刈り、背広の襟もとにマフラーを巻いている。右手に白いビニール袋をさげていた。ビニール袋は四角い箱の形をしている。

男は目的のないような足どりで川ぞいを、酒井に背を向けて歩いていたが、ふと立ち止まった。

川への傾斜がゆるくなり、土手に雑草が茂って芝生のようになっている場所だった。

男の足もとは、黄色い雪駄だった。靴下をはいた足に雪駄をつっかけている。

男は道路を外れるとその土手に降りた。途中で腰をおろし、川面を見つめた。

酒井はゆっくりと歩いていき、男の少しうしろで立ち止まった。

新たな観光バスがまた一台、坂をあがってきて、ふたりの背後を通過していった。

男がすわったまま首を回し、自分の方を見ている酒井に目をやった。

酒井は別に気にするようすもなく、男を見返した。

色が浅黒く、四角ばった顔をした男だった。崩れた印象はないが、油断のない目つきをしていた。白いワイシャツにグレイのスーツをノーネクタイで着ている。

マフラーはカシミヤで、スーツもそれほど悪いものではなかった。

男はしばらく無言で酒井を見つめていたが、再び川に目を戻した。

背広のポケットから煙草とライターをだした。ライターは金張りのダンヒルだった。

男が煙草に火をつけるのを見て、酒井も煙草をくわえた。

男がまたふりかえった。

「この川はなんか釣れんのか」

酒井の方を見あげ、いった。

「もう少し上にいくと、岩魚だな」

酒井は答えた。

男は川に向き直った。

「岩魚か。飯についてきた甘露煮だな」

ひとり言のように聞こえる口調でいった。

そして手もとのビニール袋から紙箱をとりだし、包装をはぎとった。

「恋人まんじゅう」という表書きが酒井の目にも見えた。

男ははぎとった包装を丸め、ビニール袋の中に押しこんだ。箱の蓋をあけると、二列に並んだ八箇の饅頭のうちのひとつを口に入れた。

ゆっくりと噛んでいた。酒井は無言で煙草を吸っていた。

男がふりかえり、箱をもちあげた。

「食わねえか」

酒井は首をふった。

「そうだろうな。食い飽きてるだろう。あんたこの辺か」

「ああ」

酒井は答えた。

「釣りはやんねえのか」

「少しだけやったが、合わなかった。どっちにしろ、今は禁漁期間だ」

「——そうか。川には海とちがって、禁漁期間があるんだな」

「釣りをしにきたのか」

酒井は訊ねた。

「ちがうよ」

男はいった。酒井は土手を降り、男のかたわらに腰をおろした。男と酒井の間に饅頭の箱がある。

男はその箱からまたひとつ饅頭をとりあげると、口に入れた。

「うまそうに食うな」

酒井はいった。

「だろう。よくいわれたよ。俺が食ってると、何でもうまそうに見える。ここが張ってるからさ。顎が頑丈なんだ」

男はえらの部分を平手で叩いた。酒井は無言だった。ふたりとも相手を見ず、川面を見ていた。

「クロをよく釣りにいった。奴はな、引きが強いんだ」

少しして、男がいった。

「クロ？」

「グレだよ。メジナのことさ。九州とかあっちじゃ、グレのことを、クロっていうんだ。こっちの方は、クロっていうと、チヌだと思うらしいがな」

「黒鯛か」

「ああ。だが寒のクロの方が、チヌよりはるかにうまい。黒鯛ってのは、獲れた場所で、ぜんぜん味がちがうんだ」

「あんた九州か？」

酒井は訊ねた。男は答えなかった。

ふたりはしばらく、無言ですわっていた。男はその間に、饅頭をまたふたつ食べた。四つ目の饅頭を食べるとき、いいわけをするようにいった。

「寒いところにずっと立ってるとよ、なんだか甘いものが無性に食いたくなる。そんなときに限って、菓子屋もなきゃ、あっても、夜中だったりする」

酒井は無言で笑った。泣き笑いの顔だった。

「――『明和荘』ってのは、いい宿だな」

男がいった。

「――古いからな」

「お女将が、びっとしてる。ああいうのは、小さくても、しっかりしてて、いいや。ただここの名前はいただけねえな。フヤけた名だよ、恋人温泉なんて。ひとり者じゃ来づらい」

「恋人温泉だ。昔は、小さな糸と書いた。それじゃぱっとしないんで、名前をかえたのさ。何年か前に」

男は首をめぐらし、酒井を見た。目に面白がっているような光があった。

「あんた、もとからここじゃねえだろ」

「ああ」

「どんくらいだ？」

「四年……じき五年かな」

酒井は短くなったショートホープを口から離し、川に投げこんでいった。

「どうだい。こういうところで暮らすってのは」

「別に」

「別に？　別になんだい」

「面白くもないが、退屈もしない」

男はかすかに笑った。笑うと鼻のわきに皺が寄った。

「俺みたいなのがいるからか」

「どうかな」

酒井はいって、男を見返した。

「この川な、下にいくと太くなる。それで県境いになる」

「県境いか」

「ひと川、またぐっていうだろう」

酒井はいった。男の目が険しくなった。

「なんだ、それは」

「ヤマ踏んだ奴が、ひと川またぐのさ。県警の管轄がかわるからな。ひと晩、ほとぼりをさますのに、ここらの宿はいいんだ」

酒井は男の表情の変化を気にせず、いった。

「——そうかい」

男は少し硬い口調でいった。酒井はあいまいに頷いた。

しばらくふたりとも口をきかなかった。やがて男がいった。

「あんた、何者だ」

「別に。ただの暇潰(ひまつぶ)しをしているだけさ」

「……荷物か。バッグの中を見たんだな」

男は合点したようにいった。酒井は男を見た。

「いつ、辞めた？」

「何をだ」

「もとは、そうだろ」

男の顎に力がこもった。

「何でわかる？」

「ガニ股」

「それだけでわかるってのか」

「俺も大福が食いたくなった」

男はすっと鼻から息を吸いこんだ。そのまま呼吸を止め、酒井をにらんでいたが、はあっと吐きだすとともにいった。

「二年前だよ」

「わけは？」

「監察の点数稼ぎだ。犬の中の犬だ、あいつら」

「銭とったのか」

「そうだよ。たいした額じゃねえ。月に十だ。管内にマントルやってるのがいてな。風紀面、欲しがったのさ」

酒井はふっと笑った。その横顔をにらんでいた男がいった。

「あんたは何で辞めた？」

「飽きたからさ」

男はにらみつけながら訊ねた。酒井は首を回し、男の視線を受けとめ、訊きかえした。

「どこまでいった？」

「星か？」

「そうだ。俺は部長まで」

酒井は目を川に戻した。

「巡査部長か」

「ああ。頭のいい奴らは仕事しねえで試験勉強さ。俺ら、奴らの代わりにせっせとドブさらいだ。挙句に仕事もしねえ野郎が出世していきやがる。頭にくるぜ」

酒井は再び泣き笑いの顔になった。

「そういうところさ」

「何をやったんだ？」

男は鋭い口調になった。

「何をやらかして、こんなところまで流れてきたんだよ」

「別に」

いって、酒井は立ちあがった。男を見おろし、なにげない口調で訊ねた。

「組の世話になってるのか、今」

「だからなんだっていうんだよ。ほかに何ができるんだよ」

男は凄みのこもった声で答えた。

「そうだな。何かやるのか、ここで」

男は酒井をにらみつけていたが、薄く笑い、川に目を戻した。

「何もしやしねえよ。あれは預かっただけだ。使うつもりなら、もち歩いてらあ」

「そう、あんたの気にいっているお女将に伝えていいか」

「いいよ」

男はそっぽを向いたまま、答えた。表情は硬かった。

酒井はその顔を見つめていたが、小さく頷いた。低い声でいった。

「邪魔したな」

「別に。ずっとひとりだったからよ」

男も低い声で答えた。酒井はもう一度頷いた。そして土手をあがっていった。

坂を少し降りたところにバス停があり、電話ボックスがかたわらに立っていた。酒井はそれに入った。ポケットからだした十円玉を落としこみ、ボタンを押した。

「はい、『明和荘』でございます」

「お女将を。酒井だ」

いって、ボックスのドアに酒井は寄りかかった。男が土手をあがってきた。酒井には気づかず、坂の上に向かって歩いていった。

「はい、お電話代わりました」

お女将の声が流れてきた。酒井は寄りかかったまま、煙草を口にさしこんだ。

「さっき、あんた、客選べないっていってたよな。あれはどういう意味だ？」

「――どういう意味って？」

少しの間をおいて、お女将が訊きかえした。声が低まっていた。

「そういう意味さ」

酒井の言葉にお女将は沈黙した。酒井はそれにいらだつようすもなく、煙草の火をつけた。電話ボックスに煙がこもる。

「――明日、団体が入るの」

お女将は硬い声でいった。

「人数は？」

「三十人」

「どっからくる？」

「スキー場」

「スキー場？」

「弟さんのとこ」

酒井の表情が厳しくなった。

「なぜ黙っていた」

「県警から要請があったから。錦城とグランドは断わった。でも、うちは……」

「わかった」

いって、酒井は受話器をおろした。吸いかけの煙草のフィルターをぐっと嚙みしめ、電話ボックスから、男がすわっていた土手の方を見つめた。

酒井はチェーンを巻いたタイヤをはかせた軽自動車のエンジンを切った。フロントグラスのほかは、まっ白に曇っている。ヘッドライトの光は、正面のビルのまわりに積みあげられた雪に反射していた。

酒井は昼間のいでたちに長靴をはき、コートを羽織っていた。

ライトを消しキイを抜いて、軽自動車を降りたった。走ってきた方角をふりかえると、イルミネーションに浮かびあがったゲレンデが見えた。光の中をリフトが動き、粉雪がわずかに舞っている。

ゲレンデは、酒井が車を止めたビルのもう少し先で終わっていた。何軒ものホテルが道ぞいには建っている。

酒井の正面にあるビルは、ホテルではなかった。四階建ての四角い造りで、入口には何の看板もかかげられていない。ガラス扉に金文字で小さく、

「飯沢興業」

と記されているだけだ。

酒井はビルを見あげた。四階の左半分、ふた部屋の窓に明りがついていた。

酒井はガラス扉を押しあけた。ビルの中央に階段があって、上へと登っている。無表情でその階段をあがっていった。

四階にあがると、くもりガラスのはまった扉があり、中が明るかった。テレビのものと思(おぼ)しい笑い声が洩(も)れてくる。

酒井は小さくノックして、その扉を引いた。十二畳ほどの部屋の中央に、大型の石油ヒーターがあって、それを囲むように男たちが安物のソファに寝そべっていた。壁に吊るされたテレビを見あげている。

むっとするほどの暖気がこもり、煙草の煙で天井のあたりが白っぽく、かすんでいた。

「あ」

ひとりの男が寝そべっていた長椅子から上半身をおこした。

「どうもっす」

つるつるに剃(そ)りあげた頭を下げた。

「いるか」

酒井はコートのポケットに両手をつっこみ、そっけなく訊(たず)ねた。

「はい。奥の部屋に」

酒井は頷(うなず)き、部屋をよこぎった。あとの男たちは表情のない目でそのうしろ姿を眺めた。奥との境にドアがあった。

酒井は今度はノックせずにドアを開いた。

神棚をまつった部屋だった。窓ぎわにどっしりとしたデスクがあり、背もたれの高い椅子に、男がひとり腰かけていた。紺のスリーピースを着け、椅子の背に、キャメルのコートがかかっている。男のスーツの襟に金色のバッジがあった。

男は驚いたようにデスクから顔をあげ、酒井を見た。目に不審そうな色が浮かんだ。

「なんだよ、いきなり」

酒井はドアを閉め、無言で歩みよっていった。

「くるならくるって、ひと言いってくれりゃ、飯の予約でもしといたのによ」

男は背中をのばし、酒井を見あげた。酒井はデスクの前で立ち止まった。

「明日は温泉か」

低い声でいった。男の口もとが歪んだ。唇のすぐ下に、顎を割るように走る白っぽい傷跡があった。

「聞いたのか」

酒井はわずかに首を動かした。そして訊ねた。

「お前らだけか」

男は酒井から目をそらし、デスクの上においたダンヒルの箱とライターをひきよせた。

「なんでそんなこと、訊くんだよ」

下を向いたままいった。そして煙草の箱を開けようとした。酒井がかがみこみ、その手を押さえた。男は驚いたように目を上げ、のぞきこむようにする酒井と顔を合わせた。

デスクの上の点（とも）ったスタンドが酒井の横顔をくっきりと浮かびあがらせ、部屋の隅に影を作った。

「お前らだけなのか」

酒井の顔は真剣だった。

酒井は囁（ささや）くような口調でくりかえした。男は酒井の目を見つめ、あきらめたように答えた。

「客がくる」

「何の？」

「なんでだよ」

「答えろ」

男はすねた子供のように下を向き、横目で酒井の顔をうかがった。

「グ、グ、グランドにフィリピンのダンサー、入れてるところだよ。だけど、カスリがひどいって、泣きつかれたんだ」

「グ、グランドの奴にか」

男は頷いた。

「グ、グランドの倅（せがれ）が、そのうちのひとりとデキちまってよ。なんとかしてやってくれって泣きつかれて、話つけることになっちまった」

「客は、ダンサー入れてる組か」

「そうだよ」

「なのに、グ、ラ、ン、ドは部屋を貸さねえのか」

「そうだよ。野郎、ぶるったんだ。俺がでてったら、向こうの組ともめんじゃねえかって。県警に泣き、たれやがった」

「それでも会うのか」

「呼びだしちまったものはしようがねえ。向こうが引けば、フィリピンはうちで入れる」

「やめとけ」

酒井はいった。男は酒井を見つめた。

「なんだよ。なんでそんなことというんだよ」

「スキー場で稼いでるのだろ。温泉までちょっかい出すな」

「兄貴よ――」

「なんだ」

一瞬、ふたりの間に沈黙が生まれた。ふたりの男は無言で見つめあった。先に目をそらしたのは、やはり男の方だった。

「もう、うちにこいなんていわねえよ。だけど、兄貴、デコスケみてえなことといつまでもやってたってしかたがないだろ」

「デコスケ？」

「悪かった。刑事だ」

「俺の生き方が気にいらないのか」

「あんたがサツを辞めたのは、俺のせいだって、俺はいつも思ってる」

「お前のせいだなんて、俺が一度でもいったことがあるか」

「ねえよ。だけど、あんたが警部の昇進試験でいつも県警一番のできだったてのは、みんなが知ってる。なのに、あんたは最後まで受かんなかった。そいつは俺のせいじゃないのか」

「そんな与太、どこで聞いた」

「与太じゃねえだろ。その話を聞いたとき、俺は頭にきて、試験官の野郎にカチコミ食らわしてやろうかと思ったよ。あんたが辞表叩きつけて辞めたときは、悲しかったけど嬉しかった。兄弟仲よくやれるって……。だけど、あんたは、あの温泉芸者とくっついて――」

「それ以上のお喋りは聞きたくない。とにかく、明日の宴会は中止しろ」

男の顔がくしゃくしゃになった。今にも泣きだしそうな表情になった。

「兄貴、それは意地悪なのかよ。俺に対する仕返しなのかよ。サツを辞めたあんたが、今度はあの温泉をシマにして、俺を寄せつけねえっていうのか！」

酒井の顔は無表情だった。

「そうとりたければ、とっていい」

「兄貴！」

「お前のいった通りさ。あの温泉は、俺のシマだ。だから筋者は寄せつけない」

男の顔はこわばっていた。目を大きくみひらき、蒼白になった。しばらくそうして酒井をにらみつけていたが、吐きだすようにいった。

「わかった。あんたのシマには手をださない。宴会は中止する」

「それでいい。以後、奴らとはかかわりあうな」

男はがっくりと椅子にもたれかかった。そして悲しげな表情でいった。

「あんたのいう通りにする。だが、一回だけだ、兄貴。次はもう、俺に指図はしねえでくれ」

酒井はそれを見つめていたが、小さく頷いた。

「邪魔したな」

小さな声でいって、くるりと踵を返した。

ドアまでいったとき、男がいった。

「兄貴」

「なんだ？」

酒井はふりかえった。

「雪道だ。気をつけて帰ってくれよな」

酒井は無言だった。ドアノブをつかんで引くと、そのままでていった。

「恋人温泉」に酒井が帰りついたのは、それから二時間後だった。

酒井は「ドム」の前に軽自動車を止め、ガラスドアを押した。

客はおらず、眼鏡の男はひとりでマンガを広げていた。酒井が入ってくるのを認めると、マンガを閉じた。

「いっしょに帰るんだったら電話をくれとさ、グ、、、、ランドに」

酒井は頷き、カウンターにすわった。

「今日は冷えるだろう」

「冷える」

酒井はまっすぐ目を前に向けたまま、答えた。

「さっき、こっちの方でも雪がパラついたって話だ」

「そうか」

酒井は短く答え、煙草をくわえた。

「いっしょに帰ってやんないのか」

眼鏡の男は不服そうにいった。酒井は目をそちらに向けた。

「そうだな。たまには、帰ってやるか」

つぶやくようにいった。

眼鏡の男がピンク電話の受話器をとりあげ、さしだした。

「電話かけてやんな」

そして十円玉を落としこんだ。

「お節介な野郎だな」

酒井は泣き笑いの表情になった。

「あんたほどじゃないよ。ちがうか」

眼鏡の男はいって、酒井の代わりに、ダイヤルを回し始めた。

酒井は小さく頷き、しゅんしゅんとヤカンが滾る音に耳をすませた。

カモ

約半年ぶりに連絡をしてきたというのに、倉田の口調は例によってそっけなかった。

「――よう、何してる」

火曜の夕方、五時過ぎだった。私はコードレスホンの送話口に思いきりため息を吐きかけてやった。

「仕事に決まってんだろう。身分が違うんだよ」

「お偉い先生になったらもう少し優雅にやっているかと思ったがな」

「馬鹿いうんじゃない。お偉いってことはこき使われるってのと同義語なんだよ」

「おっ、じゃお偉いって自覚してるのか」

「してるわけねえだろ！　どうしたんだよ」

二十年以上のつきあいだ。どうしても喋り方が荒っぽくなる。

「たいした用はねえ。飯でも食わないかと思ってさ」

「珍しいな。同伴も飽きたか」

テリトリーがちがうので出くわしたことはないが、銀座か六本木に夜な夜なでかけているのは知っている。

いいながら私は書きかけの原稿用紙をめくった。とりあえず、あと四枚書けば、今日締切の週刊誌はあがる。お次は週末にくる月刊誌の締切だが、水、木、金曜の午前中を使えば、四十枚は何とかなるだろう。

「一時間待てるか」

「いいぜ、どうせ外はまだ明るい」

「どこいく?」

「たまには昔を思いだして神楽坂(かぐらざか)ってのはどうだ」

倉田はいった。

「神楽坂? 渋いな、ずいぶん」

「元芸者のおっ母(か)さんと娘がやってる店があるんだ。食いもんもまともだ」

「わかった。じゃあそこにそうだな……七時」

「地図をファックスで送る」

「オーケー」

電話を切り、ペンを握り直してふと思った。

昔を思いだして神楽坂——あいつと神楽坂で遊んだことなんてあっただろうか。

倉田と知りあったのは大学時代だった。互いに通っている学校はちがったが、女を漁りにいく店が同じだった。ディスコ、パブ、喫茶店。いつのまにか顔見知りになっていた。

　そうだ、神楽坂は麻雀(ジャン)荘だ。

「麻雀やる？　お前」

　ナンパをしようにも、ろくな女にめぐりあえなかった、七月の最悪の土曜日、喫茶店のカウンターで訊(き)かれた。あの年の梅雨(つゆ)明けは早く、気のきいた女はとっくに、海か山へいってしまっていた。私自身も、八月になったら、同じ大学の仲間たちとともに軽井沢へいくことになっていた。

「やるぜ、もちろん」

　私は答えた。実際、街でナンパに励んでいない日は、麻雀で徹夜をしていた。そのかいあって、一年半後、めでたく大学をクビになったが。

「いくらで打ってんだ」

　仲間は大学生のわりにはレートが高かった。それぞれ、かじりがいのあるスネを親がもってくれていたおかげだ。

「五(ご)の五(ごっ)、十(とお)か、ヒラ十(ピン)だ」

　いうと、倉田は馬鹿にしたように鼻を鳴らした。

「安いレートだな」

　少しむっとした。大学生どうしなのだ、そんな馬鹿高いレートで打てるわけがない。

「じゃ、いくらで打ってんだ」

「ふつうで十(ピン)の一(ワン)、二(ツウ)、裏ドラ一発チップあり、なけりゃ十(ピン)の一(ワン)、三(スリー)」

十の一、三で、ハコテンドベをくらうと六千円——大学生でなくとも小さくないレートだと思った。なにせラブホテルが泊まりで三千五百円の時代だ。煙草がひと箱百五十円だった。

「学校の連中とか？」

「わけ、ねえだろ。麻雀荘にくる奴らだよ。タクシーの運転手とかさ」

それを聞き、一瞬、ひいた。学生どうしでの麻雀はさんざんやったが、知らない大人との麻雀はまだその頃経験がなかった。そういう世界に出入りして博打を打っている倉田が急に大人びて見えたものだ。

「女も腐ってんのしかいねえし、いってみるか」

そういわれ、つかのま逡巡した。だがびびったと思われるのが嫌だった。この世で最大の屈辱が、ファッションを馬鹿にされることと根性なしだと思われることだと考えていた年頃だ。

財布の中に、もらったばかりのこづかいが三万円入っていた。

「いくよ」

車二台でつるんで、神楽坂にいった。倉田が私を連れていったのは、中華料理屋の二階にある「対々荘」という店だった。客の大半は四十以上のオヤジだった。

雀卓のかたわらに雀代を集めるための空き缶があり、千円札が無雑作に押しこまれていた。

もうもうと煙った店内は、半分近い卓が埋まって、牌を叩く音、洗牌する音、罵り、ぼやき、叫びがうずまいていた。その野卑な雰囲気に、倉田につづいて一歩足を踏み入れたとたん後悔した。

ネクタイをゆるめ、ワイシャツの袖をまくりあげた四十くらいの男がいちばん手前の卓にいて、倉田を認めた。

「なんだよ苦学生、またきたのかよ」

「どうもー」

薄笑いを浮かべ、倉田は調子のいい挨拶をした。

「たまんねえよな」

吐きだしながら、男は私にも鋭い一瞥をくれ、牌をツモって叩いた。

「カジるスネは親だけにしてくれっつうんだよ！　ガキにむしられる筋合いはねえっつうの、どうだぁ！」

「ロン！　タンヤオ、ドラドラ」

牌が倒された。

「くそったれがぁ」

男は頭をかきむしった。ちょうどオオラスだった。点棒箱がひき抜かれた。

男は椅子の背にかけていた臙脂のブレザーからむきだしの現金を抜きだし、崩れた牌の山に投げつけた。そのブレザーに「××交通」というタクシー会社の名が入っているのを、私はぼんやりと見つめた。

「やめだ、やめ。ゲンが悪いや」

男は立ちあがった。

「仕事に精だしな」

トップをとったらしい禿頭の男が金をかき集め、かたわらの空き缶に千円札をつっこみながらいった。

「うるせ！」

禿頭の手には、三種類もの指輪がはめられていた。着ているのは趣味の悪いガラのスポーツシャツだ。残りの二人も、いかにもマトモなサラリーマンには見えないタイプの男たちだった。

タクシー会社のブレザーを着た男は、何の挨拶もなく、麻雀荘をでていった。禿頭が私たちを見あげた。

「ひとり空いたぜ、やんのか」

倉田が私を見やり、いけ、というように顎をしゃくった。私は息を吸い頷いた。椅子にすわり、点棒を集めながら訊ねた。

「ルールは？」

「ありありだよ。オープンリーチだけなし。十の一、三。半荘キャッシュ、雀代はトップ払いの千円」

倉田がいった。

「二万五千もちの三万返し。学生だろ、あんたも」

禿頭がつづき、私は頷いた。

「じゃ、うめえや。むしられっぞお」

禿頭はあとの二人を見て、にやっと笑った。牌を集めて裏返しだす。

「学校どこだい」

黙っていた目つきの鋭い痩せた男が訊ねた。濃いブルーのペンシルストライプのスーツを着ている。とてもカタギとは思えなかった。

私は答えた。男はふっと笑い、

「じゃ後輩だ」

とつぶやいた。

「本当ですか？」

私は思わず嬉しくなって訊ねた。禿頭が怒鳴った。

「嘘に決まってんだろ！　このしゃぶ中が」

その一発で、私は完全にびびった。最初の山を積むとき、指先が震えた。それを知ってか知らずか、倉田はうしろの方の空いた卓にすわり、煙草を吹かしていた。

結局その晩、私はもっていたこづかいの大半を失った。半荘を五回か六回やったのだが、トップは一度もとれず、二位が一回で、あとは三位かラスだった。

倉田は、空きのでた卓で打った。午前三時頃、パンクを宣言して私は卓を離れた。本当はあと半荘一回くらいは打てそうな金が残っていたのだが、もし大負けして払えなくなったときのことを考えると恐かった。

今から考えれば、彼らの大半は、せいぜい町の不動産屋か中古車屋といったあたりで、本当に危険な稼業についていた者は少なかったろう。が、そのときは、世にも恐しげな男たちに見えた。

先に帰る、と声をかけると、倉田は、

「わかった、じゃあな」

自分の牌を見つめたまま、そっけなく答えただけだった。私も彼も、ナンパのためにめかしこんでいた。が、私が自分をその場でひどく浮いた存在に感じたのに比べ、倉田はすっかり溶けこんでいるように見えた。

麻雀荘をでて、自分の車に乗りこんだとき、まるで魔界から生還したかのように私はほっとしたことを覚えている。そして、同じ大学生でありながら、東京に家族をもつ私と、田舎からひとりででてきて、独力で車を買い、こうして大人に混じって麻雀を打つ倉田とでは、まったく別種の人間だと感じた。

それはある種、尊敬の念に近いとさえ、いえた。

その後も、倉田に誘われ、私は何度か、「対々荘」に足を運んだ。最初に感じたような恐怖はじょじょに薄れていったが、勝負の方は、おおむね負けがつづいた。結局のところ、私は麻雀をゲームと思っていたし、彼らは金だと考えていた。そこを根城にするタクシーの運転手たちは、仕事にでず、車を外においたまま打ちつづけ、勝てばノルマぶんの金を会社に入れ、負けたときには、その金額を麻雀荘から借りて利子も払うのだった。

やがて仕事が終わって麻雀荘に直行し、打ちつづけてまた仕事にでて、途中サボって打ちつづけ、という運転手のひとりが事故で死んだ。そのことを知ったのも麻雀荘だった。

喪服を着てやってきた客に教えられたのだ。

――馬鹿だよな、馬鹿。

その運転手について、常連客がいった言葉はそれだけだった。負けても馬鹿、死ねばもっと馬鹿、勝ち逃げする奴だけが利口、というわけだ。

私が大学をクビになると、多くの友人たちは離れていった。クビになるようなダサい野郎とは友だちでいたくねえ――そううそぶいた奴もいた。

倉田はちがった。学校が別だったこともあって、つきあい方は変化しなかった。

ただ私が、かわった。かつてのように大学生というブランドがナンパに使えなくなり、それまでの自分がやってきたことの馬鹿馬鹿しさを思い知った。

子供の頃からの「真面目（まじめ）な」夢を、私は思いだした。

小説家になりたい。

私は売れるあてのない小説を書き始めた。そして書き始めて少ししてから気づいた。私が題材にできるのは、まったくの空想でない限りは、それまでの数年間に積み重ねてきた馬鹿騒ぎの体験しかないことを。

皮肉な話だった。

その数年後、私は新人賞を受賞してデビューした。

小さな雑誌の新人賞だった。新聞には一行ていどの記事がでたかどうかだろう。大学時代の遊び友だちとは、もう誰ひとりつきあっていなかった。私は麻雀もしなかったし、車も売っていた。当然ながらナンパからはすっかり足を洗っていた。

だが倉田は電話をしてきた。新聞を見たのだといった。

「お祝いしようぜ」

久しぶりに私は盛り場にでていった。六本木で待ちあわせ、スーツを着た倉田に会った。長髪で、いかにも業界人風だった。レコード会社の名刺をくれた。まだ入社して一年足らずだといった。

「『対々荘』、いってるのか」

私は懐しくて、訊ねた。倉田はふきだしていったものだ。

「とっくに潰れたぜ。麻雀やってんのか、まだ」

「いいや」

私は苦笑いして、首をふった。

「どうやら俺には博才があまりないらしい」

倉田はにやっと笑った。

「そいつは最初からわかってた。だがいえば怒るだろうし――」

「だろうし？」

いたずらっ子のような目で私を見た。

「いいカモだったから離したくなかった」

「この野郎」

怒る気にもなれず、私は笑った。

「いいじゃないか。小せえ博打には負けたけど、人生の博打には勝ったろう。なりたかったのだろ、小説家に」

「まだ勝ったわけじゃない」

私は首をふった。

「せいぜい、雀荘に入れるタネ銭ができて、卓につかせてもらったってあたりさ。勝ち負けはこれからだ」

「お前は勝つよ」

倉田はいってくれた。

「きっと勝つ。何だか、そんな気がするんだ」

やがて風の便りに、倉田がレコード会社をやめたと聞いた。そしてかなり怪しげな、マルチ商法まがいの会社に入り、羽振りよくやっている、という噂を聞いた。その頃、呼びだされ、会うと、BMWを乗り回していて、銀座の高級クラブに連れていかれた。二十代の若さで、クラブをハシゴし、ホステスや店の連中には、「専務、専務」とおだてられていた。

私がたとえミステリ作家でなくとも、倉田がいるのが「塀の上」であるのはわかることだった。転げ落ちる先が塀の内側なら、それきりだ。外側でも、軟着陸はできそうもないように見えた。

何軒かを回り、最後の店で倉田は、とびきりの美人を連れだした。

「結婚しようと思ってんだ、こいつと」

腰に両手を回して抱きつくホステスをさし、倉田は嬉しそうにいった。確かに美人だったが、私の「勘」は、女を曲者だと教えていた。このテの顔は、すぐに相手を乗りかえるタイプだと。

だが私は何もいわず、頷いた。

「きてくれよな、結婚式に」

「もちろんさ」

半年後、盛大な結婚式と披露宴が一流ホテルで催され、久しぶりにタキシードをひっぱりだした私は出席した。学生時代の友人は私ひとりだった。

そして一年後、倉田は会社をまた辞めた。

会って飲み、

「辞めたよ」

といわれ、

「よかったじゃないか」

と私はいったものだ。私の方はあいかわらず作家だったが、だしつづけても、本は一向に売れず、一生このままだろうと、半ばあきらめていた。とはいえ、食べていけるくらいの収入はあった。

「結婚もやめる羽目になりそうだ」

バーカウンターにグラスの底で濡れた模様を描き、倉田はいった。

「そうか」

よかったな、とは口にださなかった。

「金の好きな女でさ。というより、金をつかうのが好き、か」

子供はいない。

「いい勉強だ」

私は笑った。倉田も笑った。

「かもしれん」

それから三年ほど、音信不通がつづいた。私の結婚式の招待状は「宛先人住所不明」で戻ってきた。二年前、突然、連絡があった。今度は、コンピューターのゲームソフト開発会社の経営者になっていた。そこで作ったというソフトの名を、私ですらが知っていた。

「しばらくドツボだったけどな、復活したぜ」

「今度はマトモか」

私がいうと、にやりと笑った。

「お前、自分の商売をマトモだと思うか」

「わけがないだろう」

私は怒ったようにいってやった。ようやく本が売れ始めていた。

「じゃあ俺もそうさ。ただし今度の会社の商品は、前のときとはちがう。形があるし、皆んなだまされたくて買うのだからな」

「じゃあ俺といっしょってわけか」

「そういうことだ」

こうして私と倉田のつきあいも復活した。離婚をしたあと、倉田はずっと独身だった。しかし広尾の高級マンションに住み、ジャガーを乗り回し、通いのハウスキーパーを雇う身分になっていた。会社の内容は、以前の仕事に比べればはるかに堅実で、バブル時代にも、不動産投資などはせず、きっちりとした経営をおこなっていた。

思いだしたように倉田は連絡をよこし、私たちは待ちあわせて飲んだ。本が売れるにつれ、私は、かつての倉田が私を連れていってくれたような銀座や六本木のクラブに出入りするようになっていた。

互いに通う店の情報を交換しあい、自分の縄張りで奢りあった。倉田は立派な「億万長者」で、奢られることにもう、さほど抵抗は感じなかった。

やがて私は、ある文学賞を受賞した。何十という花の鉢が祝いに贈られてきたが、いちばん巨大な鉢植えが倉田の贈ってくれたものだった。受賞式の招待状を送ったが、「海外出張のため欠席」という返事がかえってきた。


倉田が指定した店は、畳敷きの掘りゴタツにカウンターを配した、小粋な構えの割烹だった。品のよいお女将と、年のわりに着物を着こなした娘の二人がやっている。食事は、奥に板前が三人いて「お任せ」でだしてくるのだった。

「有名人になると、格好に気をつかわなくなるのかよ」

トレーナーにチノパンという格好で私が店のノレンをくぐると、ダブルのスーツを着た倉田がからかった。

ひとまわり胴が太くなり、髪の三分の一に白髪を数えるようになっても、いたずらっ子のような目つきはかわらない。

「気をつかわなくていい相手と飲む機会が減るだけさ。そういう機会は大事にしたいんだ」

私はいって、ビールで乾杯した。

「よく焼けてるな。ゴルフか」

倉田は訊ねた。

「半分な。半分は釣りだ」

「優雅じゃねえか」

「世間の人にはそう思ってもらおうという涙ぐましい努力だよ」

倉田はゴルフも釣りもテニスもやらない。今でもときおり、麻雀だけは若い社員とやっているらしい。

「麻雀は？」

「全然だな」

私は首をふった。

「仕事がすわりっぱなしだからな。遊びでもすわりたくない」

「じゃ銀座はどうなんだ？　六本木は」

「あれは別さ」

「あとで寝っころがれるからだろう、ふたりで」

「お前とはちがうぞ」

「嘘をつけ。『スプリット』の舞子が泣きベソかいてたぞ。『センセーこの頃、ちっとも きてくれない』って。『お前、やらせたんだろう。だからこないんだよ』っていったらまっ赤になってた」

「よせよ。あらぬ疑いって奴だ。そっちの方こそどうなんだ」

倉田は一瞬の間をおいた。何か話したいことがあるのだ、私は悟った。ビールから切りかえていた冷酒のグラスをおき、にやっと笑った。

「おかしい話がある」

私も一瞬の間をおいた。そしてとぼけた目で倉田を見やり、いってやった。

「書いていいか」

「これだよ。何でも飯の種にしようってのは、さもしい根性だぞ」

「このところ脳ミソが乾き気味でね」

「お前なら大丈夫だ。いったろう、大昔に」

「感謝してるよ。その言葉だけが支えだったんだ。で？」

先を促した。

「うん」

倉田はいってグラスを口に運び、ふふふと思いだし笑いをした。

「気持悪い奴だ」

「——ある子にな、賭けを申しこまれたんだよ」

「賭け？　百万円と一発を賭けようってのか」

倉田は舌打ちした。

「想像力のない奴だな。よくそれで賞なんかとれたもんだ」

「出会い頭って奴だ。それで？」

「うん。コトの起りはな——」

倉田は話し始めた。

いきつけの店にいったときのことだった。見慣れない、しかしとびきりの女が席についた。無口だが、気配りができていて、ちょっとした仕草に演出でない色気が漂う。新人かと訊ねると、知りあいがその店にいて、短期間のヘルプのみできた、と答えた。

「名前は」

「カズキだ。二十四歳で、男みたいな名だが、本物の女だ。オカマじゃない」

「もう試したのか」

「まあ聞けや。店がちょうど暇だったせいもあって、ゲームをやろうって話になっちまった。俺はそういうバブルくせえのは嫌いだからっていったんだが、成り行き上な、やらざるをえなくなった」

「どんなゲームだ。ジャンケンゲームか」

「その類似品だ。コースターを使う奴さ」

倉田は説明した。まずゲームに参加する人間が（二人では少ない。四人から五人が適当だ)、コースターを裏返してグラスの上にのせる。そして全員でジャンケンをする。勝敗が決まった時点で、負けた人間は、ひとりでもふたりでも、コースターを表に返す。そしてまたジャンケンをする。ひとりだけが負ける場合もあるだろうが、ひとりだけが勝つときもある。とにかく負けた人間は、裏から表、表から裏に、コースターをひっくり返しつづける。

　そしてあるとき、たったひとりだけが、他の全員とちがう側を向けている結果がでる。その人間が負けである。もちろん最初のジャンケンでひとり負けをしたり、ひとり勝ちをしてもそうなる。だがなかなかそうはいかないし、単純に勝った負けたではないところで結果がでるのがおもしろい。

「負けた人間が一気飲みか」

「そう」

　倉田は頷いた。

「だいぶ昔にもお座敷ではやりましたわ、それ」

　お女将が口を開いた。

「そうらしいね。だが予測がつかないんで、ついアツくなる」

「お若いこと」

「それでベロベロか」

「いやいや。そこまではやらんよ。ただそれがきっかけでギャンブルの話になった。カジノバーとかにはまっている連中が多いんだ、最近のホステスは」

「説教したとか」

倉田は苦笑して首を振った。

「そんなオヤジみてえなこと、するかよ。ただ、少し昔話をした」

「オヤジじゃないか。何の昔話だ。『対々荘』か」

「思いだしたか」

倉田は嬉しそうに笑った。

「さっき見てきた。ビルごとなくなってたな」

私はいった。

「ああ。あそこの親父も売られちまったって噂だ」

「男を売ってどうするんだ」

「運び屋だよ、ドラッグの。使い捨てなんだ」

「詳しいな」

「俺が三年ばかり、行方不明になっていた時期があっただろう」

前おきして、倉田は煙草に火をつけた。

「やっていたのか」

「ああ。それと博打だ」

「どんな」

「ありとあらゆるもんだ。麻雀、ポーカー、手本引き、競輪、オート……。丁半もやった」

私はゆっくりとビールを空けた。確かに博才は私よりはあるだろう。だが、

「よく足が洗えたな」

「金持になったからさ」

「どういう意味だ？」

倉田は他の客をちらりと見やり、いった。

「俺にとっては結局、ギャンブルは金だってことに気づいたのさ。財布の中に一万円あったら、一万円の博打がしたい。千円で片のつく博打は嫌なのさ。百万あれば百万だ。要するに、この銭がなくなったらヤバい、そう思える額じゃなけりゃひりひりしない。ひりひりしなけりゃやっても楽しくない」

「社員とやる麻雀は？」

「負けるためにやっているようなもんだ。特別ボーナスってわけさ」

「今だったらいくらでひりひりする？」

「とりあえず、ひと晩で一億か」

真顔になって倉田はいった。私は首をふった。

「そんな博打が日本にあるかよ。あるとすりゃ、カタギのものじゃない」

「ああそうだ。本職の博打打ちの博打さ。だから近づかない。本職には勝てっこないか

らな」

「それを店でいったのか」

「ああ。要するに、俺は本物の博打好きじゃない、という風にな」

「かもしれんな。本物なら、たとえ百円でもアツくなる」

「そしたら翌日な、カズキから電話があった」

「その美形か」

そうだ、と答えて、倉田は話し始めた。

最初にカズキは奇妙なことを訊ねた。昨夜、何かの拍子に倉田さんは自分の血液型をA型だといったが、それは本当かと念を押したのだ。

「そうだが」

倉田は答えた。

「今晩、飲みません？」

カズキは誘った。いきなりの誘いに倉田は驚いたが、そういうこともあるだろうと思った。

「いいけど、店の終わったあとかい」

「いいえ。もう、わたしきのうであがりだったんです。わたしの知っている店がありますからそこでどうでしょう」

一瞬、ヤバい筋かと倉田は思った。だがまだ別に何をした、というわけではない。いくら何でも酒場でいっしょにいたくらいで美人局はできない。まして倉田は独身なのだ。

指定されたのは、渋谷の道玄坂の中腹にある、小さなカウンターバーだった。年期の入った造りで、カウンターの中に落ちついた初老のバーテンダーがひとりだけいた。倉田が訪ねていくと、そのカウンターにカズキはひとりですわっていて、他に客はいなかった。

店ではない場所で会ってみると、カズキは洋服のセンスもよく、確かにそこいらの若いホステスとはまるでちがっていた。色っぽいというより、むしろ清楚な印象すら受ける。

しばらくとりとめのない世間話をしていたが、カズキがずばりと訊ねた。

「倉田さんは、わたしを抱きたい？」

金か、とそのとき倉田は思った。もし金を求められるならこの女にいくらだすだろう。すばやく胸算用した。百万なら安い、と思った。

「そうだな。きのうの今日だから何ともいえないが、会う回数が重なれば、たぶん抱きたくなるだろう」

カズキは頷いた。

「わたしも倉田さんに抱かれたい」

倉田はさりげなくバーテンダーをうかがった。

「意味がわからないな」

倉田はいった。

「それが賭けなの。倉田さんと私はこれからセックスする。もしわたしが妊娠しなければ、あなたの勝ち。妊娠したらあなたの負け」

「負けるとどうなるんだ？」

「結婚してなんていわない。認知してくれたら嬉しいけど、してくれなくともかまわない。ただし、わたしたち親子の面倒を、あなたが生きているあいだはみてほしい」

倉田はつかのま考えた。たとえ妊娠しても、それが絶対に倉田の子である、という確証はない。もちろんDNA鑑定などをおこなえば別だが。

同時にカズキにしても、産まされっぱなしで、倉田に逃げられる可能性もある。

それを訊ねた。カズキは平然と答えた。

「必要なら、どんな鑑定でもうけるわ。それにあなたが逃げるかどうかは、わたしにとってもこれは賭けなのだから、そういうリスクがあってもしかたないことでしょ。でも倉田さんが、自分の血の流れている子供を、平然とほっておく人だとは、わたしは思わない」

倉田は頷いた。カズキは目を輝かせて微笑んだ。

「ひりひりしない額の賭けはつまらないって、倉田さんはいったでしょう。こういうのはどう？」

「確かにひりひりするな」

疑えばきりがない。だが仮りに子供ができてしまったとしても、独身の自分にとってはさしたる問題ではない。認知すらしなくていいといっているのだ。せいぜいが養育費だろうが、生きているあいだに一億を払ったとしても、社員がひとり増えたと思えばすむ。それくらいの裁量はなんとでもなる。

それに何より、こういう「賭け」を申しこんでくるカズキという女に強く興味を惹かれた。ただ美しいだけでなく、世の中を他人とはちがう目で見ているような魅力がある。

「で、いったのか」

私は訊ねた。

「ああ」

倉田はおかしさをこらえるように頷いて、冷酒を口に含んだ。

「いい女だった。あれにはきっちりと仕込んだ男がいたと思うね」

倉田がこれほど女をほめるのは珍しいことだった。

「あとをひくくらいか？」

「そうだ」

私の目を見て頷いた。

「セックスして感じだすと、顔が醜くなる女ってのがいる。たとえふだんがどんな美人でも、俺はそういう女は駄目だ。カズキはきれいな顔をしていたよ。そういう趣味はないが、初めて、この顔を写真に撮っておきたいと思ったね」

「よほどだな。で？　まさか、結婚式の招待状をここでだすのじゃないだろうな」

倉田は苦笑して首をふった。

「むしろそうなってもいいと思ったくらいだがな。それが二ヵ月前の話なんだ。今日、ひさしぶりにカズキから電話があった。『賭けはあなたの勝ちだったわ』とな。俺はもう一度賭けないかといってみた。だがノーサンキューだとさ」

「つまりふられたわけだ」

私は微笑んでいった。

「ああ。ヤケ酒だ」

「おかしい話だ。確かに」

倉田があまりに憐れっぽいので、思わず私は笑いだしていた。

その晩は痛飲した。が、妙に倉田にはいつもの生彩がなかった。

「飽きちまったみたいだ、夜遊びにも……」

夜明け頃、ホステスらと六本木のサパークラブをでてくると、倉田はつぶやいた。そして私にいった。

「ゴルフでも始めるか」

私はにっこり笑って答えた。

「カモはいつでも大歓迎だ」

半年がたった。倉田は本気でゴルフを始める気だったようだ。クラブを買い、練習場で個人レッスンをうけている、という電話をもらった。私は、デビュー戦のセッティングは任せろといった。

そしてそれからひと月後、彼と私はゴルフ場にでかけた。そこは私のホームコースで、客の少ない平日を狙い、うしろに他のプレーヤーが入らない遅い時間帯をスタート時刻にセットしたのだ。

さすがにその日は握らなかった。練習に打ちこんだというだけあって、筆おろしにしてはかなり優秀なスコアで倉田は回った。私は、十ラウンドまでは握らないで回ってやる、といった。コースプレイが十一回めに入ったら、ハンディを決め、むしりとる。といってもゴルフには三十六以上のハンディキャップはないから、しばらくは授業料のつもりで我慢して払え、と告げた。

ゴルフ場へは、私の運転する車でいった。筆おろしの日はへとへとになる。帰り道の運転を倉田にさせたくなかったのだ。

広尾の、彼の住むマンションまで送っていく途中だった。外苑西通りに面した高級スーパーマーケットの前を通りかかった。疲れからか、助手席にすわっても言葉少なだった倉田が突然、身を固くした。

「ちょっと——」

目をみひらいて前方から左を凝視した。

「どうした」

私はスピードを落とした。ちょうどスーパーの駐車場の前だった。このあたりのざあます族のひいきで、駐車場は彼女たちのベンツやBMWで埋まっている。

「あれ、あのロールス！」

倉田は叫んだ。シルバーメタリックのロールスロイスが駐車場にあった。運転手と覚しい、初老のスーツ姿の男が後部席のドアを開け、そこに女が乗りこもうとしている。マタニティドレスを着けた、若い女だった。

目の前の信号が赤になった。私は車を止めた。

「参ったな」

倉田は背中をシートに埋めていった。

運転手は後部席のドアを閉め、運転席に回った。スーパーの常連らしいことは、駐車場の係員のうやうやしい誘導のしかたでわかった。

「カズキだよ」

倉田は呻くようにいった。

「腹がでかかったようだな」

私は二台うしろについたロールスをルームミラーで見やっていった。

「ああ。しかも運転手は、あの渋谷のバーのバーテンダーだ」

「つまり身内ってわけか？」

倉田はぼんやりと前方に目を向け、つぶやいた。

「あの、ロールス、見たことがあるぜ。うちのマンションの近くの屋敷で……」

「調べてみたらどうだ」

倉田は頷いた。大きなショックを受けたようだ。目が、虚ろになっていた。


一週間後、電話がかかってきた。

「調べたよ。やはりそうだった。ノンバンク系の金貸しをやっている大金持の爺いのところの車だ。前妻と死に別れて、七ヵ月前に後妻をもらったそうだ」

「血液型は？」

「何だって？」

私は訊ねた。ちょうど血液型にからんだミステリを書いていた。

「その爺いの血液型さ」

「わからん。カズキはB型だといっていた」

「では君によい知らせだ。両親がそれぞれA型とB型であった場合、生まれてくる子供に否定される血液型はない」

「どういう意味だ？」

「たぶんその爺さんもA型だってことさ」

「そいつはつまり……」

倉田は口ごもった。

「お腹(なか)の子は君の子かもしれん。要は、彼女が勝つ相手を選んだ、というだけのことだ」

倉田はため息をついた。

「じゃ、俺は何だったんだ」

「決まってるだろう、カモさ。ただしもっと太ったカモが他にいたってわけだ」

罵(のの)り声が聞こえた。

ローズ1

小人が哄(わら)った夜

1

　呼び出しのフォンが鳴ったとき、男は暗い部屋の半透明な天井を横たわったまま見つめていた。

　天井に何かが映っているわけではない。しかし男は、そこに在(あ)るものに、魅せられたような表情を浮かべていた。

　半ば眠るような、けだるい瞳(ひとみ)をしている。

　もう一度フォンが鳴った。

　男はベッドのヘッドボードに組み込まれたスイッチに手を触れた。

　天井がスクリーンに変わり、タキシードを着けた男の顔がうつった。スクリーンの偏光のため、男の顔は歪(ゆが)んで、いまにも泣き出しそうに見えた。

「ローズ！」

　スクリーンの男はいった。

「聞いているのか、ローズ?!」

「ああ、聞こえている」

　ベッドに寝そべる男は答えた。

「二百階部マネージャーのスルームだ。また南二一八一のスイートの客が騒いでいる。さっきは私がなんとかおさめたが、今度は駄目だ。近づこうとして、熱光線銃を撃たれた」

スルームが浮かべているのは涙ではなくて汗だった。

「そいつはひどい」

ローズと呼びかけられた男は夢見心地のような表情のまま、答えた。実際は、何とも感じていないかのようだ。

「頼む、ローズ、来てくれ」

「怪我人(けがにん)は」

「幸い、今のところはいない。だが空中隔壁を割られると、他の客が騒ぎはじめるだろう」

男はゆるやかな笑みを浮かべた。

「割りそうなのか、奴(やつ)は」

「酔っぱらって銃を振りまわしている。やるかもしれん」

「わかった。いこう」

「有難い」

スクリーンが暗くなった。ローズはベッドから起き上がった。ベッドから足をたらし、左手をゆっくり動かすと、ベッドサイドに設置されたコンピューターを操作した。小さなモニターに幾つかの名前や数字が浮き出た。そのグリーンの光を、ローズは再び魅せられたように見つめた。

立ち上がり、広い部屋を横切ると、クローゼットからタキシードの上着を引き出して、袖(そで)を通した。彼は左手首の内側に小さな時計を埋め込んでいた。それは、彼にとって絶対必要な、十時間ごとの儀式を彼に忘れさせぬためのものだった。

最後の儀式以来、十時間も経ってはいなかった。しかしこれからかかる仕事が長びけば、その間に時間が来てしまうかもしれない。

ローズは上着の内ポケットから、小さな鼻孔用噴霧器を取り出し、鼻にあてがった。片方ずつ、ていねいに吸入する。

部屋の中にバラの花に似た香りが漂った。

噴霧器の中味の匂(にお)いだった。この中味のために、彼の部屋には誰も入ろうとしない。噴霧器の中には、アナタイル星にしか生えない「アケローンローズ」という名の花から採取される麻薬が液状になって詰められているのだ。中毒者は、一定時間おきにこれを吸入しなければ発作が起き、やがては死に至ることになる。

治療の方法はない。

宇宙で最も危険な麻薬なのだった。

儀式を終えたローズは部屋の外に出ると、中央エレベーターに向かう水平エスカレーターに乗った。

ホテル「パレスオブプロミス」。

宇宙でも最大級の歓楽都市惑星「カナン」の都市部中央に建つホテルである。

酒、女、賭博、そして「カナン」の最大の呼び物は都市部の麓、地上に放たれ野生生息する宇宙獣のサファリパークである。

宇宙の遥か彼方にまで捕獲部隊が派遣され、珍獣、奇獣、怪獣を連れ戻っては放し飼いにしているのだ。

「カナン」にはこれらの珍しい動物を眺め、博奕や酒色の享楽を味わおうと、宇宙中から観光客が集まってくる。それらの客を収容する、「カナン」最大のホテルが「パレスオブプロミス」だった。

ローズは慌てる様子もなく、ものうげに水平エスカレーターの手すりによりかかり、隔壁から夜空を見上げていた。

ホテル「パレスオブプロミス」は十字型の建物で、最上階は六百二階。全一万二千室の客室を持つ、巨大な建造物であり、その中にレストラン、バー、カジノは元より、病院、公園に至るまで、ありとあらゆる生活に必要な施設を擁していた。無論、私設警察もあれば、制服の武装警備官もそこにいないわけではない。しかし、室内のトラブルのいくつかは、ローズの元に回されてきた。

ローズは背が高く、血色の悪い静かな男だった。猫のようにひっそりと歩き、暗がりに佇んでいる限り、いつまでもその存在は気づかれない。

どんなときも、薄い金メッキのような微笑を口元にはりつけ、目はのぞきこむなら、荒涼とした原野のように灰色がかったブルーをしている。

彼が素早い行動に移るのを、見たことのある人間がいないわけではない。しかし、彼がそんな行動に出るときは、大てい何者かが彼を出しぬこうとしたためであり、そのもくろみは成功を見たことはなかった。

透明の隔壁からは、無限に煌（きらめ）く、夜空の星と、気も遠くなるほど遥か下方まで続く、光を放つ窓があった。闇（やみ）の中に光を辿（たど）るなら、思わず身を乗り出したくなるような高さだ。

窓の列は、上に、そして下に数百と続いている。

隔壁から外をうかがう者は、その闇と光のコントラストに気持を奪われ、やがては不安と畏（おそ）れに身を退けることになる。それほど、光の放列、煌きの直線は、見る者に我が身の卑小さを思い知らせるのだ。

ローズはエレベーターに到着すると、操縦装置のオートを解除し、高速降下を指示した。ローズの部屋から二百階ほど下の、事件のあった階まで、エレベーターは一気に下降する。他に乗客がいないからできたのだ。

エレベーターは、十字型の中央部分に、設備されたものを使った。降下のGで、ローズの血の気のない面（おもて）は、ますます蒼（あお）ざめたが、彼の口元にうかんだ笑みは消えない。

陰気な男前という表現が許されるなら、ローズにピッタリの言葉だった。髪は黒で、一本一本を縫いとめたように、乱れなく頭蓋にはりついている。

エレベーターの扉が開くと、待ちかねたように、二百一階から三百九十九階までの客室担当マネージャー、スルームがそこに立っていた。その厳粛な顔立ちのため、サービス業、特にホテル、レストラン業界にはひっぱりだこのヴィルコウム星人だ。

「南二一八一だな」

スルームが何かいうより早く、ローズは口を開いた。彼がエレベーターを止めたのは二百一階の中央エレベーターホールで、そこから東西南北のウイングに向けて、四つのエスカレーターがのびている。

スルームは頷いた。ローズに勝るとも劣らず、血の気の失せた顔をしている。スルームの背後には、脅え、緊張した顔つきのボーイが二名、従っていた。

「二一八一はスイートだったな」

エスカレーターに乗り、すべり始めたローズは振りかえった。

「そうだ、両隣の客はあまりのひどさに三百一階のスイートに避難したよ。ルームサービスに、地球産アルコール飲料と、阿片チンキ漬けのマリファナスティックをごっそり運びこませているんだ」

スルームはタキシードから取り出したハンケチで汗をぬぐいながら、憤懣やる方ないといった口調で答えた。

「地球人か」

ローズの表情がわずかに曇った。

「わからない。ゲスト・カードにはセラトンと書いている。セラトン星人と地球人の区別は、私にはつかない」

スルームは肩をすくめた。ローズは微笑してその頬に指を触れた。驚いたように目を上げたスルームにいった。

「心配するな。じき、あんたのフロアは静かになるさ」

「そうだといいが……」

スルームはローズを見上げ、呟いた。ローズが乱暴な泊まり客をどのように御するか、不安を感じているようだった。

背の高い、陰気な男はそれきり前を見つめて、フロアをすべっていった。

二一八一号室の扉は半ば開いていた。おかげで部屋の中で演奏されている音楽が通路にまで響きわたっている。それは、耳の聞こえない人間でも肌で感じとれるほどのヴォリュームだった。

ローズは、スルームを部屋の手前に残し、水平エスカレーターを降りると、二一八一号室に歩み寄った。本来なら音を遮断する、頑丈な合成樹脂で作られたぶあつい扉に、黒い焦げでふち取られた、熱光線の貫通孔があいていた。

扉の手前で立ち止まったローズは、その孔に触れ、延長線上をふりかえった。光線は数メートルごとにある、透明隔壁の、合金製の継ぎ目にあたっていた。隔壁の構造上、たいした損壊ではない。たとえ、隔壁に穴が開いたとしても、大事には至らなかった筈だ。

「カナン」の大気には、地球人型の呼吸器官に有害な成分は含まれていないし、気圧もホテル内と変わらない。ただ、夜間はひどく冷えこむだけだ。地上十数メートルまでは、濃い密林が地表を被っているが、この高さになるとそうはいかない。

ローズはゆっくり扉を押した。音楽は、古い地球の歌で、「カナン」で聞くことは滅多にない。

部屋の中には三人の男と二人の女がいた。五人とも地球人型の体型で、男の一人はまるで小人のように背が低く、頭がつるつるだった。マリファナスティックの、独特のゴムが焦げるような匂いと、ブランデーの甘ったるい香りが、室内の空調にもかかわらず、ローズの鼻を襲った。しかし、ローズの顔にはむしろ愉快そうな表情が浮かんでいた。

女たちは、それぞれ小人ではない二人の男に抱きつき踊っていた。そのうちの一人がまずローズに気づいた。焦点のあわぬ目がローズにすわると、口が動いた。それは言葉にはならなかった。二人の女は、ホテルで客を拾うが、ホテル公認のではない、娼婦たちだった。「パレスオブプロミス」には千人以上の娼婦が出入りしているが、ローズはそのほとんどの顔を知っていた。

女が男の肩をつつき、男がふりかえるのと、ローズが開いた扉を拳でノックするのが同時だった。

音楽が止まった。止めたのはソファにすわり四人の痴態を眺めていた小人だった。ケース自体が無指向性スピーカーになっている超小型コンポが、部屋の中央のテーブルに、乱立する酒壜に埋もれておかれていた。

女たちが商売用の原色の体の線がすけて見える衣裳を身につけているのに比べ、小人はホテル備え付けではない、豪華なバスローブをだらしなく羽織っていた。小人に比べると大男に見える二人は、上着を脱いだスーツ姿だったが、どちらの腰にも銃が吊られていた。

ローズは部屋の入口に立ったまま、彼らを見つめた。

「また黒服の御入来か。今度は何だ、マネージャーよりちっとは格が上なのか」

訛りの強い下品な共通語を小人が喋った。それは体つきには似合わない低音だった。

ローズの返事は唇に浮かぶ微笑だった。小人は立ち上がり、つかつかと彼の足元に歩み寄った。やっと腰に届く背丈しかない。

近いところで見ると、小人には毛という毛が一本も生えていなかった。頭髪はもとより、眉も手も、特製らしきローブからのぞく足にも毛はなかった。にもかかわらず、小人の姿を滑稽なものにしなかったのは、凄味のあるその目つきだった。決して、小人は酔っているようには見えなかった。

「ウイリー・ザイトさん？」

ローズの言葉に小人はぴしりと返した。

「人の名を訊ねるときは、自分から名乗るのが礼儀だろうが」

ローズは笑みを消さずに、首をふった。

「ホテルの従業員を熱光線で追い払うのも、あまり礼儀正しいとはいえませんな」

「金はくれてやる。ドアの弁償も、そいつの焦げた黒服の分もな」

ローズはもたせていた背を、扉から離した。

「失礼。私はローズと呼ばれています。このホテルの者ですが、フロアマネージャーが銃をぶっ放されたと泣きついてきましてね。ゲストモニターで調べさせていただいたところ、その騒ぎがあったのが、ウィリー・ザイト氏が借りられたスイートのようなので」

「俺がウィリー・ザイトだ。ぶっ放したのは俺の秘書だが、命令したのは俺だ」

小人はローズをにらみつけて胸をそらした。ローズはそっと片方の眉を吊り上げた。

「結構ですな。他のお客様の迷惑にならぬよう、お祭りをもう少し控えていただけませんか。それと銃を預らせていただきたい」

「ローズといったな」

ザイトは胸の前で腕を組んだ。その拍子に脇腹にある円形の傷跡が露わになった。

「言葉に気をつけろよ。俺は他の成金とはわけがちがう。ちょいと成功したからといって、上品ぶるのは大嫌いなんだ。お前が普段、相手にしているような腰ぬけとはいっしょにしない方がいいぞ」

「なるほど」

「俺はセラトンでいくつか会社を経営している。鉱石の輸送を手がけているところだ。だがな、十年前まではこの体でセラトンの鉱山で穴を掘っていたんだ。わかるか？

俺のことはセラトン中が知っている。市長だろうが、警察署長だろうが、俺の御機嫌をうかがうんだ。俺はきのう、自分の特別シャトルで『カナン』についた。俺の女房も子供も、自分用のシャトルを持っている。俺が商売で旅行するときには、この十倍の人数で動くんだ。皆、俺がひと声かけりゃ、アナタイルのジャングルにだって飛びこんでいく命知らずばかりだ。いいか、ちんぴら、わかったらもう少し俺のことを尊敬するんだ」

ザイトの視線は、ローズのほっそりした体を射抜きそうだった。ローズの微笑は消えなかった。

「その大ウィリー氏が、なぜ、お供を二人しかつけずに『カナン』に現われたのですか」

「この野郎」

右側にいた、ローズよりも背の高い用心棒が足を踏み出した。ごつい腕がローズの顔に飛んだ。体をかがめ、ローズはそれをわけなく外した。用心棒が唸（うな）った。

「やれ」

ザイトが低くいうと、大男は腰をおとし、ローズとの間合いをつめた。二人の用心棒はセラトン星人の荒くれだった。鉱物資源の豊富なセラトンは、しかしその地盤に問題があるため、未だに採掘を人力に大部分頼っている。そのせいか、セラトンの男たちは、地球人に外形は似ていながら、例外なく、数倍の筋力を持っている。

大男は銃を使う気はないようだった。あきらかに、ローズを素手でひねり潰す自信があるのだ。

大男の腕がのびた。ローズはそれを待ちうけていた。体に届く寸前、ローズの下半身が舞った。回し蹴りが大男のコメカミに入った。続いてタキシードの黒い袖が閃き、かがみこんだ大男の頸動脈にローズの左手がふりおろされた。大男が膝をもつれさせた。ローズがその腰を蹴ると、大男の体は通路へと放り出された。

次の瞬間、ローズの体が再び回転した。

腰に手をやったもうひとりの用心棒の額に、手にすっぽりとおさまるような小型の銃が向けられていた。

「小さいから、エネルギーはたいして入らない。二度発射すれば空になる。五百年以上も前に、地球のアメリカという未開地で、こんなタイプの火薬撃発式銃が使われていたそうだ。その銃の名を借りて、これはデリンジャーと呼ばれている」

息も乱していなかった。あいかわらず、何もなかったかのような穏やかな表情を浮かべている。

「銃を左手で床に落として。それがすんだら、あっちでのびている君の相棒のもだ」

ローズは空いている腕をふって指示した。その様子を、ザイトは魅せられたように見つめていた。

「やるじゃねえか、若いの」

かすれた声でザイトは囁いた。

「マヌケが！　いわれたとおりにしないかっ」

手下を怒鳴りつけておいて小人はいった。

「どこでそんな技を身につけたんだ、え？」

「ウイリー・ザイトさんには関係ありませんな」

「ウイリーと呼んでもいいぜ、ローズ。お前なら許してやる。どうだい、俺たちのお祭りに加わらねえか、金なら腐るほどくれてやる」

ローズは微笑した。

「あいにくだが、私は酒もマリファナもやらない。金もそれほど興味がない。まして、腐るほどあるとなれば尚更だ」

「いい度胸だ。この『ちびのウイリー』にそういってのけるとはな。この星にも、俺の知りあいはいるんだぜ。たとえば、マグーンは知っているな？」

「ミスター・マグーンは、『カナン』の東地区のボスでしたな。知っていますよ」

「じゃあ、俺がマグーンに囁けば、おまえがどうなるかもわかるな」

ローズはゆっくり首をふった。

「何もおきんでしょうな」

「おまえはマグーンの手下か」

訝しげにザイトは訊ねた。

「いいや。私は誰の手下でもない。それより、ホテルを出ていただくか、こちらの指示に従っていただくか、どうします？」

ザイトは目を細めた。怒りの表情はそのつるりとした顔から消えていた。

「どうすればいいんだ、ローズ」

「銃を預からせていただく。それから従業員にはくれぐれも、暴力をふるわないようにお願いしたい」

ザイトが不意にローブのポケットから取り出したものを放った。びしゃっと音をたてて、床に分厚い札入れが落ちた。

「銃は渡そう。金はいくらでもくれてやる。制服を焦がしたマネージャーと、このドアを直す野郎に好きなだけ取らせろ」

ローズは笑みを消さずに札入れを見おろした。銃が右袖の中に消えた。

「チップは御自分の意志でどうぞ。修理代は、精算の際に請求書をお届けすることになるでしょう。では、快適にお過し下さい」

二挺の銃を拾い、一礼して踵を返した彼の背に、ザイトが叫んだ。

「おまえのことはマグーンに訊くぜ。それと、音楽はかけていいんだろうな」

「ふたつとも返事はどうぞ、です。ただし、ウエスタンを聞くときは、扉を閉めてお願いします」

背を向けたままローズは答えた。ザイトが喉に何かつまったような音をたてた。

「ローズ、おまえは地球人なのかっ」

ローズの返事はなかった。

2

「パレスオブプロミス」の五百階部には、レストランとバーが集中している。何百年も前から変わることなく酒飲みを喜ばす「夜景」がそこにはあるからだ。

ローズはひとけのないカウンターバーに腰かけていた。深夜というよりは早朝に近い時間となり、起きている客の大半はカジノに吸いこまれている。

それでなくともその酒場は客が少ないのだ。地元の人間か、酒以外の快楽を認めようとしないアル中しか、やってこない。

耳をすまさなくては聞きとれぬほど低い音楽が流れていた。

部屋の闇にとじこもることに飽きたとき、ローズはここに現われた。酒は飲まず、精神安定効果がある合成飲料をなめている。地球産で、ウイスキーに似た味と色を持っているのだ。どれだけ飲んでも酩酊状態はやってこない。ただ眠くなるだけだ。

ローズは放心したようにグラスを弄んでいた。ほんの少し前に見せた素早い動作と皮肉に満ちた会話は嘘のようだった。

彼は昔からアルコール飲料を飲まなかったわけではなかった。

「アケローンローズ」の中毒になったときから、彼の体は、他のいかなる刺激物をも受けつけなくなったのだ。酒も大麻もコカインもL・S・Dもヘロインも、地球以外のありとあらゆる星の麻薬が彼にとっては無意味になった。

「アケローンローズ」――ギリシャ神話、そして「オデッセイ」に登場する冥界の河の名を冠せられたこの花は、その名の通り、花粉を吸入した者すべてを死に至らしめる。

辺境の星「アナタイル」にのみ生息する植物である。花粉から精製される麻薬「ローズショット」は、不治の病に犯された者のみに本来使うことを許される劇薬なのだ。

花弁の形と香りが地球産のバラに似ているため、この名を与えられたという。

ローズの本名を知る者は「カナン」にはいない。ただ彼が「ローズショット」の中毒者であり、数少ないローズの花粉をかぶった生存者であることを人は知るのみである。

かつてローズは、地球連邦保安局の腕ききの要人警護官であった。連邦理事団が、視察のため「アナタイル」を訪れたとき、彼は任務で同行した。事故はそのときに起こったのだった。

かねてから、連邦政府の提唱する惑星同盟をこころよく思わなかったテロリストの一団が、理事の視察用エアカーに爆弾をしかけたのだ。爆発直前、爆弾の存在に気づいたローズは、同乗の理事を連れてエアカーを脱出した。しかし、爆発の衝撃で彼らがふりおとされたのは「アケローンローズ」のジャングルだった。

他のエアカーが救出に至るまでに、すべてが終わっていた。ローズは護衛官としての任務を貫いた。理事をかばい、「アケローンローズ」の花粉を浴びたのだ。

救出後、病院に運ばれたローズは、奇跡的に命をとりとめた。しかし彼の体は「アケローンローズ」から精製された麻薬なしには生きてゆけぬものとなっていた。

一定時間おきの「ローズショット」摂取、これなくして命はない。本来なら花粉を浴びた瞬間に強烈な幻覚とともに、彼の命は冥界へと運ばれる筈だったのだ。アケローン河はすべての亡者を渡らせずにはおかない。

しかし、強靭な体力のためにか、宇宙の果てにも存在する運命のいたずらか、ローズは生きのびたのだった。

ひとりの麻薬中毒患者として。

麻薬「ローズショット」は、人生の目標を失った者のみが使う最後の薬だった。彼はその日から、仕事も家庭も捨てた。名前も、出身惑星もない、ただの男になったのだ。「ローズショット」が手に入りにくい地球を離れ、ありとあらゆる快楽がいくらでもころがっている「カナン」にやって来た。ここにいる限り、人生に絶望した人間が手に入れようとするヤクには事欠かない。「ローズショット」は「パレスオブプロミス」の屋上からとびおりるよりも、もっと確実に服用者を死に至らしめる。苦痛なく。

ローズがいつまで生きられるという保証は何もなかった。服用周期が短くなればなるほど、彼は死に近づくのだ。

だからこそ、彼はすべてを捨てた。そしてそれゆえ、この快楽と絶望の都市「カナン」でも彼の存在は際立つものとなったのである。

「ずいぶん早起きなのね。それともまだあなたにとっては夜のつづきなの、ローズ」

ローズは声のした方角をふりあおいだ。長い金髪を素っ気なく束にし、古くさい眼鏡を白衣のポケットからのぞかせた女が笑いかけていた。ローズは淡い微笑を浮かべた。

「これはこれは。ドクターこそ早起きだ。まだ化け物が夜を支配している時間なのに」

女は首を傾けた。ぬけるように白い肌と形のいい頤だった。皮肉のこもった口調で彼女はいった。

「化け物は昼夜かまわずうろついているわ。このホテル自体が化け物のようなものよ。それにいま白衣を脱ぐから、ドクターと呼ぶのはやめてちょうだい。カレンという名は知っているでしょ」

ヴィルコウム人のバーテンダーが音もなくすべり寄ってきて、ブランデーグラスをカレンの前に置いた。

白衣の下から現われた形のよい脚とほっそりしたウエストを、ローズは眩しそうに見つめた。

「確かに、カレンのいうとおりだ。ここは化け物ばかりだ。ひょっとしたら君もそうなのかな」

カレンはグラスを取り上げた。

「もちろん。今まで私が何をしていたかわかる？　二十五階にあるスロットマシンフロアで赤ん坊をとり上げたのよ。ジャックポットを当てた途端に産気づいた女性客がいたの。ところがどう、本人は妊娠していたのをまったく気づいていなかったのだから。太りすぎを心配して一週間、ろくなものも食べずスロットマシンにしがみついていたのですって」

カレンはグラスをローズのそれに当て、素早く訊いた。

「薬はどう？　まだ足りてる？」

「ありがとう。しばらくは大丈夫だ」

ローズの瞳孔をのぞきこんだ。

「最後に摂ったのはいつ」

「三時間前かな」

「その前は？」

「八時間前」

「間隔が短かすぎるわ。少し苦しくても十時間は空けるようにして」

「ドクターに戻ったのかい？」

「友人としての忠告よ」

カレンは「パレスオブプロミス」のフリーランスの医師だった。「パレスオブプロミス」には病院があるが、そこの医師は往診をしない。カレンは逆に、自分の診療所を持たず往診だけを仕事にしていた。それだけに彼女の患者は「パレスオブプロミス」の客とは限らず、出入する娼婦から博奕打ちにまで渡っている。彼女自身は二百階部の長期滞在客向けの部屋に住んでいる。

カレンのような若い女医がなぜ、「パレスオブプロミス」に居ついているのか、誰もその理由を知らなかった。彼女もまたそれについて語ることはない。

ローズに「ローズショット」を定期的に供給しているのはカレンだった。彼女は三年前に「パレスオブプロミス」に現われ、彼女の前任者であった老医師のアシスタントとなった。翌年、その医師が死んで以来、「ローズショット」の処方は彼女の役目になっている。

「これからひと眠りしようと思って。ナイトキャップをやりに寄ったのよ」

「なつかしい言葉だ」

「二十世紀の文学に凝ってるの。あなたのような男たちがヒーローだった時代よ」

ローズは苦笑いして首をふった。

「さぞひどい時代だったんだろう」

「そうね。でも今よりはましよ。人間なんて歴史を辿れば辿るほど愚かになってゆくものだわ」

「もし君がそう考えているとしたら、早くここを出て行った方がいい。ここは君を駄目にしようとしているんだ」

「あなたらしくないわ」

カレンは言葉を切りローズを見つめた。

「ここには、ここ以外どこへも行けなくなった人間たちがやって来るのよ。たとえ私が若くて、医者で、女であろうと、それにちがいはないわ」

ローズは悲しげに目を閉じた。

「すまなかった。忘れていた」

「あなたは嘘つきよ、ローズ。でもここにいる数少ないまともな人だわ」

「ちがう」

「ちがわない。私は知ってるもの、あなたの主治医だから」

ローズは答えなかった。グラスを空け、カウンターにすべらすと立ち上がった。

「おやすみ」

カレンは微笑んだ。青い瞳がローズを見上げた。

「また会いましょ」

ローズはかすかに頷いた。そして、ゆったりとした足取りでバーを出て行った。

部屋の扉をロックすると、ローズはベッドサイドのパーソナルコンピューターに歩み寄った。ホテルの経営者の許可を得て、ローズの部屋にのみ設置したものだ。データバンクには全従業員のリストおよびゲストの申告にもとづく滞在客名簿が入っている。ローズが左手をわずかに動かすと、灯り(あか)が点(とも)った。それから彼はコンピューターのコントロールパネルに右手を走らせた。

部屋の隅に配置されたスピーカーから「サーッ」という録音ノイズが流れた。ローズの部屋には、全客室の外線電話の盗聴テープが交換コンピューターを通して送られてくる。

ローズは満足げな笑みを浮かべた。タキシードの上着を脱ぎ、ベッドに体を横たえると、胸の上で手を組んだ。

「…………」

「はい」

「マグーンか？　俺だ、ウイリー・ザイトだ」

「『ちびのウイリー』か？」

「そうだ。きのう『カナン』に来たんだ」

「こいつは驚いた。一体あんたに何の用があるというんだ。まさか骨休みでもあるまい」

「マグーン、世間話をするために、俺はお前のところに電話したんじゃねえぞ。いいか、ハジキを都合してくれ」

「なんだってんだ、ウイリー」

「最後まで聞け、チャーリーを見つけたんだ」

「チャーリー？」

「忘れたのか、お前にも『カナン』に立ち回ったら知らせるよう頼んでおいた筈だ。回状をまさか見なかったわけじゃあるまいな」

「ああ、思い出したよ。ずっと昔にあんたをハメたとかいう野郎だな」

「そうよ、マヌケめ。てめえの足元にいたのも気づかなかったのか。いいか、お前は手助けしてくれなくていい。ただハジキとアリバイを都合してくれりゃいいんだ」

「待て、ウイリー。あんた今どこから電話しているんだ？」

「どこだっていいだろうが、ホテルだよ」

「まさかパレスじゃないだろうな。『パレスオブプロミス』じゃ」

「そうさ。それがどうした？」

「すぐ他からにしてくれ。そこはマズい」

「なぜだ」

「あんたは他所者だから知るまいが、そこにはローズってうるさい男がいるんだ。電話を盗聴されているかもしれん」

「何だと！　ローズだ？」

「そうだ」

「その野郎なら俺も会ったぞ。なんだってあんなチンピラをのさばらせておくんだ」

「あんたにはわかるまい。だがな、奴を甘く見るな。甘く見ると、とてつもない目にあうぞ。以前、俺と縄張りを争った西地区のアルドは、奴のおかげで、未だに辺境地区の監獄から出られないんだ」

「わかった、わかったよ。どうすりゃいいんだ」

「こっちから連絡する。それまで待つんだ」

ザイトの不満げな唸り声を断つように、電話は切れた。

ローズは薄い笑みを残したまま、天井を見つめていた。

3

「カナン」の都市は居住区がすべて地表と接することなく、空中に建造されている。従って宇宙獣サファリパークの観覧車をのぞき、都市部での移動をはかる者はエアカーを使用せざるをえない。

そのエアリムジンがホテル「パレスオブプロミス」の十階にあるカープールを発進したのは、「カナン」の標準時で翌日の真夜中を過ぎた頃だった。「カナン」は独特の自転運動のため、一日の時間が二十八地球時間、うち昼間は平均して十時間にも満たない。文字通り夜の支配する星なのである。その特徴が「カナン」を一大歓楽都市惑星にしてあげたともいえる。

ローズは表示灯を消したエアカーで距離をおき、エアリムジンを尾行していた。リムジンには、小人のウィリー・ザイトと二人の手下が乗っている。カープールに詰める警備員の報告で、リムジンの運転手がホテルまで彼らを迎えに来たことを知ったのだ。ローズは既にそのリムジンの登録ナンバーを、エアカーに積んだ「カナン」保安局直結のコンピューターで照合していた。リムジンの持主は「カナン」東地区を支配する、シンジケートのボス、マグーンだった。

リムジンは機影の少ない夜空を、都市部の東の外れに向け、滑空していた。賭博、売春、そしてすべての麻薬を惑星法で認可しているこの星の都市部は、宇宙に名だたる歓楽の都として、真夜中でもそのどぎついネオンの灯りが消えることはない。

ただ深夜、エアカーが少ないのは、その利用者の大部分が「パレスオブプロミス」や他のカジノに吸いこまれているからなのだ。

ときおり飛びすぎるエアカーは、どれもがリムジンやローズのエアカーとは逆で都市中央部を目ざしている。大半の乗客は女たちで、カジノで儲けた客の懐ろを狙って出かけていくのだった。

惑星「カナン」の司法機関は、都市警察と惑星保安局のふたつに分かれている。そのうち都市警察の力は、都市部の犯罪が少なくないにもかかわらず、あまりにも弱い。そして犯罪者たちは都市警察よりも、東西南北の四ブロックを支配する四人のボスの方を恐れている。従ってこの星では犯罪にはあたらない、売春、麻薬売買でも、あるいは窃盗、恐喝、殺人等の犯罪でも、そのほとんどが組織によって裁かれ粛清される。それは考えようによっては、組織の手で犯された犯罪は、決して罰せられることはない、という意味なのだ。

保安局だけが例外的に強いのは、惑星の行政機関と直結しているため、「カナン」上での事業を禁止することができる権力を有しているからだった。ただし、保安局は大きな機関ではない。それゆえ多くの犯罪者は大手をふって生活をすることができるのだ。彼らは、ただ四つのシンジケートに逆らいさえしなければよかった。

ローズが保安局直結のコンピューターをエアカーに装備しているのも、彼が絶対にシンジケートに屈しないと、保安局の幹部が知っているからだった。

ホテル「パレスオブプロミス」は「カナン」最大の観光組織である。その点ではシンジケートと共存共栄の道を歩んできた。四人のボスも、お互いの定められた領分を、みだりに侵すことはなかった。もしあれば、それは即座に血みどろの抗争へとつながっていく。

しかしそこにきちんとした不可侵条約が存在するわけではない。犯罪は常に、時と場所にかかわりなく発生する。そしてローズは、自分のテリトリーの内で犯罪が発生したことを知るや、その犯人がシンジケートの人間であろうとなかろうと、絶対に見逃しはしなかった。

ローズを消すのは簡単ではない。甘く見れば手痛いシッペ返しを食う――過去の経験から、四人のボスたちは皆知っていた。しかし、誰にも手が出せないということは、「パレスオブプロミス」がどのボスの手にも落ちないという意味でもある。その限りにおいて、「カナン」のシンジケートのバランスは均衡を保っている。

それを理解しつつも、シンジケートは、ローズをとりのぞく機会をうかがっていた。ローズがスキを見せた日が、彼の最期であり、その日からホテル「パレスオブプロミス」の幻の不可侵条約は書き改められることになるのだ。

エアリムジンは「カナン」都市部の中心から東へ約二百キロほどのところに建つ、円筒型の建物に吸いこまれた。

東地区を支配するボス、マグーンの要塞である。地上三十メートルのところに最下部のカープールを持ち、ジャングルで被われた基底部は、地表からの接近を阻んでいる。

レーダー網を回避するために、ローズはジャングルすれすれのところまでエアカーを降下させていた。リムジンがマグーンの要塞に入っていくのを確認すると、ホバリングの状態で停止する。

獰猛さを漆黒の闇の中に沈めたジャングルが、すぐそこに迫っていた。それを見おろすとき、ローズの脳裏にふと、アナタイルのアケローンローズの密林がよぎった。光量を落としたグリーンのパネルが明滅するコックピットの中で、ローズの顔は無表情だった。

ジャングルから、窓ひとつもないマグーンの要塞に目を移す。タフな小人、ウイリー・ザイトがあの建物の中で何を手に入れようとしているかは、既にローズにはわかっている。

問題は、それを何のために使用するかだ。

ハウス・ディテクティブのローズがホテル「パレスオブプロミス」を離れることは滅多にない。彼があえてそれをしたのは、あの小人に興味を感じたからだった。

威勢のいい小人だ。

ローズの口元にふっと笑みが浮かんだ。次の瞬間、ローズは目を瞠った。

リムジンが入っていったのとは反対側、ローズからは死角になる要塞の部分から、一台のエアカーが飛び出してきたのだった。それは、何者かに追われるような速度で滑空し、反転すると、都市の中央に向けて猛スピードで遠ざかっていった。

ローズの目が細められた。その手がコントロールパネルを踊った。エアカーの高感度レーダーが、飛び出した機影を追った。パネルスクリーンに、その形状が打ち出される。

エアカーは、ローズのものとはちがい中型の貨物タイプだった。登録ナンバーはともかく、色と形は確かにローズに見覚えがあるものだった。「パレスオブプロミス」の巨大カープールでも幾度か見かけたような気がするのだ。

ローズはデータを保安局コンピューターに送り込んだ。ものの数秒で答えが返ってくる。

スクリーンに文字が並んだ。ローズはそれをじっと見つめた。

それから一時間とたたぬうちに、来たときと同じリムジンが要塞から吐き出された。リムジンが上空をゆき過ぎるのを見送ったローズは、機首を巡らし、そのあとを追った。ウイリー・ザイトの過去を探れば、彼のいう、「お祭り」と「チャーリー」の関係を知ることができるにちがいない。

タキシード姿でエアカーを操り、リムジンの後方から「パレスオブプロミス」への帰途をたどるローズの口元には、薄い、ひと掻きではがれてしまいそうな笑みが戻っていた。

ホテル「パレスオブプロミス」のふもとに広がる宇宙獣サファリパークは、ホテルと同じく昼夜なく営業している。そこの宇宙獣には、明るい間しか活動しない種類がいるのと同じように、夜間しか活動しないものもいるのだ。

サファリパークが閉園するのは、夕方と夜明けのほんの短い時間だけである。従業員の交代はその間に行われる。

サファリパークはおよそ八十キロ四方に渡って広がっており、中心部の十キロは徒歩での観察も可能な無害の動物ばかりが放たれている。その外に出るとなれば、観客はエアカーか、パーク所属の観覧車を使用せざるをえない。

そこには、さまざまな形状と性質を持った生き物がうろついている。小さく、無害な毛糸のかたまりにしか見えないにもかかわらず、自分の数倍の生き物でも簡単に呑みこんでしまう宇宙鼠、宇宙最大の肉食獣、ナフ恐竜、独特の体液分泌で近づく者に幻覚を見せる珍獣、リガラルウといった具合で、数千種に及ぶ動物、植物、昆虫が生息しているのだ。

ローズはパークを周回する観覧バスの中にいた。バスは二百人乗りの二階建てで、サファリパークで生きる動物たちと同様に、さまざまな星からやってきた観光客で埋まっている。

座席からはイヤーフォンのコードがのび、セレクトボタンで数十種に及ぶ言語による案内放送を選ぶことができる。

ローズは共通語にセットしたフォンをつけ、車窓から表を眺めていた。

(――つづいて皆様にお目にかけるのは、砂の星ルーンから連れてまいりました、砂漠大トカゲでございます。と申しましても、このトカゲをじかに御覧になるのは大変むずかしいと思います。なぜならこのトカゲは普段は砂の底にもぐっているからです。皆様の中には、昆虫、カゲロウの幼虫でアリジゴクという生き物のことを御存知の方もいらっしゃるでしょう。そう、この砂漠トカゲは、いわばアリジゴクの動物版のような生き物なのです……)

バスにとりつけられた照明灯の放つ光で、円形に空いた、蓋のないマンホールのような砂の穴が浮かび上がった。

(さて、皆様は大変、幸運だと申し上げなければなりません。と申しますのも、ちょう

ど今が、砂漠トカゲに餌をやる時間にあたるからです。どうか御覧下さい）

白と赤に塗り分けられた貨物エアカーがスポットライトの中に浮かび上がった。いくつもの穴のひとつひとつのすぐ真上で停止し、機体の横腹に作られたハッチから身をのり出した男が、肉塊を投下する作業を始めている。

（この砂漠トカゲは、細心の注意を以て扱わねばならない猛獣です。したがって今、餌をやっている係員、カール・ワイズマンの他には、あのエアカーには誰も乗っておりません。彼はいつもああして、たったひとりで餌をやっているのです。エアカーは無論、オートパイロットの状態ですが、もしカールがあの出口から一歩でも足をすべらせたらどうなるでしょうか――）

案内放送は芝居気たっぷりに黙りこんだ。

肉塊を落とされた砂の穴がうねるように盛り上がった。突然、穴の底が裂け、顔中が開いた丸い口の生き物が首をのばした。生き物はしっかりと肉塊をくわえこんだ。次の瞬間、人の体の半分ほどもあるその肉塊は生き物の口の中に消えていた。そして、生き物はゆっくりと砂の底に姿を消した。

バスの中では感嘆の叫びが渦まいていた。カール・ワイズマンは、観客の目を意識し、白い制帽のつばに手をやり、微笑した。まばらな拍手が沸いた。

（御覧下さい）

スポットが回ると、ワイズマンの姿は闇に呑まれた。かわりに、点々と砂の上に散らばる白骨が浮かんだ。

（カールが与える餌だけが、彼らの食べ物ではないのです。なるべく自然に似せてこの『宇宙獣サファリパーク』が作られている以上、弱肉強食の自然の摂理もまた、動物たちにとっては避けられない運命なのです……）

ローズは闇に消えた貨物エアカーの方角を見ていた。マグーンの要塞から飛び出していったのは、カール・ワイズマンのエアカーだった。

4

ローズの部屋の天井では、でっぷりと太り、カバと豚の混血のような顔をした男が、寝そべるローズを見おろしていた。

灰色の皮膚と小さいが鋭い目が、本来ならあるべき愛敬を、その面から奪っている。

「カナン」保安局次長のクーツは、純粋の「カナン」星人だった。

「何があるというんだ？」

耳障りなキイキイ声も、決して電話回線の不調ではなく、「カナン」人の特徴である。

「さあ。何があるか、それを知りたいから僕はあんたに頼んでいるんだ。『ちびのウィリー』の前歴を知りたいとね。惑星同盟刑事局に問いあわせれば、すぐにわかることだ」

むしろ退屈そうにローズはいった。

「あの男が『カナン』にやって来たのは、こちらにもわかっておった。普段なら御大層なボディガードをぞろぞろとひき連れてやってくるはずが、今回はたったの三人だ。それもいつもは使わない、小型の専用シャトルでやってきた。警察のマヌケどもは気づいちゃいまいが、保安局ではとっくにマークしておったさ」

クーツの小さな目に得意げな色が閃いた。おそろしく感じの悪い男だが、彼のこの嫌味な面はたとえ相手が権力者であろうと、犯罪者であろうと決して変わりはない。自惚れ屋で、猜疑心が強く冷酷なのだ。しかし、犯罪を憎み、犯した者を追うことにかけては異常なほど執拗である。

「クーツ、あんたとあんたの部下が切れ者揃いなのは僕にもわかってる。その上、問題のウイリー・ザイトがあんたの膝元にいるとお互いが知っている以上、彼の過去を調べたところで、何も損はない。ちがうかい？」

「俺の膝元で、お前のケツの上だ、ローズ」

無愛想にクーツは答えた。

「じゃあ、この僕のおケツの上のできものがどこから来たのか調べてくれ」

不承不承クーツは頷き、カメラの前から灰色の巨体をどけた。声だけが響く。

「三十分だ。それぐらい待てるだろう」

「ありがとう」

ローズはというと体を反転し、ベッドサイドのコンピューターと向かいあった。右手がピアニストのように動く。モニターに従業員の履歴カードが浮かんだ。

カール・ワイズマン。地球出身、宇宙獣サファリパーク飼育係、「砂漠トカゲ」担当。八年前、「カナン」に現われ、獣医ドクター・ファルの助手となる。六年前、ドクター・ファルが失踪すると相前後して、飼育係となる。

年齢五十一歳、「カナン」に来るまでに流れ者が寄りつきそうな星のほとんどを経てきている。コンピューターは彼のパスポートの写しも持っていた。

それをモニターに出し、ローズは見入った。二十五年前、地球を出て以来、カールは一度も母星に戻っていない。十五以上の星を流れながらもである。ひとところに五年以上、留まった記録もない。「カナン」が最長というわけだ。

ローズは十五の星の名をひとつひとつチェックしていった。革命が起き、現在は政権が交代してしまった星もある。だがカールがいた当時は、外来者に対し鷹揚だった。惑星連盟刑事局の指名手配犯でも逃げこむことが可能だったのだ。要するにカールは、流れ者に寛大な星ばかりを渡り歩き、「カナン」に辿りついたというわけだ。

ただ、リストの中にひとつだけ、そんな星でありながら、カールが立ち回らなかったところがあった。

「セラトン」。

小人、ウイリー・ザイトの星だ。

ローズは内線用のスクリーン通話をコンピューターに接続した。天井の回線は保安局につながったままだ。「パレスオブプロミス」の警備本部の部長を呼び出す。

部長は保安局を退職した「カナン」人で、十年以上「パレスオブプロミス」のために働いている、スクーゾーという男だった。

「やあ、ローズ。今日はまだあんたの手をわずらわすようなもめごとは起きていないよ」

挨拶を交すと、スクーゾーはいった。でっぷりと太ったところはクーッと同じだが、愛想のよさは、十年来ホテルで働いていたことを表している。スクーゾーは、皮膚の色と同じ、灰色の制服を着けていた。警備本部の指令室は、すべてのカジノをモニターできる三十階にある。その階をはさみ、上下四十フロアが、「パレスオブプロミス」のカジノになっているのだ。

「スクーゾー、忙しいところ悪いが、僕に資料を届けてもらいたい。宇宙獣の獣医だったドクター・ファルの一件だ。六年前に失踪したとあるんだが、その頃のことを詳しく知りたいのさ」

「いいとも」

スクーゾーは笑みを浮かべた。

「六年前といえば、あんたがまだこの星にやってくる前だからな。すぐにこちらのコンピューターから送らせる」

「ありがとう」

ローズが内線電話を切るのと、天井のスクリーンに、クーツの魅力的とはいえぬ顔が大写しになるのが同時だった。

「ローズ、今届いた。いいか、ウイリー・ザイト、セラトン星人。元は地球人だったが、十八年前に、セラトン星人の女房をもらって帰化している。年齢は五十四歳。地球人だった二十二歳のときに、仲間ふたりと持凶器強盗及び殺人でパクられ、辺境惑星のムショで十年服役した。出所後、セラトンに渡り、鉱物採掘夫をしながら、博奕で小金を貯め、やがて事業をおこし、かなり強引なやり方で今の地位を築いたとある」

「二十二のときの犯罪のことをもう少し聞かせてくれ」

ローズは天井を見上げ、満足げにいった。

クーツは唸った。

「地球連邦、アメリカ地区中西部の雑貨デパートに銃を持った三人で押し入り、守衛をひとり撃ち殺し、金を奪って逃げた。三カ月間逃げまわったが、最初につかまった仲間が裏切って潜伏地をバラしたために、銃撃戦の末、パクられた。そのとき、もうひとりの仲間は射殺された。密告した奴は、特赦でザイトの半分の刑期で出所した」

「そいつのことを」

「そいつ？　裏切った男か？　えーと、チャーリー・ジェイソン。出所後の行方は五年後までしかわかっていない」

「写真はあるか」

「待ってろ」

天井にチャーリー・ジェイソンの顔写真が映った。白人、若いときのものだ。やせていて、落ち着かぬ目をしている。

「ありがとう、クーツ」

「恩に着ろよ。いいか、ザイトのチビ助めが何かしでかしたら、必ず知らせるんだ。スタンド・プレイは許さんぜ」

「ああ」

ローズはいって、スイッチを切り体を起こした。夢見るような目で、窓の外に広がる「パレスオブプロミス」の夜景を眺めた。

若き日のチャーリー・ジェイソンに年月と逃亡者の疲労を加えれば、カール・ワイズマンになる。

ザイトの「お祭り」とは復讐(ふくしゅう)のことだったのだ。

その日一日を、ローズは「パレスオブプロミス」で過した。警備本部から彼のコンピューターに送られてきた資料を分析し、それがすむとカジノに降りていった。

ウイリー・ザイトの一行は、マグーン要塞から戻って以来、おとなしいものだった。カジノに入りびたりで、娼婦を連れて眠りに部屋に帰る以外は、札束をばらまきつづけている。

特にザイトの一行が気に入ったのは、「石虫」を使ったレースのようだった。「石虫」のレースとは、辺境惑星の一部で採れる、見かけは鉱石そっくりの虫を真空中で走らせるゲームだった。放電管で高い電圧をかけられた「石虫」は、赤や紫、緑などさまざまな色を発する。数メートルの真空のチューブにその後送りこまれると、苦しまぎれに走り出すのだ。一回に十数匹が使われ、一度で彼らは死んでしまう。そのうちのどれが一番速くチューブの向こう側に辿りつくかを賭けるのだ。

「石虫」のレース場は二十八階にあり、賭け金の額に合わせて、チューブは長くなっている。ザイトの一団は、最も長い二十メートル級のチューブに取りついていた。

二十メートルになると、「石虫」の大半は息がつづかず死んでしまう。レース中に死んだ虫に賭けた場合、賭け金を倍払わされることになるが、配当金もそれだけ大きくなるというわけだ。

ローズがひっそりと近づいてゆくと、ザイトは合成樹脂の透明チューブを叩きながら「石虫」に声援を送っているところだった。

二人の用心棒がまず彼に気づいた。敵意をむき出しにして、ローズをにらみつける。

ザイトの方は御機嫌だった。賭けた「石虫」が途中で死んでしまったにもかかわらず、涙をこぼして大笑いしていた。

「御機嫌のようですな」

「え、ああ。ローズか、最高の気分だぜ。こいつは面白いよ、まったく面白い。やったことはあるか」

ローズはあいまいな微笑を浮かべた。

「俺にとっちゃ懐しいのさ、これは。昔、辺境惑星のムショにいた頃、仲間の囚人と昼飯を賭けてやったもんだ。俺があの頃、飼っていた石虫は逃げ足が速くてね。たらふく俺に飯を食わせてくれたもんだぜ。こことちがって、俺たちは虫を殺しゃしなかったからな」

「確かに残酷なゲームですな。しかしそのかわり一度で虫が死んでしまう以上、イカサマはできない」

「まったくだ、おかげで俺は大損だ」

ザイトはローズの腰を叩いて笑い転げた。

「その石虫には名前はあったのですか」

「あったよ」

涙を溜めた目でザイトは頷いた。

「何と」

「チャーリーさ！」

小人はいって再び笑い転げた。

「この後はどうなさる予定ですか」

ローズが訊ねると、ザイトは笑みを消した。

「何でそんなことを訊く?」

「お預りした銃をいつ返そうかと思いましてね」

「あんなものはくれてやるさ、いらんよ」

「気前がいいですね」

ザイトはにやりと笑った。

「俺はお前の腕っぷしが気に入っているんだ」

「光栄ですな」

「明日は、そうだな。サファリパークにでも出かけようかと思っている。前に来たときに見残した分があるんでな」

「そうですか。どうかごゆっくり」

ローズは頷いた。踵を返した彼の耳に再びチューブを叩いて声援をおくるザイトの叫び声が聞こえてきた。

「そら、チャーリー、逃げろ、逃げろってんだよ……」

5

呼び出しのフォンがローズの浅い眠りを破った。フォンに答えながら、ローズは手首の内側の時計を見た。夜明け前だった。

「ローズ、スクーゾーだ」

きちんとした制服姿が天井に浮かび上がった。

「起こしてすまん。だがいわれたとおり、ザイトの動きを張っていたものでね」

「カナン」人の警備本部長はすまなそうにいった。

「いいんだ。何かあったのか？」

「ザイト一行が、今、宇宙獣サファリパークへの直通エレベーターを使って降りていった。それに――」

「お客様かい」

スクーゾーは頷いた。

「何人だ」

ローズは瞬きして訊ねた。

「二人だ。高速タイプのエアカーを使って侵入して来ている。サファリパークのどこかにいる筈だ。警備隊を出そうかと思ったんだが、一応きみに知らせてからと――」

「ありがとう。待機させておいてくれ」

ローズはスクリーンのスイッチを切ると起き上がった。ついにザイトが「お祭り」を始めたのだ。ただしこの「お祭り」にはザイト自身も知らぬプログラムがある。

ローズはクロゼットからタキシードを取り出し袖を通した。右腕にストラップでデリンジャーを留める。毛皮に似せた耐寒コートを抱え部屋を出た。水平エスカレーターの上を、普段の姿からは想像もできないきびきびした足取りで進む。

エレベーターに乗りこんだローズは自動装置を解除し、一気に下降した。わずかによろめいたローズは、タキシードの上着に手をさしこんだ。「ローズショット」の鼻孔用噴霧器をとり出す。「ローズショット」を吸いこんだ瞬間だけ、彼の頬にほんのりと赤味がさした。

エレベーターが十階で止まると、コートを着こんだローズは降りたった。広々としたカープールの、エレベーターホールに近い特別区においたエアカーに歩み寄る。

エアカーはサファリパークの上空に舞い上がった。

ザイトは無論、カール・ワイズマンことチャーリー・ジェイソンを殺すつもりにちがいない。部屋でおこした馬鹿騒ぎも、カジノでのはしゃぎぶりも、カールに自分の存在を知らせ震えあがらせるための手段だったのだ。

ザイトがひとつだけ知らぬことがあるとすれば、それはカールとマグーンの関係だった。

六年前失踪したドクター・ファルはマグーンの手下だった。マグーンに敵対するシンジケートの人間を、サファリパークの猛獣、毒蛇やクモを使って暗殺する仕事を請け負っていた疑いがあるのだ。保安局がその件について内偵を始めて間もなく、ファルは行方不明になった。マグーンが消したのである。

となれば、ファルの後任者をマグーンが探すとすればひとりしかいない。ファルの助手をつとめていたカールだ。マグーンがカールの存在をとうに知っていて、ザイトに知らせなかったのも、それで説明がつく。

あの晩、カールがマグーンの要塞にいたのは、ザイトから身を守ってくれるよう頼みにいったのだろうと、ローズはにらんでいた。

前任者の運命を知っているカールのことだ。マグーンがあっさり彼を消したり、ザイトの手にひき渡せぬよう、マグーンの弱味を握っている可能性がある。あるいは、自分がマグーンから今まで請け負ってきた殺しのすべてを保安局にばらすと脅したのかもしれない。

ローズのエアカーは超低空飛行で、閉園したサファリパークの上空を進んでいった。照明が落ち、夜明け直前の薄闇の中に沈んだジャングルには人影はまったくない。ローズはエアカーを旋回させた。マグーンは、ザイトに銃を与えたのだろうか。与えたとすれば、カールを襲う、時と場所も訊き出していたにちがいない。

ローズの口元に笑みが浮かんだのは、砂漠の星ルーンに模せられた一角を通りかかったときだった。運行が終業した筈の観覧バスがコース上に止まり、照明灯があかあかとついている。加えて、パーク内を飛ぶエアカーが万一故障した際に着陸するための緊急避難所に、人影があった。

ローズは観覧バスの裏側にエアカーをおろした。強い照明の逆光になり、彼らからは見えない筈だ。

ローズはエアカーを降りると、その方角に歩み寄っていった。避難所には四つの人影があった。ひとりがうずくまり、それを囲むように残りが立っている。うずくまっているのは白い作業衣を着たカールだった。唇が切れ、帽子がとんでいる。

カールをはさむように立っていたふたりの用心棒が、ローズに気づいて身構えた。二人とも右手に銃を握っている。ウィリー・ザイトは彼らの前に立ち、スーツの前で腕を組んでローズを迎えた。

「ザイトさん、これがあなたのいう『お祭り』ですか」

ローズは穏やかに口を開いた。息が白い。

「手を出さずに見ていろ、俺にはこいつを殺す権利がある。やっと、やっとつかまえたんだ」

小人は低い脅しのきいた声でいった。

「わかっています。この男は今から三十年以上前にあなたを裏切って、あなたの仲間を警官に殺させた。おかげであなたは辺境惑星の監獄で十年臭い飯を食ったというわけだ」

「それだけじゃねえ。俺は故郷の地球をおわれ、セラトンの鉱山で泥まみれになって穴掘り人夫をやったんだ。つらかった。てめえにはわからねえだろうがな。そんなとき、俺はこの野郎をぶち殺す瞬間だけを夢みて歯をくいしばったんだ」

「なるほど。そして、その瞬間が来たというわけですな」

ローズは眠たげにも見える表情になっていった。

「そうだ。邪魔はするなよ」

人さし指をつき出して、ザイトはローズの胸をさした。

「いいか、俺はお前をおそれちゃいない。いつだって、てめえの体を張ってやって来たんだ。自分だけヌクヌクと暖(あった)けえ場所におさまって甘い汁を吸おうなんて考えたことはない。だから邪魔は許さねえ、いいな。たとえお前を殺して、この星の電磁椅子(いす)でフライにされたって俺は構わねえんだ。マグーンのような腰ぬけとはちがうぜ」

ローズは微笑した。

「さて。マグーン氏は、あなたの考えているような人ではないと思いますがね」

「なんだと？」

ザイトは眉(まゆ)をひそめた。

「どういう意味――」

ザイトがいいかけたときだった。不意に音もなく、上空に高速エアカーが現われて停止した。ハッチが開き、そこから熱光線ライフルが銃口をのぞかせた。

ローズはザイトをつきとばした。ライフルの銃身が煌(きらめ)き、ザイトの手下が声もなく倒れた。

「なんだってんだっ」

カールが立ち上がって走り始めた。それを追おうと銃を構えたもうひとりの用心棒の頭が蒸発した。一抹の白い煙を残して、首を失った体が仰向けに倒れる。

ローズはザイトの体を押さえつけ、かがみこんだまま腕をひとふりした。右手にデリンジャーが現われた。ろくに狙いもせずに発射する。

エアカーの吸気孔が吹きとんだ。バランスを失い落下する。

エアカーは砂地の中央に落下した。高度が低かったので衝撃はたいしたことがないようだった。すぐにハッチから、ライフルを持った黒ずくめの男が姿を現わした。こちらに向けて銃を構えたところを、ローズが撃った。

短い叫び声を上げ、男は銃を落として機内に消えた。

「野郎、待てっ」

ザイトがそのすきにローズの腕をふり払った。上着の内側から不釣り合いに大きな銃をひきぬいて走り出す。次の瞬間、彼の右肩から煙が立ち昇り、よろめいた。ローズはふりかえり舌打ちした。ハッチからもうひとりの男がライフルを手に乗り出していたのだ。

「カール、戻ってこい。もう大丈夫だ」

男は叫んだ。抑揚のない、殺し屋特有の喋り方だった。カールが観覧バスの向こう側から姿を現わすのを見て、ローズは小人にかがみこんだ。

「いってえ、どういう、ことなんだ」

ザイトは息を喘がせてローズを見上げた。右腕のつけ根を撃たれていた。

「あの男たちは、マグーンの殺し屋です。カールもまた、マグーンの手下だったというわけですよ」

「畜生、なんてこった」

ザイトは呻いて起き上がろうとした。

「動くなっ」

カールがザイトの落とした銃を拾い上げ、近よってきた。

「ざまあみろ、ザイト。ちびのウィリー、俺を殺せると思ったのか、え？　お前の負けだよ」

カールは勝ち誇ったような笑いを浮かべていった。ローズはその姿と、墜落したエアカーの殺し屋を交互に見やった。彼はふたりにはさまれており、右手のデリンジャーは二発で空になっていた。

「くそっ」

ザイトが歯をくいしばって叫んだ。

「ローズ、あんたには恨みはないが、ザイトと一緒に消えてもらうぜ」

カールはいって、エアカーの方角をふり仰いだ。途端にその目が信じられぬというように広がった。

すさまじい絶叫がローズの背後から聞こえた。骨の砕ける音がつづく。ふりかえったローズの目に、砂地から首をつき出し、殺し屋をくわえこんだ砂漠トカゲの姿が映った。

砂漠トカゲは殺し屋の胸のあたりまで呑みこみかけている。その両腕は既に力なくたれ下がり、微動だにしなかった。

ザイトがローズの下からくぐり出た。どこにそんな力が残っていたのかと思えるほどの勢いでカールに組みついた。左腕一本をカールの腰に回し、いきなり持ち上げた。

カールは小人に自分の上体を持ち上げられたのを知ると、手にした銃で小人の頭を滅多打ちにした。

ローズは素早く駆け寄った。しかし、ローズを留めたのはザイトの唸り声だった。

「いいか……、ローズ、見てろよ。ちびだと思って、甘く見たら大ちがいだぜ」

そのまま、砂地の方に一歩踏み出した。砂漠トカゲが沈んでいった地表のあたりが、モコリ、と蠢いた。

「おろせ、おろすんだ！　俺は、お前なんかに――」

カールはなおも銃身を叩きつけた。近すぎて撃つことはかなわない。

血まみれになった顔をひとふりして、ザイトはにやりと笑った。

「セラトンの鉱山で鍛えられたんだ。どうだ、これでわかったろう、俺が本物の男だって」

「ああ、わかったよ。ザイトさん」

立ち止まってローズは答えた。

「いいか、ローズ。俺がクタばっても、家族は充分やっていける。だから、俺はな何ひとつ心のこりはないんだ。それが男ってもんだろうが……」

ローズは頷いた。ザイトは再び血まみれの顔を歪めて笑った。また一歩踏み出す。

「やめろ、やめろ、ローズ、止めてくれっ」

ザイトの顔が紅潮し、唇をかみしめた。ぶるぶると震える腕一本で、カールの体を自分の頭上に持ち上げたのだ。

「ふたりで心中するつもりか、ザイトさん」

ローズは悲しげに首を振った。

「本物の男をなくしたら、奥さんや子供は悲しがるぜ」

真っ赤になった顔をローズに向け、ザイトは目を瞠いた。ローズは立ったまま、小人と見つめあった。

突然ザイトがカールの体を投げ出した。しかしカールが落ちたのは砂地ではなく、緊急避難所の床だった。カールは短い悲鳴を上げ、動かなくなった。

「死んだ、のか」

胸を喘がせ、ザイトは切れ切れに言葉を吐き出した。ローズはかがみこんだ。

「いや、気絶しているだけだ」

「そうかい。運の、いい、野郎だぜ」

ザイトが膝を折って倒れた。体力と出血の限界が訪れたようだ。

ローズはコートをゆっくりと脱いだ。ザイトはその姿を見上げて瞬きした。

「お前も、運がいいぜ、ローズ」

ローズは微笑した。

「運がいいのは、私やカールだけではない。あんたもそうだ。人殺しにならずにすんだんだ」

小人はローズの顔を不思議そうに見上げた。

「お前は変わった野郎だな。本、当に、変わってる……」

失神しかけ、口がもつれていた。

「お前に、ウエスタンの、テープをやる、ぜ。大事に、しろ、よ。俺は、お前、が、気に入ったたん、だ……」

瞼が閉じられた。

ローズはかがみこみ、ザイトの血にまみれた顔を見つめた。

「私も、あんたが気に入っていたんだよ、ザイトさん」

ローズは白い息を吐き、聞こえない小人の耳に囁いた。脱いだコートを、その体にかけてやる。それから自分のエアカーの方角をふり仰いだ。カナンの短い一日が明けようとしている。ローズは立ち上がり、ゆっくりと歩き始めた。

ローズ2

黄金の龍

1

シャトルの船体には、白地にメタリックブルーのストライプが入っていた。

ゆっくりとホバリングの体勢をとると、その横腹に描かれたドラゴンのエンブレムを、宇宙港にいるすべての者に見せつけるかのように、船首を巡らす。

船尾の推進機が、一度だけ短い炎を吐いた。

見事な三点着陸だった。パイロットは、たとえ、なみなみとつがれたシャンペングラスが操縦席におかれていたとしても、一滴もこぼさなかったにちがいないと思えるほどの腕をしていた。

「来やがった」

送迎デッキで、ローズの隣に立つ、クーツが吐き出した。珍しく、灰色の皮膚には似合わない、オレンジの制服を着けている。

惑星「カナン」の保安局次長の制服だった。

ローズは無表情な顔に、薄い笑みをはりつけていた。

「いいか、ローズ」

クーツが唸(うな)った。カバと豚の混血のような容貌(ようぼう)でいながら、その雰囲気が滑稽(こっけい)なものにならないのは、小さな目がぞっとするほど冷ややかだからだった。

「あの成金女が泊まるのは、お前のホテルだ。何がおきようと、尻を拭くのはお前の役目だ。保安局は一切、関知せん。絶対に、いいな、くり返すぞ、絶対にトラブルを、俺の元に持ちこむんじゃないぞ」

ローズは、百メートルほど下方のエプロンに駐まったシャトルから降り立つ人影を見つめていた。表情には、何の変化もない。

「わかったよ、クーツ。約束しよう」

タキシードの襟とバタフライにそっと触れる。人影は、エアエレベーターに乗って、彼らの正面に上昇してこようとしていた。

「くそ。淫売上がりの女風情を、どうしてこの俺が出迎えなきゃならんのだ」

クーツはローズに当たり散らすだけではおさまらぬようだった。デッキの手すりをつかむと揺さぶる。ぽってりしたその掌に包まれただけで、合金製のパイプは飴のようによじれた。「カナン」星人には、ときとして異様な怪力の持主がいる。クーツもその一人だった。

エアエレベーターは、ふんわりと上がってくると、二人の正面で停止した。

黒いサテンのロングドレスを着た女と、小間使いらしき少女、それにグリーンの合成樹脂で作られた水槽のようなケースがのっている。ケースは、人ひとりがすっぽりとおさまるほどの大きさだった。

ローズが一歩進み出、ドレスの女がデッキに移るのに手を貸した。

女の体からは、強烈な香りが漂っていた。催淫効果のある麻薬を合成した香水「ヒート」の香りだった。クーツが嫌らしげに鼻をひくつかせた。

「出迎え御苦労です」

女はローズのエスコートに応えると、ハイトーンの共通語でいった。漆黒の髪は、炎のような形で結われ、頭上に逆立てられている。肌は青みがかり、目を近づければ毛細血管の一本一本を見分けられるほど白かった。彫刻のようにつんと通った鼻と、ふっくらとした唇が、優雅と淫(みだ)らの妥協点を、その顔に具現している。瞳(ひとみ)は、そのときは、穏やかなグリーンだった。

「タフト」星人の肢体(したい)は、すべて地球人型で、ちがう部分といえば、地球人よりはるかに均整がとれていること、瞳の色が感情の動きに従って変化することの二点だった。

「『カナン』及び、ホテル『パレスオブプロミス』は、『タフト』最大のオルロス財団当主オルロス氏夫人と、宇宙に名だたる珍獣『サロメ』の到着を心より歓迎いたします」

ローズが恭(うやうや)しくいった。

「あなたは？」

女が訊(たず)ねた。

「御滞在中、夫人の警備をつとめる、『パレスオブプロミス』の保安マネージャー、ローズです」

「私は『カナン』保安局次長のクーツ、どうぞお見知りおきを」

クーツが素早くいった。オルロス夫人に媚びようというのではなかった。警護の役を押しつけてしまう気なのだ。

ローズは控え目な微笑を浮かべた。

「あなたも『タフト』の方かしら？」

オルロス夫人がいった。

「いいえ残念ながら」

ローズは首を振り、右手をさしあげた。

ホテル「パレスオブプロミス」のスーパースイートルームの滞在者にのみ回される、エアリムジンがデッキに近づいた。

「どうぞお乗り下さい。もうすぐ日が暮れます。夜になりますと、『カナン』はひどく冷たい星となります」

「ありがとう」

オルロス夫人は一揖すると、エアリムジンに乗りこんだ。これもタフト星人とわかる、小間使いの少女と、その手のコントローラーで操られたグリーンのケースがあとにつづく。

最後にローズが乗りこんだ。

「いいな、俺の言葉を忘れるなよ」

上司の命令を果たしたクーツが、ローズに囁いた。オルロスは、「カナン」の行政府幹部に、親しい友人がいるのだった。

ローズは微笑み、頷いた。扉が閉まり、エアリムジンが浮上する。クーツの姿が豆になり、点になり、やがて見えなくなっても、その陰気な男前の口元からは笑みが消えなかった。

ホテル「パレスオブプロミス」は、東西南北にウイングを持つ六百階建ての十字型の建物だった。賭博、売春、麻薬、享楽を追い求めることが悪徳ならば、惑星「カナン」はまさに、悪徳の星だった。その「カナン」最大のホテルが「パレスオブプロミス」である。

ホテル内部にある、レストラン、バー、カジノ、劇場、すべての施設が、眠ることのない〝街〟であり、そこには全宇宙のありとあらゆる星から、おのぼりさんが、女たらしが、善人が、悪人が、ギャンブラーが、泥棒が、売春婦が、売春夫が、麻薬の売人が、詰めかけてくる。

「カナン」は最後の楽園でもあり、地獄の果てでもあった。

エアリムジンカーの内部では、ゆったりとしたソファシートにすわるオルロス夫人のために、「カナン」と「パレスオブプロミス」のガイドがスクリーンに展開されていた。中でも、「パレスオブプロミス」の売り物は、敷地面に広く作られた、宇宙獣のサファリパークだった。人の手の及ぶ、すべての星から可能な限り集められた珍獣、奇獣、怪獣が、その星の自然を模した環境の中で放し飼いにされているのだ。

エアリムジンが、「パレスオブプロミス」のカーポートにすべりこむと、オルロス夫人はスクリーンからローズに顔を向けた。

「あなたに滞在中の全ガイドをお願いできるのかしら？」

瞳には期待のこもった輝きがあった。ローズの、タキシードに包まれた長身がゆらめくように動いた。

「残念ながら。夫人のガイドは、我がホテルの専門家がうけたまわります」

「では、あなたの役目は？　ローズ」

ローズは、絶やすことのない微笑をオルロス夫人に向けた。

「私はただの雇われ人にすぎません。私がお役に立てるのは、夫人の御滞在を快適ならざるものにしようという試みがなされた場合のみです」

緑の瞳がローズを見つめた。ローズという男をはかり、値踏みし、自分のうちにとりこんでしまおうとでもいうようだった。

オルロス夫人が愉快そうにいった。

「そのようなことがあると、あなたは考えているわけかしら」

「あるいは」

ローズは答えた。

「そう」

オルロス夫人は微笑した。

「では、あなたのことをしっかりと覚えておくわ。そのときは、私はあなたを頼ることができるのだから」

「光栄です」

「いいえ」

オルロス夫人は首を振った。

「そんなこと。ちっとも光栄ではないわ。あなたは、私に頼られたことを後悔するかもしれないのだから……」

ローズはオルロス夫人を見た。

「どうでしょうか。夫人は、私があなたという方を理解していないと考えていらっしゃる、私は――」

「リムナと呼んで、ローズ。それが私の名だから」

オルロス夫人は片手をローズの腕にかけた。

「いいでしょう。リムナ、私は、あなたが私という人間を理解していないと考える。どちらもまちがっているかもしれない――」

「そして、どちらも正しいかもしれない？」

リムナは眉を上げた。

「その通りです」

「では教えて、ローズ。あなたはどんな人、何者なの？」

エアリムジンのドアが、するすると巻き上がった。赤い絨毯(じゅうたん)をしきつめたフロアと、整列した「パレスオブプロミス」の従業員の姿が二人から見えた。

「残念です」

ローズは微笑んだ。

「お教えする機会を逸してしまった」

「大丈夫よ」

リムナは、ローズの助けを得て立ち上がり、居並ぶ人間たちに昂然(こうぜん)とした笑みを向けながら囁いた。

「きっとその機会はあるわ。私はそれを待っている」

ローズの返事は、赤絨毯の方に向けてさし出した左手だった。

2

空中に浮かんだステージにスポットライトが浴びせられ、オーケストラがファンファーレを奏でた。

「では、いよいよ――」

七色に発光するモーニングを着けた、「ヴィルコウム」星人のエンタテイナー、ファロンが叫んだ。

「パレスオブプロミス」の五百十階から十二階を占める大劇場は満席状態だった。そこに詰めかけた二万人からの観客がすべて、声もたてず、息を殺してステージを見守っている。

ステージの模様は、同時中継で、全客室、レストラン、カジノへもテレビ電波となって流されている筈だった。

「本日のメインイベントでございます。今日ここに詰めかけられた皆様がた、すべてが、これをご覧になるために、お出になった、と申しても、過言ではないことでしょう。そして、当ホテル『パレスオブプロミス』が全宇宙に誇る『宇宙獣サファリパーク』におきましても、かつてこれほどすばらしい、夢の生き物を、御来場のお客様に、お目にかけられたことは、ない！　と、私ども自負いたしております。

さて、無用の説明を、長々とはいたしますまい。ただ、どの星、どの国にも、金の卵を生む動物の伝説、お伽噺があることは、皆様、よく御存知だと思います。たとえば、地球の『金の卵を生むガチョウ』、トリノスの『金を抱いた蛇』、ラクセールの『黄金の魚』等々、枚挙に暇がありません。ですが、今日、ここで、皆様が御覧になるのは伝説の生き物ではございません。まさしく、本当に、金を生む、動物なのです！」

ファロンは一度、言葉を切り、場内を見回した。その言葉は数十種の言語に同時通訳され、客席のヘッドフォンに流れている。

ローズはビロードをしきつめた舞台の袖(そで)から、ステージと客席を見ていた。だが、その顔には、興奮も感動の色も浮かんではいなかった。あらゆる表情がそげ落ち、放心したような目を向けている。

ファロンの前口上はつづいていた。

ローズはときおり、スパイグラスをタキシードから取り出し、それをかけた上で客席を眺めていた。逆光の状態にあっても、客席にすわる、ひとりひとりの姿を、つぶさに観察するためだった。

「御紹介しましょう。『タフト』最大の財閥にして、全宇宙でも屈指の大金持――この失礼ないい方を、今夜の御婦人は決してとがめはしないでしょう――、ミスター・オルロスの第一夫人、宇宙屈指の美女、ミセス・リムナ・オルロスです！」

オーケストラが盛り上がった。「ヒート」の香りがステージに溢(あふ)れ、客席へも流れ出た。せり舞台がゆっくりと上がり、グリーンの檻(おり)とリムナの姿がスポットライトの中に浮かび出た。

雷鳴のように、ホテル中をゆるがすような拍手が鳴り渡った。「タフト」の超高級娼(しょう)婦(ふ)から、大財閥夫人におさまった、リムナ・オルロスの話は、今やあまりに有名だった。

リムナは、金(きん)そのものを薄くのばして作られたドレスを巨大なサファイアのボタンでその身にまとっていた。その姿にスポットライトが当たると、光の乱反射が起き、ステージは光線の洪水となった。

　会場はいっせいにどよめいた。男たちは、その容貌の美しさに、女たちは、目もあやなドレスの豪華さに、溜息をもらしたのだった。

　リムナは、いささかも緊張している様子がなかった。観客席に向かい、優雅に一礼すると、艶然とした微笑を浮かべた。

「今晩は。皆様」

　リムナは、観客席を見渡し、いった。

「今夜は、ようこそお出下さいました。私も、皆様に、オルロス家が誇る『サロメ』を御覧にいれることができ、たいへん喜ばしく思っております」

　淡い微笑を口元に浮かべ、その背中を見守っていたローズが、舞台の袖から身をおこした。リムナのドレスは、背の部分がすっぱりと断たれたように、肌がむき出しになっていた。だが、客席の観客がそれを知ったとしても、ドレスの生地代を節約するためだと考えないことは明らかだった。

　ローズは、これで幾度目か、スパイグラスを目に当てた。そして、タキシードの左の襟をついと裏返すと、囁きかけた。

　劇場の天井に何十としかけられた、ステージ用とは別のモニターカメラが動いた。客席の一点をとらえる。

　そこでは、ステージに目を奪われた、おのぼりさんの観客のハンドバッグに、そろそろと腕がのばされている。

腕をのばしているのは、小男のカナン星人だった。ローズや「パレスオブプロミス」の警備員とはお馴染みの顔である。

劇場の入口が音もなく開いた。制服を着けた屈強な警備員が二名入ってくる。小男はそれに気づき、慌てて逃げ出そうとした。瞬間、雷に打たれたように身を震わせた。

ローズは首をかすかに振った。ああいった不心得者が簡単に逃げ出せぬよう、モニタールームからスイッチひとつで、客席にショック電流が流れる仕組みになっているのだ。

警備員は、難なく、ぐったりとしている小男の両脇をかかえ上げた。はた目には、気分が悪くなった客を連れ出そうとしている姿にしか見えない。

ローズは再び、ステージに目を戻した。

リムナが操縦するコントローラーで、グリーンの檻が開いたところだった。

客席が、もう一度、大きくどよめいた。立とうとする者は、タキシードの係員に制止される。ステージの背景が巨大スクリーンに切り換わり、檻の中から姿をあらわした生き物を、大きく映し出した。

それは、小さな龍だった。鳥とも、爬虫類ともつかぬ姿で、似た生き物を捜せば、龍が最も近い、ということになる。

背丈は、リムナの腰のあたりまでで、青く輝く翼を折り畳み、尖った頭を不安げに動かしていた。

「落ちついて、サロメ」

リムナが優しく呼びかけ、生き物は飼い主を見上げた。

リムナは観客席に向き直った。

「皆様の中には、私どもオルロス財団のエンブレムを御存知の方もいらっしゃると思います。そう、ドラゴンのマークです。ですが、あれは実は、ドラゴンではなく、このサロメなのです」

リムナは恐れる様子もなく手をのばし、生き物の頭をなでた。生き物は、その手に鼻先をこすりつけた。生き物が嘴を開き、場内が息を吞んだ。研ぎすまされたように鋭い牙が露わになったからだ。

リムナは微笑んだ。

「この鋭い歯を御覧になって、サロメを危険な生き物だとお決めになってはいけません。それどころか、このサロメは、姿こそ似ていても伝説の怪物、ドラゴンとはまったくちがう、おとなしい生き物なのです。人を襲うことも肉を食べることもありません。サロメが食べるのは——」

演出効果たっぷりに、リムナはドレスのサファイアのボタンを外した。客席は、もはや声を失っていた。ドレスのスカート部分がはらりと落ち、輝く肌がライトを反射する。

リムナは、美しく長い脚を、そのスカートからすんなりと抜いた。ドレスの下は、切れこむように大胆なプラチナのアンダーウエアだった。

脱いだばかりのスカートをリムナは持ち上げた。

「このドレスは、皆様もお気づきの通り、純金で作られています。薄く薄く、叩いてのばした金を、繊維のように織ったのです」

リムナが右手を差し上げた。ファロンがすばやく進みでて、その手に強力なカッターを手渡した。彼女がカッターで、惜しげもなくスカートを切り裂いてゆくのを、客席は幾度目かの溜息で見守った。

「では――」

リムナは小さく頷くと、裂いた一片をサロメに与えた。サロメは、それをくわえた。ゆっくりと咀嚼し、呑み下していく。

サロメの食事はつづいた。ついに、リムナが裂いたスカートを、一片残らず食べつくしてしまった。

サロメが最後の一片を呑み下すと、割れるような拍手が巻きおこった。深々と頭を下げ、拍手に応えたリムナが面を上げると、客席は再び静まりかえった。リムナが両手を開いたからだった。

リムナはいった。

「皆様は、このサロメが食べた金が、いったいどこへ行ってしまうのだろうと、お考えでしょう。勿論、このサロメとて、金だけを食べているわけではありません。生き物としてあたり前な、タンパク質やカルシウムも摂取いたします。ですが、この金もまた、サロメにとって、不可欠の餌なのです」

客席は次の言葉を期待していた。リムナは見渡すと大きく頷いた。

「そうなのです。このサロメは、年に一度、卵を生みます。その、卵の殻こそ、金の行先なのです。明後日、皆様は、その目で、御覧になる筈です。私とサロメは、このサロメの産卵という大いなる自然の仕事が終了するまで、この『パレスオブプロミス』に滞在する予定です」

万雷の拍手が起こった。立ち上がり手を叩く者を阻止する係員すら、もはやいなかった。

拍手がつづく間に、ステージのライトがゆっくりと薄れた。オーケストラがソナタを奏で、せり舞台がゆっくり沈む。

リムナは沈みぎわ、舞台の袖に向けて視線を投げた。

そこにはひそやかな拍手をする、ローズが立っていた。

そして、リムナの姿が消えると同時に、ローズもまた、その影のような姿を消していた。

3

ホテル「パレスオブプロミス」の警備本部長は、保安局出身のカナン星人、スクーゾーだった。同じカナン星人でいながら、現役の保安局次長のクーツとはちがい、人あたりが柔らかなことで知られている。

南ウイング四百階部にある、ローズの部屋の天井に、そのスクーゾーの顔が映っていた。

「疲れているところを悪いが、ローズ」

スクーゾーはためらいがちに語りかけた。

「さっき君の指示でつかまえた、『かっぱらいのイサク』が、君と話したがっているんだ」

ローズは上着を脱いだ姿でベッドのふちにかけ、天井のスクリーンを見上げていた。

「僕に何の用があるというんだい？」

「さあ。今度という今度は、奴も辺境惑星の監獄行きはまちがいない。何とか逃れようと、取り引きをしたいらしい」

ローズは陰気な笑みを浮かべた。

「『かっぱらいのイサク』が僕たちと取り引きができるとは思えないが。いいだろう、これから行く」

「すまない」

スクリーンが消え、半透明の天井に戻った。ローズは、ゆっくりと、ほどいていたバタフライに手をのばした。ただでさえ血色のない、その頰がひどく蒼ざめていた。

ローズは左の手首を返した。埋めこまれている時計を見つめる。小指の先ほどもないその時計は、ローズが生きている限り動きつづけ、十時間ごとに信号を送る仕組みになっていた。

ローズは、半ば眠っているような、けだるい目で並んだ数字を見つめた。そのまま彫像のように動かない。

時計の下二桁(けた)がゼロを並べた。他人には感じられない、細かな振動が手首に伝わった。

ローズは微笑んだ。

立ち上がり、クローゼットに歩みよる。脚が少しふらついていた。クローゼットの扉で体を支えながら、タキシードの上着を取り出した。

内ポケットから小さな鼻孔用噴霧器を抜き、鼻にあてがう。片方ずつ、ていねいに吸入した。

一瞬、彼の頬に赤味がさした。目を閉じ、噴霧器をおろすと、大きく深呼吸をする。

目を開いた。

口元の笑みは消えていない。だが瞳は、そこにはない凍てつくほど荒涼とした世界を見つめていた。

「ローズショット」

バラの花に似た香りを持つ、宇宙で最も危険な麻薬である。辺境の星「アナタイル」にしか生息しない「アケローンローズ」と呼ばれる花から、それは精製される。

中毒になったが最後、治療の手段はない。

ローズが、故郷の星を捨て、家族を捨て、その名を捨てたのも、それゆえだった。この「ローズショット」を断てば、彼の生命も断たれる。それゆえにあらゆる麻薬が法のもとに認可されるこの星に来たのだった。

一定時間ごとの「ローズショット」摂取なくして、彼の命はない。だが、摂取しつづけることも、また、彼の命を縮めている。

　やがては十時間が九時間に、九時間が八時間になり、ついには一刻も「ローズショット」を手離せない日が来る。

　そのときが、彼の命の尽きるときだった。

　ローズは噴霧器を上衣に戻すと、バタフライを結んだ。のろのろと、サイドボードから小型の熱光線銃「デリンジャー」を取り上げ、右手首にストラップで留める。

　すべての身支度が整うと、ローズはクローゼットの鏡の前に立った。

　そこには、端整だが蒼ざめた顔を持つ、長身の男が映っていた。身のこなしは猫のように軽く、そしてものうい。

　ローズは自分の身なりを仔細(しさい)に点検した。それは部屋を出るときの、彼の習慣だった。と、同時に、死を間近に控えた者の身づくろいと、どこか似ていた。

　部屋を出たローズは、三十階にある警備本部へと向かった。エレベーターの透明な壁から眺める「カナン」は、文字どおり輝く闇だった。

一日の六割以上を支配する夜と、そこに拡がる光の嬌態、その中には、そこでしか生きられぬ者たちがうごめいている。

来る日も、来る日も、そこには人の形をした欲望が集まっている。それぞれの星、それぞれの言葉、それぞれの姿顔がちがっていたとしても、求めるものは皆同じなのだった。

ある者は天国に昇りつめ、ある者は地獄におち、ある者は消え、ある者は死ぬ。だがそれにしても、くり返しくり返し、行われることにすぎない。

ローズは、決して倦むことなく、無限の欲望につきあってきたのだった。そのどこからか、小さな真実を見出そうとしてきたのだった。それがどれほどささいで、意味のない真実であろうと、彼がなおざりにすることは一度としてなかった。

なぜなら、彼にとっての真実とは、宇宙同様、終わりのない「死」との向かいあわせに他ならなかったからだ。

「ひどく顔色が悪いぞ、ローズ。大丈夫かね」

警備本部に現われたローズを見て、スクーゾーが気づかわしげに声をかけた。機能的に整備された本部には、何千というスクリーンが並び、カジノ、レストラン、劇場、公園、サファリパーク、カープールといった「パレスオブプロミス」のすべての施設をモニターしている。

「気にすることはないさ。イサクはどこにいる？」

首を振ったローズは訊ねた。

「あちらだ。とりあえず拘置室に放りこんでおいた」

全一万二千室の客室を持つ巨大ホテルとなると、警備本部とはいえ、私設警察に似た機能を持つことになる。事実、ローズと、この警備本部のおかげで、惑星「カナン」を東西南北に四分割するシンジケートも「パレスオブプロミス」には手を出せずにいる。

肌の色と同じグレイの制服を着けたスクーゾーが先に立って歩いた。モニター室を出、他の階とはうって変わって地味な、灰色の廊下を歩くと、頑丈な合成樹脂で作られた透明の部屋につきあたる。

スクーゾーは、合成樹脂の壁に、掌を押しつけた。掌紋を読みとったコンピューターが、壁を開閉する装置を作動させる。

部屋の中は、同じ樹脂で、幾つもに分けられていた。その樹脂は、一面からしか向こう側を透視できない、マジックミラーのような特性を持っているのだった。

小部屋のひとつに「かっぱらいのイサク」がいた。「パレスオブプロミス」を縄張りにする小悪党のひとりで、娼婦たちと同様、ローズやスクーゾーにとっては馴染みの顔だった。

「パレスオブプロミス」以外の地では、もぐりの犯罪者は、確実にシンジケートの手で粛清される運命にある。その点では、イサクのようなチンピラにとっても「パレスオブプロミス」は天国だった。ただし、警備員に逮捕されることがなければ、である。

イサクは、盛りを過ぎた犯罪者で、年齢的にも、初老にさしかかっていた。小部屋の中央におかれた硬く小さな椅子に、しょんぼりとかけている。

イサクの側からは見えない壁が、するすると動いたので、驚いたように顔を上げたところだった。

「ローズ、あんたに話があったんだ。スクーゾーの旦那がとりついでくれてよかったよ」

イサクは嬉しげに立ち上がった。

「話してみるんだな、イサク。ただし、いい加減なヨタじゃローズはお前さんを赦しちゃくれんぞ」

スクーゾーは太鼓腹をゆすっていうと、ローズを見た。

「大丈夫だ、スクーゾー。戻ってくれていい」

ローズが頷くと、スクーゾーはイサクをひとにらみして出ていった。

ローズは背後で閉じた壁によりかかり、けだるげにイサクを見おろした。

「聞こうじゃないか、イサク」

「ありがてえ」

イサクは両手をこすり合わせた。

「俺ももう年だ。もし、俺の話がガセじゃねえってわかったら、都市警察にひき渡すのをかんべんしてくれるかい」

ローズは頷いた。

「どんな内容によるか、だが」

「あれだよ、ローズ。あのごつい金持、オルロスの女房のことなんだ」

ローズの顔には何の変化もあらわれなかった。

「それで」

「あの女房を誘拐して身代金を巻きあげようって奴らがいるんだよ」

「何者だ」

「南のライナーの身内だよ。ボスのライナーが一枚嚙んでるかどうかはわからねえが、相当、念いりな計画をたてていることは確かなのさ。俺あ、ついこの間、奴らが街外れのホテルでそいつを練っているところを壁ごしに聞いちまったのさ」

それだけいうと、イサクは小ずるくローズの顔を盗み見た。

「どうだい、のってくれるかい？」

「どんな手を使うつもりなんだ、そいつらは」

ローズはそれには構わず訊ねた。

「あの生き物をダシにするのよ、サロメっていったっけ。ありゃすげえ代物だ。あのサロメのためなら、オルロスの女房も罠にはまりこむにちがいないというわけさ」

「それだけではわからないな、イサク」

ローズは片手をのばした。優しく小男の肩をつかむ。イサクは、まるで電流でも流れたかのように、びくりと震えた。

「すべてを話すんだ。取り引きはそれからだ」

ローズは呟(つぶや)くようにいった。

4

「来てくれると思っていたわ。ローズ」

小間使いの少女が、スーパースイートのリビングにローズを案内すると、窓辺にかけていたリムナ・オルロスは立ち上がった。

「カナン」は昼を迎えていた。夜の闇に隠された姿からは想像もできない、濃いジャングルがうっそうとつづいている。リムナは窓からそれを眺めていたようだった。

真昼だというのに太陽の光は弱い。にもかかわらずジャングルという形で植物が生い茂っていることが「カナン」の本質を示唆している。

「どこへもお出かけにならないのですか、リムナ」

ローズはリムナの向かいに腰をおろしていった。小間使いが、真紅のタフトティを運んでくる。

リムナは肩をすくめた。

「おおかたの人の想像とちがい、私はお酒も賭け事もしないわ。お酒は時間を変質させる力はあるけれど、流れそのものを変えることはできない。ギャンブルは——私はすでに大きな賭けに自分を張り、とにかく勝った身だから、人生そのものより小さな賭けには興味がおきないの」

リムナは首を振った。

「麻薬はいかがです。あるいは性的な充足感を求めることは？」

「瞑想にふけるときは、ときどき薬を使うわ。変化する自分を楽しむために。お酒の場合は、そこまで自分に客観的になれないから。

セックスは、そう、つきあげてくるものね。私がもっと年をとり醜くなったら、欲望を強く感じるかもしれない。衰えていく自分をくいとめるためと、時間に爪をたてるため」

ローズは溜息をもらして、タフトティをすすった。強い香りを持った茶だった。

「なるほど。私は確かにあなたを理解していなかったようです」

「誤解していたということ？」

リムナは笑みを浮かべて訊ねた。ローズは微笑み返した。

「いいえ。私はどんな人間に対しても誤解はしません」

「なぜ」

「誤解するほどには、人を知るチャンスに恵まれていないからでしょう」

リムナは頷いた。

「あなたはいつもそうなの？　ローズ」

「おそらくは。もし誤解しているとしたら自分自身に対してでしょうね。どうやら永久にとけそうもないが」

「あなたは、かつての私に似ている。自分の体を売っていた私に」

「私はリムナほど高い値段を自分につけていません——失礼をかえりみずに申し上げるなら……」

リムナはにっこりと首をかしげた。

「ローズ……。本名なのかしら」

ローズは首を振った。

「いいえ。ただそう呼ばれている。それだけです」

「理由を訊いてもいい？」

「私がアケローン河を渡りかけた人間だからです」

「アケローン河？」

「地球の伝説の河です。冥界（めいかい）へつながっているといわれている」

「アケローンローズのこと？」

「そうです」

リムナは目を瞠（みひら）いた。

「あなたは『ローズショット』の中毒者なの」

ショックで瞳がブルーに変わっていた。

ローズは微笑んだ。

「人生を悲観して服用したわけではありませんが」

「自分の意志ではなかったということ？」

「半分でしょう。そのときの私には、使命があった」

リムナは瞬きもせず、ローズを見つめた。

「以来、使命も名前も捨てたのね」

「そういうことです」

「ローズ、確かにあなたは自分を誤解しているわ。あなたが自分につけている値段は、かつての私の値段どころではなくもっと高いものよ」

「そうでしょうか」

「そう」

リムナはきっぱりといった。

「私は教えられなくても、あなたを恐れる人たちの存在を感じるわ。あなたの城を犯し、あなたの望む平和を踏みにじりたい人たちの、あなたを恐れる気持も。なぜなら、あなたの値段は、どんな金持でも、たとえば私の夫でも、一度きりしか払えないほど高価なものだから。

死よ」

ローズは頷かなかった。ただ無言で、リムナの美しい顔を見つめていた。

「私はかつて地獄にいた。生きながら体を裁断される苦しみを味わった。でもあなたに比べることはできない。あなたの持つ、その静けさや威厳を持つことはできない。そして、そうである自分を幸せだと思う」

「およしなさい、リムナ。私は、申し上げた通り、ただの雇われ人です」

「あなたは、誰にも、何にも属することのない人よ。私にはわかる」

リムナは苦しげにいった。

ローズは微笑し、いった。

「今日、あなたに会いに来たのは、あなたを苦しめるためではなく守るためです。残念ながら、エアポートからの途中でお話ししたような出来事が起きそうなのです」

リムナはローズを見つめた。

「あるグループがあなたを誘拐しようと企てています。この星を四つに分ける犯罪シンジケートのメンバーです。彼らは、あなたの、あの美しい生き物を使うつもりでいます」

「傷つける、ということ?」

リムナは少しも脅える様子なく訊ねた。

「そうです」

「その人たちは後悔するわ。オルロス財団を敵に回せば、どの星であろうと生きてゆくことはできない」

「おそらく。しかし、それを教えてやる人間がいないのです」

「でしょうね。あなたの城を犯そうとするほど愚かな人たちですもの」

「私は、あの生き物にも、あなたにも傷ついて欲しくはない。そこであなたに協力をお願いしに来たのです」

「喜んで、ローズ。何でもいって」

「サロメは今、どこに？」

「隣の部屋。眠っているわ。あの子は暗くならないと目覚めないの。明日の昼と夜の境に、年に一度の産卵を控えているから」

「今夜もショウに？」

「ええ。私がこの星に来たのは、オルロス財団の存在を、より多くの人々に知ってもらうためだから」

「あれは素晴らしいショウです。あのサロメの美しさを、本当に理解できる人々が少ないのは残念だ」

「あなたは別よ、ローズ」

「限られた瞬間に自分が置かれていればこそ見えてくるものもある、リムナ」

リムナは頷いた。

「すべてをあなたに任せます。私は恐怖は感じない。いった通り、あなたに頼ることにする」

「結構です」

ローズは立ち上がった。ふり仰いだリムナに右手をさし出していった。

「短い『カナン』の昼を散歩してみませんか。私のエアカーは小さなものですが、スピードだけは出ます。サファリパークの上を飛びながら計画を練りましょう」

5

その夜もリムナ・オルロスとサロメのショウには観客が詰めかけていた。

ローズは舞台の袖で、ファロンの前口上が終わるのを見届けると、劇場を出た。巨大な拍手の音が廊下まで響き、ローズを追いかけてきた。

ローズの面(おもて)には、何の表情も浮かんではいなかった。いつものようにタキシードを着こなし、血色の悪い顔に、メッキのように薄い微笑をはりつけている。

水平エスカレーターに乗ると、手すりによりかかり、光の放列を見つめた。ローズは「カナン」の夜と、そこにそびえる煌(きらめ)きが好きだった。有限と無限、卑小と偉大、ひとかけらの真実と、それを包む真実そのもの。

ウイングが交差するエレベーターホールに辿(たど)りつくと、エスカレーターを降りた。高速降下で三十階の警備本部へと向かう。

　エレベーターは、いわば「街」を縦によこぎる高速道路と同じだった。

　警備本部では、スクーゾー以下、制服の警備員たちが緊張した面持ちで待ちかまえていた。

「保安局か都市警察に連絡をしておいた方がいいのじゃないか？」

　ローズが、劇場をモニターしている画面の前にすわると、スクーゾーが不安げにいった。

　ローズはゆっくりと首を振った。

「クーツに知らせれば、僕らは尻を蹴とばされるだろう。都市警察についちゃ、君もわかっている筈だ」

　スクーゾーは肩をすくめた。

　惑星「カナン」の司法機関は、保安局と都市警察のふたつに分かれているが、組織としては大きいにもかかわらず、都市警察の力は、四人のボスの前では、あまりにささやかという他はなかった。

「カナン」では、何よりも強いのがシンジケートである。彼らは、「カナン」中の麻薬、売春を分割し、とりしきっている。唯一の中立地帯が「パレスオブプロミス」なのだ。

　クーツのいる保安局が、組織としては小型でも、強い権力を持っているのは、惑星上の事業を禁止することができる行政府とつながっているからである。

「パレスオブプロミス」の治安は、そういった点で、およそ誰にも頼ることができないのだ。

ローズは監視シートを空中に上げた。劇場のあらゆる部分の映像が百近くの画面に映し出されている。

「音声を入れてくれ」

画面のひとつひとつに目を向けながら、ローズはいった。

「――嬉しく思います。サロメは私と夫が最も愛するペットであり、全宇宙を捜しても――」

小さな画面のひとつにクローズアップされたリムナが喋っていた。グリーンのサロメの檻は、まだ開かれていない。リムナは昨夜と同じ、純金の箔で作られたドレスをまとっていた。デザインは微妙に変わり、ボタンが「セラトン」産の宝石になっている。

ローズは他の画面に目をやった。観衆のひとりひとりが息を呑み、ステージを見つめている。彼らの服装はさまざまだった。タキシード、ドレス、民族衣装、宇宙服、酸素大気に合わせたマスクを装着させている者もいる。

「――それではサロメを皆様に御紹介いたします」

リムナがコントローラーを持った右手をさしあげた。グリーンの檻が浮かび、四方にその壁が開いた。

サロメが現われ、客席がどよめいた。

龍は、昨夜ほど興奮していないようだった。ただ、産卵のせいか、力なく目を閉じている。

リムナが、オルロス財団のエンブレムにまつわる話を始めた。

「捕捉!!」

そのとき、警備室のモニター係りが叫んだ。スクーゾーが叫び返す。

「メインスクリーンに出せ」

制服のひとりがモニター室のメインコンピューターを操作した。

並んだ小スクリーンの中央にはまる大スクリーンに映像が送りこまれた。

ひと目でカナン人とわかる男だった。高価なスーツに身を包み、ステージに目を向けている。その男の右の袖口がそろそろとステージの方角に持ち上げられていた。

「透視しろ」

ローズがいった。

画面が転換し、男の透視映像になった。

「リモコンライフルだ」

スクーゾーが唸った。男の袖の内側に細いレーザーライフルの銃身がしこまれていた。発射装置のコントローラーは、服の内側を伝い、左手に握りこまれている。

「ショック装置を――」

スクーゾーの言葉をローズは遮った。

「いや、いい。そのままやらせるんだ」

「ローズ⁉」

ローズは、啞然としている警備員たちに微笑を向けた。

「大丈夫だ。心配しなくていい」

「奴はどっちを狙っているんだ、後方カメラを」

スクーゾーは訊ねた。係員が答える。

「あの生き物です」

「どうする気なんだ、ローズ」

「レーザー光線はサロメには当たらない。偏光スプレーでシールドされているんだ。サロメが元気のないように見えるのは、そのためなのさ。ただし、奴がサロメを撃ったら、即座にステージのスポットを切り、オルロス夫人とサロメを避難させてくれ」

「奴はどうするんだ?」

「もちろんつかまえる。僕が欲しいのは、奴の背後で、計画をたてた連中なんだ。奴だけを捕えても、また別のゲストのときに同じ計画を試みるかもしれない。根こそぎにしてやりたいんだ」

ローズは笑みを浮かべたままいった。それはぞっとするほど冷酷な微笑だった。

スクーゾーは唸った。落ちつかなげに、その手が腰の銃をまさぐった。

「わかった、ローズ。あんたのいう通りにしよう」

「ただしステージの暗転と、夫人の避難はタイミングよく頼む」

スクーゾーは頷き、制服の襟にとめたマイクに指示を与え始めた。

ステージでは、リムナが金のドレスを脱いだところだった。カッターを受け取り、スカートを裁断する。観客は皆、息を吞んで見つめていた。

「いいな、タイミングだ」

ローズがいい、モニター室の警備員たちは緊張して身をのり出した。

メインスクリーンの男は、サロメの動きに合わせて、小刻みに照準を変えていた。だがステージに目を奪われた周囲の観客は、その動きを不審には思わないようだ。

「やるぞ」

スクーゾーが嗄れた声で呟いた。

リムナが金のドレスの切れ端をサロメに向けてさし出した瞬間だった。男の袖口が鈍く輝いた。

「暗転！」

ローズが叫び、ステージが闇に吞まれた。次の瞬間、ステージでは、サロメの怪鳥のような叫びと、リムナの悲鳴が交錯した。

「逮捕しろ」

スクーゾーがマイクに叫び、大混乱に陥った観客席に警備員が殺到した。

「ショック装置」

照明の点いた観客席で、混乱に乗じて逃げ出そうと図った犯人が身をこわばらせた。吸いつけられでもしたように、シートに釘づけになって、喘いでいる。

「皆様どうか御心配なく、オルロス夫人もサロメも無事です」

いつのまにか無人となっていたステージに司会役のファロンが現われて叫んだ。

一度は席を立ちかけた観客も、それを聞いて考え直したようだった。オーケストラが次々と賑やかで明るい音楽を奏で始める。

その間に、犯人は警備員にとり押えられていた。瞬く間に連行され、劇場の外へと運び出される。

「こちらへ連れて来い！」

スクーゾーがマイクに怒鳴っていた。命じ終えると、ローズをふり仰ぐ。

「拘置しておいてくれ」

ローズはシートを下降させていった。

「それから、『かっぱらいのイサク』を出してやってくれ。奴のいったことは嘘じゃなかったよ」

床に降り立ったローズは落ちついてそう告げると、警備室の出口に向かった。

「わかった」

スクーゾーの言葉にローズは微笑し頷いた。その瞳は、冷たく澄んでいた。

再び五百十階に戻ったローズは、劇場の控え室を訪ねた。屈強な警備員たちに頷いてみせると、扉をノックする。

「どうぞ」

リムナの返事が返ってきた。ローズは扉を押した。

リムナは、舞台衣裳のまま、控え室のソファに腰かけていた。動揺している様子は、少しもない。

「大丈夫ですか？」

ローズは訊ねた。リムナは微笑んだ。

「ええ。少し驚いただけ。サロメにも怪我はなかったし……」

「シールドスクリーンを解いてあげましょう」

ローズはタキシードの上着からスプレーを取り出した。サロメは、リムナの足元に大人しくうずくまっている。

「私のも、あとでお願い」

リムナはいった。近くで見ると、リムナもサロメも、全身に透明なパックを施したような光沢がある。長時間の使用はきかないが、レーザービームの角度をそらすのに役立つ偏光シールだった。

ローズは頷くと、スプレーをサロメに吹きつけた。生き物は嫌がる様子もなく、じっとしている。

吹きつける。

「便利なものね」

「ええ」

リムナの顔の前にローズの顎があった。

「背が高い」

リムナは呟くようにいった。

「なのに、猫のように歩く人ね」

「目立ってはいけないのです」

ローズは微笑んだ。

「あなたは、自分では気づいてはいないかもしれないけど、とてもハンサムな人よ」

「だが愛する女はいないでしょうな」

ローズは肩をすくめた。リムナは首をかしげた。

「本当にそう思う？」

「ええ」

　リムナは悲しげにローズの瞳を見つめた。

「不思議な色。青のような灰色のような」

「…………」

「目を閉じて」

　ローズは目を閉じた。リムナがのびあがり、ローズの唇に自分の唇を押しつけた。長い時間、そのままでいた。

　やがてローズがそれをそっと押し戻した。

「リムナ――」

「私の目を見て」

　オレンジ色に輝いていた。

「美しい」

　リムナは微笑した。

「私の目をオレンジに変えたのは、あなたが二人目よ。最初が夫のオルロス。彼は巨万の富と愛で私の心を揺さぶったわ」

「私には何もない」

「いいえ。あなたは気づいていないだけよ。自分の凍てついた上辺の内側にあるものを」

「私は……」

ローズはうつろな声でいった。

「自分の中に死しか持っていない男だ」

「それはちがう。やがてあなたも気づくときが来るわ」

「それまでに私の命が尽きなければ」

ローズはひっそりといった。リムナが息を呑み、何かをいいかけたとき、ローズの襟の内側で信号が鳴った。

ローズはタキシードの襟を返した。

「ローズ、スクーヅーだ」

小さな音声が流れた。

「どうした？」

「都市警察の刑事が来ている。犯人の引き渡しと、オルロス夫人の事情聴取を要求しているんだ」

「わかった。夫人とそちらに行く」

ローズは答えると、リムナに微笑みかけた。

「今度こそ、それに答える機会を逸してしまいました」

6

都市警察から来たという二人の刑事は、警備本部で、ローズとリムナを待ちかまえていた。

一人がヴィルコウム星人、一人がカナン人だった。二人は、ローズにバッジを見せた。

「南地区分署がこの事件を持つ」

ヴィルコウム人の刑事がいった。長身で、ローズと同じくらいの背丈がある。

「最初に通報を受けたのが、南だったのだ」

でっぷりとしたカナン人の刑事がいった。

「誰が通報を？」

ローズはおだやかに訊ねた。

「観客のひとりだ」

「文句はないな」

「いいだろう。そちらの名は？」

「私がモラート、あちらはパイクだ」

カナン人の方が答えた。

「私はローズ」

「知っている。『パレスオブプロミス』で保安官面をしてのさばっている地球人だろう」

「彼はカナン人だ。帰化しているのだ」

やりとりを見守っていたスクーゾーがむっとしたようにいった。

「あんたは黙っててくれ。元保安局のＯＢだろうが、この事件は都市警察の領分だ」

「すべてが終わってから来ておいて偉そうな口を叩くな」

スクーゾーが怒鳴った。

「我々に前もってわかっていれば、重要なゲストに怪我をさせるようなことはなかった」

スクーゾーが言い返しかけるのを、ローズは手で制した。

「幸い、ビームはそれ、夫人にもサロメにも被害はない」

「事情は聞かせてもらう」

「好きにするがいい」

ヴィルコウム星人のパイクがリムナに向き直った。

「一部の不心得者のおかげで不愉快な思いをされ、誠に申しわけありません。お手数ですが、こちらの質問にいくつか答えていただくため、分署まで同道願えますか」

「どうしてここでやらない？」

スクーゾーが嚙みついた。

「都市警察には、都市警察のやり方がある」

「私は結構よ」

リムナが割って入った。

「ただし、サロメも連れて行きたいのだけれど。あんなことの後なので、私がいないと寂しがるでしょうから」

「かまいません」

パイクは頷いた。

「では、夫人の身柄と犯人は、我々が預かる。事情聴取が終われば、責任をもって夫人は送り届ける。いいな」

「いいだろう」

ローズは、夢心地のような表情でいった。

「パトカーはカープールに駐めてある。あんたは犯人の方を連れて来てくれ」

モラートはいうと、パイクを促した。

「くそっ、たまに早く現場に到着したからって威張りやがって」

スクーゾーが呟いた。

「サロメを下に運ぶように指示してくれ。私は犯人を連れていく」

ローズは落ちつき払っていった。警備本部を抜け、拘置室から、カナン人の男を出す。

サロメの到着を待って、彼らは十階のカープールへと降りた。

濃紺に塗られた、正規の都市警察エアカーが駐まっている。モラートとパイクは、カナン人を後部の拘留シートにすわらせた。パイクが操縦席にすわり、モラートがリムナをはさむようにして前部シートに乗りこんだ。

サロメの檻は、後部、カナン人の隣におかれた。

ローズとスクーゾーが見送る中を、パトロールエアカーは発進した。

ホバリングの状態で向きを変え、「パレスオブプロミス」を包む濃密なジャングルの上空に向けて飛びたつ。

遠ざかっていくパトロールエアカーにスクーゾーが悪態をついた。

エアカーの機影が闇に呑まれるのを見つめていたローズは、スクーゾーを振り返った。

「指示は果してくれたかい？」

「ああ。超小型のトランスミッターを奴の服につけておいた。だが、どうしてだ？」

ローズは微笑した。

「デートにはぐれないためさ」

数分後、ローズの乗った高速エアカーが「パレスオブプロミス」のカープールを飛びたっていた。すべての燈火を消し、計器飛行に頼っている。

コントロールパネルの中央では、グリーンのスクリーンに、遥か先を滑空するパトロールエアカーが輝点となって現われていた。

ローズは薄い笑みをはりつけたまま、エアカーを操縦していた。

二機のエアカーは、「カナン」の深い夜を南へと向かっていた。

ローズはやがてコックピットの電話機を取り上げた。小さなスクリーンの画像が、ときおり乱れる。オペレーターが写った。

「保安局だ」

「クーツを頼む。こちらはローズ」

「待て」

やがて、クーツの冷酷なカバ面が浮かんだ。かん高い、カナン人特有の声でいう。

「何の用だ、ローズ。俺のところにケツを持ちこむなといった筈だ」

「南地区のボス、ライナーを辺境惑星にまでふっとばせる材料がある」

「ガセじゃないだろうな」

クーツは小さな目を瞬いて、疑わしそうに訊ねた。ローズは、コックピットで肩をすくめた。

「気にいらないのならいい。僕が今まであんたにまちがった情報を提供したことがあるかい？」

クーツは唸った。その不愉快な面は、犯罪者と相対したとき、極端に強くなる。心から犯罪者を憎み、一切の慈悲を持たぬ男だった。

「どうしろというんだ？」

「今、二人の悪徳警官を尾行している。彼らは、オルロス夫人を誘拐した。どこかでライナーや手下とおち合う筈だ。そこへ踏みこむだけで事はすむ」

「わかった。この回線をあけておいてくれ。保安隊を待機させておく。ライナーの野郎、今度こそ息の根を止めてやる」

クーツは鋭い歯をむき出した。それは驚くほど、サロメの牙に似通っていた。ローズはそっと微笑した。

前方を飛ぶパトロールエアカーが着陸態勢に入ったのは、ローズの読み通り、都市警察南分署から遥かに離れた、ライナーの縄張りだった。

「パレスオブプロミス」には及びもつかないが、その分手軽な娯楽を提供するカジノやモーテル、売春宿、麻薬窟が建ち並ぶ一帯だ。

空の交通は激しく、ローズのエアカーが特に目立つということはない。

時折り、売春婦の乗ったエアカーが、客を引こうとすり寄ってくるが、ローズの無視にあい、飛び去ってゆく。

パトロールエアカーは、毒々しいネオンのついた、一軒のモーテルへと滑りこんだ。

ローズはそのモーテルの名を確認すると、保安局とつながったままの回線で、それを知らせた。

「いいか、俺が到着するまで、勝手な動きをするんじゃないぞ」

クーツが目をぎらぎらと光らせて警告した。ローズは、その笑みをクーツに向けた。

「ライナーはあんたのものだ。だが、リムナ・オルロスは僕の保護下にある。そういう約束だったろう」

「ローズ、お前は――」

ローズは回線を切った。スクリーンが消え、無表情に戻った顔が、コックピットの闇に沈んだ。

パトロールエアカーの入ったモーテルは、駐機場と部屋が一組になった安宿だった。そのかわり、泊まり客はホテル側の人間と一切、顔をあわせずにすむ仕組みになっている。

ローズはエアカーを降下させた。目立たぬ低空でホバリングさせ、待つ。

十分とたたぬうちに、大型のエアリムジンが反対側の上空から姿を現わした。ローズの手がコントロールパネルにのびた。

高感度レーダーがそのリムジンをとらえ、分析する。パネルスクリーンに現われた分析結果を、ローズは満足げに眺めた。

ライナーのエアリムジンだった。

防弾装備と、巨体ながらスピードを持つ、そのエアリムジンは、パトロールエアカーが駐機したモーテルの、隣の部屋に滑りこんだ。

ローズは、五分だけ待った。それだけあれば充分だった。エアカーを進め、モーテルの裏に着陸させる。部屋の中では、ライナーとその手下の悪徳警官が、成功した誘拐にほくそえんでいる頃だった。

ローズはコントロールパネルの下に手をのばした。普段、右手首につけている小型とはまったくちがう、熱光線ライフルが現われた。光線のしぼりを広げ、広範囲に拡散するようにしむける。

ハッチを開き、地表に降りたった。夜になるとカナンは、昼間との温度差が激しい。ローズの吐く息が白く色を変えた。

ローズはライフルを抱え、ひそやかに、モーテルの部屋へと近づいた。

壁にぴったりと体をおしつける。安普請の建物は、中の話し声を低く伝えてきた。

「——どうか御協力を」

低い男の声が聞こえた。勝ち誇ったような響きがある。

「私をこのような目にあわせると、あなた方はひどく後悔することになりますよ」

「気どるんじゃない、淫売(いんばい)あがりの分際で」

モラートが脅しつけた。

ローズは微笑むと一歩退った。熱光線のパワーを最大に上げ、合成樹脂でできたモーテルの壁に発射する。

壁が丸く溶けた。ローズはライフルを左手に持ちかえ、その穴から中におどりこんだ。

怒号があがった。

「貴様っ」

部屋の中には、リムナの他に、六人の男たちがいた。二人の刑事と狙撃犯(そげきはん)、痩(や)せたカナン人、そして巨大な二人のボディガードだった。

モラートとパイクがさっと銃を抜いた。リムナは二人とは反対側の壁ぎわにすわらされている。

ローズは狙いもつけずに、ライフルを発射した。モラートとパイクがふきとんだ。

次の瞬間、右手をひと振りすると、小型の熱光線銃、デリンジャーが掌中にあった。

デリンジャーが一度だけ光線を放った。

右腕をローズに向けようとした、劇場の狙撃犯が、後ろに倒れこんだ。

痩せたカナン人と残ったボディガードが凍りついたようにローズを見つめた。

「何者だ、お前は?!」

カナン人が叫んだ。

「私の名はローズ。『パレスオブプロミス』のハウス・ディテクティブだ。今夜は、私のゲストを迎えに来た」

「お前がローズか！」

カナン人は目を瞠いた。

「名前を知っていただけていたとは光栄ですな、ミスタ・ライナー」

ライナーは、目を瞠いてローズを見つめた。

「取り引きをしよう、ローズ。お前は、この女を無事に連れ帰る。我々はここを出ていく……」

ローズは薄い笑みを浮かべて首を振った。

「そうはいかない。まもなくここに、私の知り合いがやって来るのです。クーッという」

「保安局のクーッか」

「御存知のようですな」

「ローズ、よく訊け。こちらは三人だ。いくら銃を持っていても、一人じゃ勝負にならんぞ。お互いのことを考えようじゃないか」

ライナーがボディガードふたりに目配せをしていった。

「いいえ。ひとりじゃないわ」

リムナがいつのまにか、三人の背後に立っていた。モラートとパイクから奪った銃を両手に握り、両脚を広げて構えている。

「ただの金持女とは思わないでね。淫売あがりは、銃の使い方も心得ているのよ」

ライナーが大きく息を吐いて肩を落とした。クーッが、それからまもなく到着した。

「ローズ……」

ライナーとその手下が連行されていくと、見送っていたローズにリムナが歩みよってきた。シルクのブラウスの前で、寒そうに腕を組んでいる。

ローズは微笑して、タキシードの上着を脱ぐと、その肩にかけた。リムナは微笑み返した。

「ありがとう。あなたにプレゼントがあるの」

リムナは組んでいた腕をほどいた。真球型の黄金がその中から現われた。

「それは――」

「サロメが驚いたので、早く産気づいたのね。そう、あなたが今、目にしているのが、伝説の卵、サロメの金(きん)の卵よ」

「これを、私に……？」

「ええ、でも残念ながら、伴侶(はんりょ)に巡りあえなかったサロメの卵は、永遠に孵(かえ)ることはない。だから、卵は、いつまでも卵のまま」

「その方が幸せかもしれない」

リムナは、乱れた髪をかきあげた。

「どうかしら。あなたがずっと持っていて下されば嬉(うれ)しいのだけど」

ローズは頷いた。

「喜んで。ありがとう、リムナ」

リムナは首を振った。

「私、あなたに望んでいるの。でもひょっとしたら、その卵を孵してくれるかもしれない、とね」

ローズは無言で微笑した。

「そのときは、きっと知らせて」

「パレスオブプロミス」のエアリムジンが、リムナを迎えに現われた。ローズが呼んだのだった。

「約束します、リムナ」

ローズは呟くようにいった。

「必ず、知らせると……」

ローズ3
リガラルウの夢

1

スリのモスキーが、ジャックポットを当てたお上りさんのハンドバッグに指先をすべりこませたとき、ローズのタキシードの襟が細かな振動を伝えた。

ローズはごったがえしたスロットマシンフロアをすべるように移動した。

「何だ？」

ゴミをつまむような仕草で襟を折りかえしながら囁きかけた。

「東百十階で客が女ともめている。客が払いをしぶって、女が客の財布をもち逃げした」

警備本部の当直、クーテルの声だった。

「女はどこへいった？」

「あんたの今いる方だ。直通エレベーターを使って、スロットのフロアに降りた。このままとんずらするつもりらしいぞ」

「服装を」

そういったときには、ローズはモスキーのすぐ背後まで迫っていた。モスキーの細くてしなやかな指は、でっぷりと太ったピキト星人の婦人が肩にかけた、もち主と同じくらい巨大なバッグから財布をつまみだしたところだった。

「失礼」

ローズは婦人によびかけると、モスキーの右肘の上を強くつかんだ。ほっそりとした外見からは想像もつかない力だった。モスキーは息を止め、体を硬直させた。左手でその指先から財布を抜きとると、婦人にいった。

「財布を落とされていたようです。この紳士が拾ってくださいました」

鳴りひびくベルと、次々と吐きだされるコインの山に、金切り声をあげてはしゃいでいた婦人は、

「あら、まあ！」

といって、モスキーとローズをふりかえった。そしてローズの手から財布をもぎとるとバッグにほうりこみ、マシンの受け皿からこぼれたコインをあわてて拾いにかかった。

「邪魔よ！　ちょっとあんた、足どけて！」

ローズの爪先に転がったコインをとろうと、大きな臀部をつきだして叫ぶ。

「これはどうも」

ローズは一礼して、モスキーの腕をつかんだまま、後退りした。モスキーは蒼白になって、目だけをきょろきょろ動かしている。

「――聞こえたか、ローズ」

耳の中にしこんだフォンからクーテルが訊ねた。

「いや。もう一度頼む」

左手をあてがって、フロアのあちこちで次々と鳴りひびくベルの音から耳を守りながらローズは答えた。

「そっちのいるところから八列西、四列南の通路にいる。髪をレインボープラチナに染めていて、同色のドレスを着ている。今、北に向きをかえた。たぶん、ガーデンレストランの通路にでようとしているんだろう」

クーテルは集中監視室につながったカメラで、女の動きを逐一、見張っているにちがいなかった。

「風船をとばしてくれ」

ローズはいった。それもすべては七年に一度の祭り「リガラルゥの夜」のためだ。ホテル「パレスオブプロミス」は三日ほど前から満室状態がつづいていた。

「任せとけ」

クーテルの返事が聞こえ、ローズが頭上を仰ぐと、スロットマシンフロアの、吹き抜けとなった天井ふきんを漂っていたいくつもの人の頭大の飛行船のひとつが、しゅるしゅるると滑空を開始した。浮かんでいる飛行船は、ディスプレイであると同時に、リモコンで動くカメラと推進装置を備えている。トラブルが発生した箇所にいち早く係員が駆けつけられるよう、目印ともなるのだ。

「トラブルかい、ローズ」

首をすくめながらモスキーが訊ねた。

「君もだよ、モスキー」

ローズは容赦なく痩せ細ったスリの体をひきたてながら返事をした。飛行船はのんびりと、網の目のようにつながった通路の上を北へと移動している。縦横に何万というスロットマシンが並んだフロアは、天井の方向表示盤を知らぬ者にとっては迷路に等しい。

「勘弁してくれよ。何も悪いことはなかったじゃねえか」

「そう。だがここで君とお別れすれば、別の誰かさんが財布を失くす」

「おいおい、あの礼儀知らずの田舎者を見たろうが。あんな連中に義理だてする気かよ」

「モスキー、私の仕事を忘れちゃいけない」

「じゃあさっさと、都市警察の連中に俺をひき渡せよ」

惑星カナンの司法機関はふたつ。都市警察と保安局だ。都市警察には腐敗が横行し、保安局はその組織が小さいために重大犯罪しかとりあつかわない。実質的にこの惑星を支配するのは、東西南北の四ブロックを分けあう四人のボスたちだ。

都市警察にモスキーをひき渡しても、警官たちはおざなりに調書をとり、ひと晩留置ただけで、明日には釈放してしまうだろう。その足でモスキーは、お宝の山「パレスオブプロミス」に舞い戻ってくる。

「なあモスキー」

ローズはスリの体をひきよせた。覚醒剤常用者特有の、甘酸っぱい体臭が鼻をさす。

「先日、西のボス、ハンの奥方がこのホテルに買物にきたんだ。お支払いはキャッシュ、ボディガードに山ほど買物袋をもたせて帰ろうとした。ところがボディガードがその山ほど買いこんだ宝石やらドレスに気をとられているスキに、ひとりの不心得者が奥方のバッグをかっぱらった。大騒ぎになったが、あとの祭りだ。ハンは怒り狂って、犯人を見つけしだい両手首を落としてやると息巻いている。かわいそうにボディガードたちは、指を一本ずつ切り落とされたらしい」

「知ってるぜ、その話なら。おおかたよその星からきた、モグリの野郎だろう。俺なら、ボスたちの身内には手をださねえ」

「そうかい？　見たところ君は、薬が切れているようじゃないか。一週間前も、薬が切れそうになって、無我夢中になったということは考えられないか」

「冗談いうな！」

モスキーがわめき声をあげたので、ローズは再びその腕を強くつかんだ。モスキーは激痛に息を喘がせた。

「と、私からハンに知らせることもできるというたとえ話だよ、モスキー」

「かんべんしてくれよ、ローズ」

モスキーは震えだした。

「あんた、シンジケートの連中は大嫌いなんだろうが……」

「そう。だが、私たちのゲストの懐ろに手をつっこむ連中も好きではない」

「わかったよ、わかったよ。『祭り』が終わるまでは近づかねえ、どうだい」

ローズの表情は、モスキーを捕えたときからずっとかわらず穏やかなものだった。

「約束だ、モスキー。たとえ仕事をしていなくても、君を見かけたら私はハンに連絡をする」

「誓う」

モスキーは小声でいった。

「もう一度？」

「誓うよ」

ローズの手がモスキーの体を離れた。

「君のトラブルは今、終わった」

そしてスリにはもう一顧だにくれず、通路を歩き去っていった。

逃げている娼婦は、警備本部の目をくらませたと安心したかのようだった。頭上に浮かんでいる飛行船の意味には気づいていない。

娼婦は、どう年を多くみつもっても、十九以上には見えなかった。光線があたると七色に変化するプラチナブロンドのショートヘアをして、胸の一部と腰、それに膝のあたりの三カ所をおおったドレスを着けている。

彼女が、スロットマシンフロアの端に近い列を曲がったとたん、ローズがその前に立ちふさがった。

「やあ、ニナ」

はっと息を呑んだ娼婦にローズは微笑みかけた。薄い、ひとかきではがれてしまうような安物のメッキに似た微笑だった。闇夜の奥をそっと動きまわる猫のようなこの探偵が、人前にいる時間のほとんどで浮かべている笑みだ。

ローズは小さく首をふった。

「また、君か。確か二日ほど前も、客の鞄を抱いてバスルームに閉じこもったのじゃなかったのか」

「なによ、それ」

ニナと呼びかけられた娘は、強い光を大きな瞳の中で煌かせながらいい返した。きめの細かいオリーブ色の肌としなやかでバネを感じさせる体をもっている。「パレスオブ・プロミス」に出入りする何千人という非公認の娼婦たちの中でも、とびきりの上玉であることはまちがいなかった。だが問題は、その素行だ。

客に法外な料金を請求したり、交渉がまとまっていても、気にいらないと途中で仕事を放棄する。気の短い客とは喧嘩になり、そんなときでも、噛みついたり、切りつけたりして、相手に怪我を負わせるのはたいていニナの方だった。

「そこ、どいてよ」

ニナは昂然といった。ローズはゆらゆらと首をふった。

「君が客からもち逃げしたものを私に返してくれないか」

「何いってんの？　知らないわよ」

「ニナ。協力してくれないか。さもないと私は君をここから締めださなけりゃならない。君も仕事ができなくなる」

「よけいなお世話ね、はっ」

ニナはまっ白な歯を見せて笑った。ローズは悲しげに目を伏せた。

「さっさとそこをどいてよ。あたしはこれからショウを見にいくのだから」

ローズはゆっくりと目をあげ、ニナを見つめた。その瞳は青みがかった灰色で、なにげなく見かえしたニナは、その凍てついた原野のような目の奥をのぞきこんだ。息を呑み、体を硬くする。

「いい子だ」

ローズはつぶやいた。ニナは何かをいい返そうとするように唇をなめた。が、言葉はでてこなかった。やがて、

「好きにすればいいでしょう」

吐きだすと、肩から吊るしたネットのようなバッグから男ものの財布をひき抜いた。

「ありがとう、ニナ。協力してくれて」

ローズはうけとり、微笑んだ。ニナはごくりと喉を鳴らした。

「稼ぎどきだからね。あんたみたいに陰気くさい奴にまとわりつかれたくないんだ」

ローズは頷いた。

「稼ぐといい。だが、おとなしく、だ。トラブルはいけない」

「あたしのことはほっといて」

ニナはいいすて、ローズのかたわらをすり抜けていった。

ローズはそのうしろ姿を見送った。ニナの背はすぐに人混みに呑みこまれた。ローズは左手首の内側に埋めこんだ小さな時計をのぞいた。ガーデンレストランでショウが始まる時刻だった。リガラルウの目覚めが近づき、この数日間、「前夜祭」ともいうべきショウが日夜くり広げられている。

ニナがそのショウを本当に見たいと願っているかは疑問だった。だが「パレスオブプロミス」全体が、リガラルウの目覚めに向け、興奮の度合いを高めている。

七年間の冬眠とわずか数日間の目覚め。そして再び冬眠状態に入る直前、リガラルウは、宇宙にも類のない、奇妙な婚姻行動に入る。すべての人間がそれを見ようと、「パレスオブプロミス」に押しよせているのだ。

「見事だったな、ローズ」

クーテルが左耳の中でいった。

「あの娘を二度とホテルに入れないよう、警備員たちに徹底しよう」

「見逃してやろう」

ローズはつぶやいた。

「なに？　どうしてだ」

「あの子のポン引きは、南のウェルズだ。商売ができなくなれば、殺すかもしれない」

ウェルズは南地区シンジケートのポン引きで、飼っている娼婦たちに厳しいことで知られている。たぶん、あんな商売のやり方では、ニナはさんざん折檻をうけているにちがいなかった。にもかかわらず、それを改めようとしないニナに、ローズは興味を感じていた。

「財布を今から届ける」

ローズはタキシードの襟にささやきかけ、いちばん近くにあった従業員用のエレベーターに乗りこんだ。

エレベーターが高速上昇を開始した。そのGに、ローズはわずかによろめいた。儀式の時間が近づいていた。三十分以内に「ローズショット」を摂らなければ、彼の生命は潰えるのだ。

2

呼びだしのフォンに、ローズは体を横たえたまま応えた。タキシードの上着を脱ぎ、けだるげに瞳をさまよわせていたのだった。

天井がスクリーンにかわり、惑星「カナン」の保安局次長、クーツの、灰色をした顔が映った。

「ローズ、お前に客を紹介してやる」

クーツは尊大でいやみな男だった。だがその特徴は、犯罪者を相手にしたとき、もっとも顕著にあらわれる。決して買収はされない警官なのだ。

「あいにくだがクーツ、当ホテルは現在、満室だ」

ローズは夢見心地のような笑みを浮かべて答えた。部屋の中には、バラの花の香りに似た、「アケローンローズ」の香りが漂っている。

「その客のことじゃない」

クーツは唸るようにいった。

「そいつはもうすでにお前のホテルに泊まっている、クォラスからきた成金野郎だ。政治部のお偉方にコネがあって、俺のところに降ってきた。お前に似合いの仕事だ」

「いったいどんな用件なんだ？」

「そんなことは俺の知ったことか。とにかく、お前が処理するんだ。俺は忙しい。スクーゾーに伝えておいたから、あとは奴から聞け」

ローズは笑みを消さず、首をふった。

「あんたが職務に忠実なことは、私にもわかっている、クーツ」

「くそったれが。あの厄介でぶかっこうな獣が目を覚ますたびに、この星はごったがえすんだ。さっさと死んじまえばいいのさ」

「そうはいかない。リガラルウは、ひとりぼっちなんだ。あの一匹が死んでしまったら、絶滅するんだよ」

ローズは答えた。

「俺はせいせいする。わかったな、ローズ。成金野郎のケツはお前がふくんだ」

「努力しよう」

ローズの返事を聞く暇もなく、クーツは回線を切った。

ローズは寝そべったまま、ヘッドボードに組みこまれたスイッチに手をのばした。

たった今消えたクーツの顔と同じように灰色の肌をもち、カバと豚の混血のような容貌をもった男の顔が浮かびあがった。

「スクーゾーだ」

スクーゾーは、クーツと同じ「カナン」人で、保安局を退職後、「パレスオブプロミス」の警備本部長を務めている。

「クーツから連絡があったよ、スクーゾー」

スクーゾーはため息をつき、首をふった。顔つきは似通っていたが、性格はまるでクーツとちがっている。

「厄介な話なんだ、ローズ。人を捜して欲しいといっている」

この惑星「カナン」には、宇宙じゅうから、観光客とそれをめあてにした商売人、犯罪者、流れ者が集まってくる。この星では、賭博と売春、麻薬が罪に問われることはない。吹き溜まりであると同時に楽園なのだった。地獄であるにもかかわらず、天使が暮らしている。

その中心が、ホテル「パレスオブプロミス」だった。この巨大な、ひとつの街にも等しいホテルは、三万人以上の客を収容し、そこで生活の糧を得る者も、一万人以上を数える。しかも「カナン」には、それ以外の大小のホテルが何百とある。「カナン」に現在いる人間の大多数は、旅行者であり流れ者なのだ。そんな人間たちの中から、人をひとり捜しあてるのがどれほど困難なことか、「カナン」を知る者であれば、知り尽している。

「客の名前は？」

「ハークロス。クォラスの実業家だ。クォラスの政治家にコネがあり、それを通じて『カナン』の政治部に話をもってきたらしい」

「大物なのか」

「無視はできないていどのな」

「わかった。会ってみよう」

ローズは答えた。スクーゾーは慰めるような笑みを浮かべた。

「感謝する。ローズ」

「保安局が推薦したのはあなたですか」

〝庭園〟を見おろすスイートルームの一室で、長身の男が微笑んだ。髪の色は生まれつきのような銀色で、オリーブ色をした肌には皺ひとつない。ハークロスは、三十代の初めにしか見えない美青年だった。

「ローズです。よろしく」

ローズは微笑みかけ、いった。〝大物〟であるにもかかわらず、ハークロスにお供はひとりしかいなかった。その秘書兼ボディガードは、ローズの倍はある胸板をした地球人だった。黒い肌がそれを証明している。

「『カナン』星人じゃないな」

そのボディガードがいった。無表情のまま、じっとローズを見つめている。

「ジョニーみたいだ」

ローズはひっそりと頷いた。からかい半分に地球人をジョニーと呼び始めたのは誰だったか。「地球人にはジョニーが多い」、百年も前からそういわれつづけ、そしてそれは事実だった。

「以前は」

ボディガードの目にわずかだが興味の色が浮かんだ。はるか離れた緑の星から、なぜ好きこのんで、辺境の歓楽都市惑星に移り住んだのか、知りたいと思ったのかもしれない。

「地球人にはジョニーが多い」に次いで、地球人についていい古された言葉がある。

「流れ者のジョニーには、人一倍わけがある」

宇宙で屈指の美しい星、地球を捨てられる地球人は多くない。それをするからには、よほどの理由がある、という意味だった。ボディガードも、目の前の男に興味を抱き、そして我が身に思いを及ぼして口を閉じることを決意したようだ。黒人は何もいわず、一歩退いて窓辺に立った。

「人をお捜しとうかがいましたが」

ローズはいった。

「そうです。十七歳になる女性で、ネモという名です」

ローズは小さく首を振った。

「人を捜すには、最悪の時期に見えました。この星は今、人で溢れかえっています」

「わかっています」

ハークロスは微笑した。

「『リガラルウの祭り』でしょう。人々は皆、くじを引きあてようと必死だ」

「あなたも申しこまれましたか」

「いや。私は、自分の未来に興味はありません」

ハークロスは首を振った。

「長生きをしたいとも思わない」

「珍しい」

　ローズは低い声でいった。婚姻活動に入ったリガラルウは、異性を惹きつけるために、揮発成分を含む独特の甘い体臭を放つ。その体臭を吸いこんだ者は、寿命が倍になる、といわれていた。そしてもうひとつ、その香りには幻覚を見せる効果がある。自分がいちばん知りたいと思うこと、想い人の胸のうち、将来の成功、はたまた、前世と来世。リガラルウは夢を見せ、そして夢をかなえる獣なのだ。ただし、体臭を放つのは、ごくわずかな時間だけで、周囲に〝配偶者〟が一頭いるだけという条件のもとに限られている。七年に一度の婚姻活動は、七年にひとりの、夢をかなえられる果報者を生む。人々はそのひとりになろうと、ホテル「パレスオブプロミス」が主催するくじ引きに申しこむ。何十万人という申しこみ者に対して、当選者は一名だ。

　にもかかわらず、七年に一度のその祭りをひと目見たい、ひょっとしたら自分がその主役になれるかもしれない、と、宇宙中から人々がやってくる。

　くじ引きは、わずかな金を添えて申しこむだけ。コンピューターを使った公正な抽選がおこなわれる。ただし、あてた人間は、その権利を人に譲ってもかまわない。過去、九度の「リガラルウの祭り」が開かれ、六人の当選者がその権利を売っている。いったいいくらで売ったのか。その額は、まことしやかな噂でしか聞こえてこない。ただ、星ひとつを買える値をつけた大金持もいるという。

「飼育係からの情報では、今夜にでもリガラルウは目覚めそうだという話です。とすれば、くじ引きは明日の晩、夢がかなうのは、明後日の夜明け頃でしょう」

ローズはいった。

「噂ではこっそり、ホテルの人間もくじを買っているというが……」

ハークロスの言葉にローズは首をふった。

「ありえません。くじ引きはひとり一票しか参加できないのです。そのために身分証明書が必要になります。もしホテルの従業員が応募していることがわかれば、クビになります。もちろん当選の権利もない」

ハークロスの顔が真剣味を帯びた。

「もし私が当選すれば、リガラルウは、私が知りたいと願っているネモの居場所を教えてくれるだろうか」

「たぶん。リガラルウが見せてくれる夢にはいつわりがないことは、過去六十三年を知る人が証明しています。もちろんあくまでも伝説ですが。リガラルウと過した人は、たいてい多くを語りませんから」

「不思議な生き物だ」

ハークロスはつぶやいた。

「人間と出会うまでは、彼らにとってはあたり前の、本能に基く活動だったのでしょう。ひょっとしたらこの広い宇宙のどこかには人間の体の匂(にお)いに感応する生き物がいるかもしれません」

ローズは微笑んだ。

「そうかもしれない」

ハークロスは我にかえったようにローズを見つめた。

「ネモは必ずこの星にいる。なぜなら、リガラルウの夢に出会うことが、彼女の夢だったからだ」

「彼女は何を知りたいのですか？」

ハークロスは一瞬、答をいい淀んだ。そして苦悩をにじませてつぶやいた。

「父親だ」

「父親？」

「自分の父親を知りたがっているのだ」

ローズの表情はかわらなかった。

「あなたとネモの関係は？　ミスター・ハークロス」

「彼女は私の娘だ。しかし彼女はそれを信じないだろう」

「十七歳とおっしゃいましたね、ネモは」

「そうだ」

ハークロスは頷き、弱々しい笑みを見せた。

「君も信じないだろう。私は五十八歳だ。亡くなった妻は、生きていれば四十六歳になる。一年前に妻が亡くなり、それ以来、私はネモを捜していたのだ。私と妻は、ネモが二歳のときに離婚し、長いあいだ会っていなかった。一年間かかって、ようやく私はネモがこの星にいることをつきとめた。ネモは友だちに、リガラルゥの夢で本当のお父さんに会う、と告げて、故郷のクォラスをでていった」

「奥さんはあなたのことについて娘さんに何か告げていましたか」

「たぶん何もいっていなかったろう。そう、別れたとき、妻は私を憎んでいたから……」

ローズはじっとハークロスを見つめた。

「わかりました」

ハークロスはローズの言葉に頷いた。ローズが察したことを察したのだ。

「人々は、『ムルト人の悲劇』と呼んでいる」

ムルト星は、その自転・公転に独特の周期をもち、そのためにそこに生きるものたちに特別な新陳代謝のリズムを与えた。ムルト人は、地球時間を基準に、二百年は生きる。したがって皆長生きである上に、実年齢に比べ外見がひどく若く見えるのだった。この特徴が知られると、ムルト人は、他の星の人間から厳しい差別をうけるようになった。ムルト人の多くは、自分の星をでることなく一生を終える。また外の星で生きるようになっても、ムルトの出身であることを隠す者が大半だった。

「私は妻に、自分がムルトであることを黙っていた。それを知ったとき、妻は私を許さなかった……」

ローズはハークロスの言葉に対し、何もいおうとはしなかった。母星をでるムルト人を性別で分けるなら、圧倒的に女性が多い。なぜなら、若く見えるという、その人種的特徴を生かせる仕事が、母星の外には多いからだ。女優、歌手、そして娼婦。ムルト人女性にそうした職業に就く者が多いことも、ムルト人への差別を助長する理由になっていた。

「お嬢さんの写真をおもちですか」

ローズはハークロスに訊ねた。ハークロスは頷いた。上着の中から立体写真をとりだした。

「妻の遺品の中から見つけた」

空中に浮かぶ、銀色の髪をした少女の笑顔をローズは静かに見つめた。

「最善の努力を尽してほしい」

ハークロスはいった。ローズは無言で頷いた。

勝ち気そうな、大きな瞳をもった少女だった。いつ頃撮影されたものかはわからないが、現在の本人とほとんど顔立ちに変化はない。きのう撮ったものだといわれても、信じられる。ニナの笑顔を、ローズは初めて見た。

3

惑星「カナン」には、ホテル「パレスオブプロミス」を除いても、多くの盛り場がある。最高級のドラッグやセックスを楽しみたいのなら「パレスオブプロミス」を越えられる場所はない。もっとお手軽な値段でお手軽な楽しみを得たい観光客は、東西南北の四つのメインストリートにでかけていく。それぞれのストリートには渾名がついている。危険度にあわせたともいえる。お楽しみと危険は背中あわせなのだ。客が安全を確信して楽しめるのは、「パレスオブプロミス」だけだ。

南地区のメインストリートには、「コンバットストリート」という名がついていた。

まだ夜も早い時間、娼婦たちが暗くなって最初の客をカモろうという時刻に、ローズの乗ったエアカーは、コンバットストリートの一角に浮かんでいた。初めそれを客と勘ちがいした娼婦たちは次々と寄ってきたが、開かれたキャノピーの内側にローズの顔を見出すや、小さく舌打ちして戻っていく。そして通りをとろとろと流す、別のエアカーに向かい、卑猥で挑発的なポーズをとって誘いかけるのだった。

極彩色のネオンが点る時間になると、娼婦の数は倍に増え、同じように訪れる客の数も増えた。娼婦は次々と客の車に吸いこまれ、とびたっていっては、小一時間もすると戻ってくる。「リガラルウの祭り」は、ここでも商売を繁盛させていた。

ローズがコンバットストリートにやってきて、二時間ほどがたった。そのあいだ、ただじっと動かず、ローズは娼婦たちに目を向けていた。

けばけばしい外装を施した一台のエアリムジンが、コンバットストリートにすべりこんだ。キャノピーが開け放たれ、大音量で音楽が流れている。運転手に二人のボディガード、そして地球産の豹柄のジャケットをまとった男が後部席にはふんぞりかえっていた。男はゆっくりと走るリムジンから、いならぶ娼婦たちにひと言ひと言、声をかけている。

ローズはエアカーを上昇させた。静かにリムジンに近づいていく。

ボディガードたちがまず気づいた。宇宙船も撃ち落とせる、巨大な熱光線銃を足もとからつかみあげ、ローズのエアカーに向けた。

ローズのエアカーはリムジンとぴったりと並んだ。

「そこをどくんだ、くそったれ」

まともに銃口をローズに向け、ボディガードは叫んだ。後部席の男がさっとローズをふりむいた。

「よー、よー、よー。これは高級ホテルの名探偵のおでましだ」

男は灰色の顔をした美男子だった。カナン人の特徴である醜い顔立ちは、腕のいい美容整形医によってきれいに作り変えられている。

「久しぶりだ、ウェルズ」

ローズは低い、ため息をつくような口調でいった。

「あんたでも女が欲しくなるのかい？　え？　アケローンローズでぶっとびゃ、女なんかいらないだろうが」

「人を捜している」

「そいつはご苦労さんだ。だが知らねえな」

ウェルズは手下を見やっていった。手下たちは媚びるような薄ら笑いを浮かべている。

「まだ誰を捜しているかいっていない」

「知らねえんだよ、消えな」

ウェルズはローズの言葉に自分の言葉をかぶせるようにいった。飼っている女たちの前で、ローズに弱みを見せまいとしているのだ。

ローズは小さく首を振った。

「ウェルズ、君の商売を邪魔するつもりはないんだ。だから質問に答えてくれたら、すぐにここを立ち去る」

「俺は今消えろといった。今だ」

ウェルズは手下に目配せした。ボディガードは銃をかまえなおした。瞬間、ローズの手がエアカーの操縦桿を倒した。

横腹をつきあげられたリムジンが大きく傾いた。そのすきにローズの手に、ふだんは身につけない中型の熱光線銃が現われた。熱光線銃が二度輝くと、手首を射抜かれた二人のボディガードが呻き声をたてた。

リムジンの運転手が体勢をたて直したときには、ローズの銃はウェルズの額を狙っていた。

「君が死んだら、服役中の南のボス、ライナーは寂しがるだろう。大事な部下がいなくなって。でも女の子たちは喜ぶかもしれない。新しいボスは君よりはやさしいだろうから」

「お、俺を撃つ度胸なんかあるもんか」

ウェルズは強がった。ローズは悲しげに首をふった。

「ライナーを刑務所に送りこんだのが誰だか、君は知らないようだな」

ウェルズはごくり、と喉を鳴らした。噂はあった。だが目の前のこの男がたったひとりでシンジケートのボスをつかまえたなどとは信じていなかったにちがいない。

「冗談だろ、ローズ……。俺たちは共存共栄じゃねえか」

ウェルズの唇に狡猾そうな笑みが浮かんだ。

「君しだいだ」

「何でも訊けよ。答えてやらあ」

「ニナはどこだ？」

「ニナ？」

ローズがぐっと銃を握り直した。

「ああ！　ニナね！　わかってる。あのハネっかえりだろうが。そういや、今日はまだ見ねえな……」

「どこに住んでる？」

「知らねえ――」

「嘘はなしだ、ウェルズ。女の子の住居を知らずに君らの商売は成りたたない」

「わかったよ、南三二〇のボロアパートだ」

「嘘ならまた君を捜す。ただし今度は声をかけない。引き金をしぼるだけだ」

「本当だって、信じてくれ！」

　ローズはじっとウェルズの表情を見つめていた。次の瞬間、魔法のようにその手から銃が消えた。

「邪魔をしたね」

　ローズのエアカーは急上昇して、夜空に吸いこまれた。


　教えられたアパートは、確かにニナの住居だった。しかしニナの姿はなく、朝でたきり、帰っていないことを隣人の乳呑み子をかかえた女性からローズは聞かされた。

　ホテルに戻ろうとローズがエアカーに戻ったとき、コンソールパネルの画面のひとつが点って、スクーゾーの顔がうつった。

「今どこにいる？　ローズ」

「南地区の三二〇」

「そんなスラムで何をしているんだ」

「頼まれた仕事さ」

スクーゾーは悲しげに首をふった。

「戻ってきてくれ。ついさっき、リガラルウが目覚めた。祭りが始まる」

「了解」

知らせを聞いても、ローズの表情はかわらなかった。エアカーは上昇し、南地区の住居地帯をつっ切って、さまざまな獣が生息するジャングルの上空に達した。通常は飛行禁止の区域だった。

ジャングルの黒々とした森の中に、何カ所か光を放つ観光ステーションがある。その光の中心に建つのが、巨大な輝く塔「パレスオブプロミス」だった。ローズはそこに向け、まっすぐにエアカーを飛ばしていった。

4

「リガラルウが目覚めた四十八分前に、抽選の募集は打ち切った。応募者の総数はざっと三十五万人だ」

ローズとスクーゾーは〝庭園〟の上空をホバリングする警備エアカーの中にいた。眼下に、〝庭園〟の中心に作られた巨大ステージがあった。三六〇度からステージを観察できる特設の客席には、すでに数万人の観客がつめかけている。明日の夜にはその数は十万人を超える筈だった。

空に浮かぶオーロラスクリーンには、透明の檻のようすがうつしだされている。毛むくじゃらでお世辞にも美しいとはいえない八本足の獣、リガラルゥが眠たげにうずくまっていた。これで四度めの目覚めを経験するベテランの飼育係チキが、じきに獣が見せる旺盛な食欲を満たすための食糧を運びこんでいた。リガラルゥは目覚めてからの丸一日間は七年分の飢えを満たしつづけ、それがすんだとき婚姻活動に入る。

「すでにコンピューターは、死亡者やこの星に現在いない人間を弾きだしているが、もう一度、洗い直しをさせている。当選者がでてこなかったら大ごとだからな」

「スイートは確保したかい」

「もちろんだ。当選者が確認されたら、リガラルゥの檻に入るまでは、つききりで警備だ」

当選者が死ねば、権利は当然、宙に浮く。過去の九人の当選者のうち、権利を売った六人を除く三人のふたりまでが檻に入る前に殺されていた。そのふたりに代わってリガラルゥの夢を見たのは、やり直しの抽選で当選した人間だ。権利を売った者たちの中にも、命の危険を感じたので売ったとあとから告白する人間がいた。当選者は、抽選の結果が発表されてから一時間以内に会場に現われなければ権利を失う。リガラルゥの夢を見たいがために「カナン」に住みつづけている者も少なくない。

「クーツは、厄介な獣だといっていたよ」

煌々と照らしだされたステージを見つめ、ローズはつぶやいた。

「確かにその通りだ。だがあの獣は、何十万人という観光客をこのホテルに呼ぶ。殺してしまうわけにはいかないんだ」

「リガラルウの寿命は何年なんだい」

「チキの話では、ざっと二百年だそうだ」

ローズは答えを聞き、微笑んだ。ムルト星人の平均寿命と同じ数字だ。

「順調にいけば明日の晩十時には抽選だ」

スクーゾーはいった。

「そして明後日の昼には、奴はまた眠っていることだろう」

「どんな夢を見ているのかな」

ローズは低い、自分ひとりにしか聞こえないような声でつぶやいた。

「何といったんだ？」

「いや。ひょっとしたら、リガラルウには、起きている時間のほうが悪い夢なのかもしれない、と思ったんだ。なんといっても、彼はひとりぼっちなのだから……」

〝庭園〟には、もはや立錐の余地もないほどの観光客が詰めかけていた。警備局のコンピューターは、その数を十一万人と数えていた。宇宙最大の規模をもって鳴る、ホテル「パレスオブプロミス」の大庭園をしても、もうこれ以上はひとりも人間は入らない。そしてホテルのレストランというレストラン、劇場という劇場にいる客たちもすべて、スクリーンにうつしだされる映像を固唾を呑み、見つめていた。その全員が、同じデザインの一枚のカードを握りしめている。申し込みの際に渡される八桁のナンバーが刻印されたカードだった。

惑星「カナン」の売り物である宇宙獣サファリパークの、どれほど美しく、どれほど狂暴な、どれほど奇妙な形をした獣たちであっても、今夜だけは、たった一頭の不格好な獣にかなわないのだった。

その獣が棲む檻は、一時間前に、透明から光を通さない半透明に色を変化させていた。リガラルウが婚姻活動に入ったことを知らせる、落ちつきのない動きを見せ始めたからだった。檻の入口には褐色の肌をしたチキと、七色に光るモーニングを着けた「ヴィルコウム」星人のエンタテイナー、ファロンが立ち、スポットライトを浴びている。

「さて皆様！　ついにやって参りました。私にとってもまだこれが三度めの夜であります！」

ファロンが叫び声をあげなくても、その声は〝庭園〟中に響き渡ったろう。それほど、詰めかけた人々は息を殺し、目をみはり、耳をそばだてていた。

ローズはスクーゾーとともに「パレスオブプロミス」の六百階にある集中監視室のモ

ニターからステージのようすを見つめていた。〝庭園〟の上空には風船が舞い、〝祭り〟が始まってからこれまでに、二十人を越すスリが警備員につかまっていた。その中にモスキーの姿はない。

「ではただ今より！　本年度の『ミス・カナン』、エレ・ノア嬢の手で、抽選コンピューターのスイッチを押していただきます。抽選はたった一度。コンピューターに一切の干渉はありません。いちばん最初の桁から順番に数字が頭上のスクリーンにうつしだされます。エレ・ノア嬢、どうぞ！」

割れるような拍手がおこり、ステージ中央に、リガラルウのマスコット人形を腕につけたドレス姿の娘が立った。

「――この子、去年まで西地区のストリップ小屋で踊っていたんだ」

スクーゾーがモニターを見つめ、いった。ローズは微笑んだ。

「この星で本物の希望をつかまえる人間はごくわずかだ、スクーゾー」

娘がスイッチを手にした瞬間、〝庭園〟の照明はすべて消された。暗視カメラに切りかわった風船からの絵を集中監視室のメンバーはくいいるように見つめた。

ローズは小さく首をふった。

「どうした」

「モスキーだ。八ブロックの二列目にいる。今、右隣の客から財布をかっぱらった」

「くそ。今はまずいぞ」

画面が一瞬、まっ白にかわる。〝庭園〟のあちこちにしかけられた花火がいっせいに打ちあげられたからだった。目もあやな幾何学的模様が、数千メートルの大きさに渡って夜空に描かれる。

ファンファーレが一気に盛りあがった。

「では！　ミス！　エレ！　ノア！」

スクリーンが赤く輝き始め、十一万人のどよめきが〝庭園〟全体をゆるがせた。

「最初のナンバーは⁈」

「二」という数字が八桁の頭に点った。どよめきが一斉に歓喜と失望の声にかわる。最後の数字が表われる瞬間まで、ひとつごとにそのどよめきの種類は同じだった。ただし、ひとつごとに歓喜の声は減り、失望のどよめきはふくれあがる。

そして八つの数字すべてがスクリーンに並んだ瞬間、〝庭園〟全体が水を打ったように静まりかえった。

「さて！　リガラルウの夢と出会える、七年に一度、三十五万人にたったひとりの幸運な当選者のナンバーは！」

ファロンが読みあげる。とうに全員がその数字と手もとのカードを見比べている。

「あたしよ！　あたしだわーっ」

叫び声が十一万の群衆の一角であがった。

「カメラ！」

スクーゾーが叫ぶ。風船が接近する。同時に〝庭園〟のテレビカメラもいっせいに声の主を捜す。

「一二五から一三〇ブロックのどこかだ」

白い手をカメラがとらえた。カードを掲げ、めちゃくちゃに振り回している。とびはね、全身で喜びを表わしている。

カードのもち主の顔を、中継用テレビカメラが先にとらえた。

「たまげたな」

スクーゾーがつぶやいた。

「さあ！　こちらへ！　確認をしましょう！」

ファロンが呼びかける。

「モスキーをつかまえろ」

ローズはマイクに告げた。警備員が会場をぬけでようとしたスリの腕をつかんだ。ローズは監視室の椅子に背をもたせ、薄いメッキの微笑を浮かべていた。

スポットライトに追われるように、どぎついドレスをまとったオリーブ色の体がステージに駆けあがった。レインボープラチナの髪が輝く。ニナだった。

5

「これがあたしの部屋なんだね。そうか、あたしの部屋か――」

スイートルームに入ったニナは深呼吸するように豊かな胸をふくらませ、トリプルサイズのベッドが並ぶ、〝庭園〟を見おろす三間つづきの部屋を見回した。

「そうだ。君が当選者の権利を放棄しない限り、この部屋は明日の夜まで君のものだ」

ローズはドアによりかかり、微笑んでいった。ニナはローズをさっとふりかえった。

激しく首をふる。

「売らない！　誰が何といったって売らない！」

ローズはひっそりと頷いた。ニナはベッドにとびあがると大きく跳ね、そして弾んでは、枕を抱きしめた。

「ああ、神様！　ありがとう」

顔をあげ、ローズを見た。

「あんたにはわかんないだろ。あたしは何度もこういう部屋にきたよ。ひょっとしたらこの部屋にだってきたことがあるかもしれない。でもね、ここは客の部屋じゃない。あたしの部屋だ！」

「そうとも、ニナ」

ニナは枕を抱いたままベッドの上を転げ回った。嬉しさが、喜びが、おさえようもなく全身から溢れていた。大声で笑った。

「最高よ、ローズ。あんたのその辛気くさい顔だって、今夜はハンサムに見える」

「さしつかえなければ聞かせてくれないか。君はリガラルウとふたりきりになったら、何を夢見るつもりだい？」

「内緒よ。でもあたしはその夢のためにこの星にきたの。最初はウェイトレスだった。でも食べていけなくて踊り子に。そして今は――。でも、もう終わりよ。明日の夜、あたしはこの星をでていくわ。会いたい人のところにいくの」

ニナは瞳を輝かせ、いった。

「ということは、もう二度とこの商売には戻らない？」

「当然よ。真面目に働くわ。会いたい人に会えたら、その人とふたりで平和に、つましく暮らすのよ。そのために貯金をしてきたの」

惑星「カナン」は、歓楽都市の宿命として、観光以外の産業を一切もたない。それがため、すべての物価が高い。「カナン」でひと月暮らせる金があれば、よその星なら一年暮らせる、といわれていた。

部屋の電話が鳴った。ニナはステージの上で、ファロンの問いに答え、当選者の権利を譲る意志がないことを告げていた。にもかかわらず、次から次へとニナの居どころを問いあわせる大金持たちからの電話が、ホテルの交換台にはかかっていた。むろんそれらの電話はすべてカットされる。つながれるのは、ごくわずかだった。

ニナがリモコンのスイッチを入れた。天井に灰色の顔をした二枚目の顔が大写しになった。ウェルズだった。ニナは舌打ちした。

「よー、よー、よー、ニナ！　おめでとう。これはこれは……ローズもいっしょかい。あんた、ニナが当選するって知ってたのか」

「いや」

ローズは言葉少なにいった。

「じゃあなんでニナを捜してた？」

「別の理由だ」

チッチッチとウェルズは舌を鳴らした。

「まずいぜ、ローズ。抽選は絶対公正ってことになっていなかったっけ。なのにあんたは、ニナに御執心で、うちの若い者をふたり使い物にならなくした。こいつはちょっと問題じゃねえか」

「君には関係ない」

ウェルズが何かいいかけたとき、

「何の用？」

ニナが訊ねた。ウェルズは肩をすくめた。

「冷たいじゃねえか、ニナ。ひとことお祝いがいいたくってさ、ようやくつないでもらったのに」

「あんたのお祝いなんて聞きたくもない」

「そうかい。ところでニナ、ビジネスの話だ。俺の知りあいにすげえ金持がいるんだ……」

「やめてよ。売る気はないわ！」

「いいのかよ。後悔するぜ」

「冗談じゃない。あたしはもう商売をアガるのよ。あたしにかまわないで」

「それはないだろう、ニナ。俺とお前の仲じゃねえか」

「どんな仲よ。あんたがあたしに一度だってやさしくしてくれたことがある？　あたしは夢をかなえた。二度とあんたの顔なんか見たくない」

ローズはウェルズの表情を見つめた。怒りを爆発させるかと思いきや、ウェルズは冷ややかな笑みを浮かべた。

「そうかい、ニナ。わかったよ。せいぜい楽しむことだな」

ニナがリモコンで電話のスイッチを切った。ローズを見た。

「どういうこと？　あたしを捜してたって」

ローズは小さく首をふった。

「今はいい。君が明日の夜、この星をたつときに話すよ」

ニナは首をかしげ、ローズを見つめた。

「あんたって不思議な人ね。やさしいの？　それとも冷たいの？」

ローズは微笑んだ。

「さあ……。それは私にもわからない」

ローズのイヤフォンが音をたてた。

「何だ？」

ローズは襟に話しかけた。

「ハークロスがあんたに会いたがっている」

スクーゾーの声がいった。

「わかった。今からいこう」

「何なの？」

ニナが一瞬怯えたように訊ねた。

「仕事だよ、ニナ。君はこの部屋にいるんだ。私が迎えにくるまではでてはいけない。食事はルームサービスをとること。何をどれだけ食べてもかまわない。すべてホテルもちだ」

「わかった」

ニナは答えた。ローズが廊下にでようとドアをすり抜けたとき、ニナが呼びかけた。

「ローズ」

「何かね」

ローズはふりかえった。

「早く戻ってきて。あたし何だか……ひとりでいるのが恐い」

ローズは頷いた。ベッドの上にすわり、枕を胸に抱いたニナは、まるで幼い少女のように頼りなげだった。


ハークロスはボディガードとともに、ローズを待ちうけていた。

「驚いた。まちがいない。彼女がそうなのだな」

ローズは小さく頷いた。

「たぶん。たぶん、そうでしょう」

「彼女に会いたい。会わせてくれ」

「明日の朝までお待ち下さい」

「なぜだ？　なぜ会ってはいけない？」

「規則なのです。リガラルウの婚姻活動が終わるまで、当選者は、ホテル関係者以外とは会えません」

「では電話は？　電話で話したい」

「それは可能です」

ハークロスはほっと息を吐いた。

「十五年間、会えずにいたのだ。ひと晩くらいは待つべきか――」

そしてローズを見た。

「あの子は、今、いったい何をして暮らしているのかね」

ローズは微笑んだ。

「昼はウェイトレス、夜は踊り子をしているそうです」

ハークロスは目を閉じた。

「かわいそうに……。家内も、亡くなる前は、ひどくみじめな暮らしをしていたと聞いた……」

「彼女はとてもいきいきとしていますよ。ミスター・ハークロス」

「よかった……」

「明日の晩、この星をでていくそうです。夢がかなった今、この星にいる理由がなくなったのでしょう」

「夢？」

ハークロスは一瞬、怪訝そうな顔をした。

「しかしその夢は――」

「そのためだけに、彼女はがんばってきたのです」

ローズは首をゆっくりとふった。

ハークロスは不安げな表情になった。

「もし今、私が名乗りでたら、あの子の夢を壊すとでも？」

「さあ。それは私にはわかりません」

ハークロスは深々と息を吸った。

「いいんだ。もし私が父親だとわかったら、あの子は別の夢を見せてもらえばよいことだ」

「そうですね」

ローズはひっそりといった。ハークロスはさっとローズを見た。

「あの子の部屋の番号を、ローズ」

ローズはわずかにためらい、そして答えた。ボディガードがリモコンをハークロスにさしだした。

ハークロスが番号を押した。

だがニナの部屋からは、応答がなかった。

6

ホテルの出入口をチェックする監視カメラがニナの姿を録画していた。ニナは、ローズが部屋をでていってまもなく、自分もでかけたのだった。

「あと数時間でリガラルウは本格的な婚姻活動に入る。このままでは、彼女は権利を失う。再抽選の準備を始めるよう、指示をだした」

スクーゾーがいった。ローズは無表情にそれを聞いた。

「交換台の記録では、あなたが部屋をでたあと、一本だけ電話がかかっています」

コンピューターをチェックしていたクーテルがいった。

「誰からだ？」

ローズは訊ねた。

「あなたが彼女の部屋にいたときにかけてきたのと同じ人物のようです。クレジットナンバーが同一ですから」

ローズは小さくため息をついた。

「ミスター・ハークロスに、ステージで待っているよう伝えてくれ。私はでかける」

ローズがまっ先に向かったのは、ニナのアパートだった。ニナは「ソクラ」星産の猫を飼っていた。「ソクラ・キャット」は、犬のように飼い主を嗅ぎ分ける。その猫を、抽選の結果が発表になってまもなく、ウェルズの手下と覚しい男たちが、ドアを破って押し入り、連れだしていたことがわかった。

ローズのエアカーは南地区の夜空に舞いあがった。コンソールパネルのグリーンのライトに染まったローズの顔は無表情だった。その手が、保安局コンピューターに直結したエアカーの搭載コンピューターの上を動いた。

惑星「カナン」の上空を周回する保安局の監視衛星に指令を送ったのだった。ウェルズのエアリムジンの登録番号は、コンバットストリートで出会ったときにわかっている。その番号を捜すように命じたのだ。

エアカーをホバリングさせたまま、ローズは待った。

ウェルズの手口は容易に想像できた。ニナの飼猫を〝人質〟にとり、誰にも告げずでてくるよう命じたのだ。娼婦には猫を飼っている者が多い。人に心を許せなくなった女たちは、ペットを心の慰めにする。

「カナン」の北の夜空に赤い虹のような輝きが浮かびあがった。一日の三分の二を占める、「カナン」の長い夜が終わろうとしているのだ。

イヤフォンが鳴った。スクーゾーだった。

「あと一時間以内に彼女が戻らなければ、権利は放棄されたとみなされる」

「了解」

ウェルズは猫の命と引きかえに、当選者の権利譲渡書類へのサインを迫るだろう。その書類さえ手に入れれば、ウェルズ自身がシンジケートのボスとなるのも夢ではない。

コンソールパネルに赤いライトが点滅した。ローズの指が動く。手首に埋めこんだ時計が信号音を発した。

パネルにウェルズのリムジンの位置が浮かびあがった。

ローズは操縦桿を倒した。急降下のＧに耐えながら、ローズの手は、「ローズショット」の噴霧器をとりだしていた。

ウェルズのエアリムジンは、全室個室のレストランの駐車場に止まっていた。簡単に食事以外のお楽しみもすまそうという客たちのための施設だ。

リムジンには運転手が残っていた。ローズはそのかたわらにぴったりと自分のエアカーを止めた。熱光線銃を抜いた。

運転手がテレビから顔をあげた。ローズの右手の銃が輝きを発した。リムジンのドアがみるみる溶けていく。

運転手は叫び声をあげて、反対側のドアから転げでた。

「な、何しやがる!?」

リムジンはあっというまに炎に包まれた。ローズはエアカーを降りたつと、冷ややかに告げた。

「一度しか訊かない。ウェルズはどの部屋だ」

運転手は呆然としたようにローズを見あげた。ローズの顔は険しく、容赦がなかった。

「に、二階のつきあたりだ」

ローズはくるりと踵を返し、歩きだした。運転手はその背中を見つめ、自分の銃を懐ろから抜いた。が狙いをつける直前、ローズがふりむきざまに撃った。肩を射抜かれ、ばったりと倒れる。

ローズはレストランに入ると、店員に騒がないように告げ、階段を昇っていった。二階にあがり、廊下を音をたてず歩いた。

つきあたりの部屋の前には、見張りがふたりいた。ローズの姿に気づき、銃を抜く。ろくに狙いもつけず、ローズは二度、ひき金を絞った。膝を射抜かれ、見張りは転げまわった。

ローズは部屋の前に立った。ドアのロックを撃ち抜く。

即座に部屋の中から、ドアを貫いて熱光線が撃ち返された。光線はローズの左肩を射抜いた。タキシードに丸い焦げ跡がつく。

しかしローズは痛みを感じていないかのように、かすかに体を傾けただけだった。

ドアを蹴り開けた。

全裸にされたニナがいた。テーブルを倒したウェルズが、その向こう側で、ニナの体を盾にしている。

ニナの体にはむごたらしい火傷の跡があった。熱量を絞った光線銃で撃たれたのだ。

「よー、よー、よー。やっとおでましかい」

ニナのこめかみに銃口をつきつけながら、ウェルズがいった。

ローズは銃を握った右手をまっすぐにのばした。左腕は使いものにならない。

「こいよ！　ローズ。お前を消せば、ボスは大喜びだ」

ニナは大きく目をみひらき、ローズを見つめた。ウェルズはぴったりとニナの背中に自分の体を押しつけている。

「いい眺めだろうが、ローズ。無料で商売物の体をおがんでるんだ。ちょいと傷はついているが、なに、腕のいい医者ならひと月で商売に戻してくれらあ」

ニナの目から涙が溢れだした。床に書類が散らばっている。ニナのサインがそこにはあった。ローズはそれに目を落とした。サインは、抽選カードに記された身分証の本名だ。

ネモ、と読みとれた。

「君に医者は不要だ、ウェルズ」

ローズはいった。ウェルズがさっと銃をローズに向けた。その瞬間、ローズの銃が輝いた。ニナのレインボープラチナの前髪が数本、溶けて蒸発した。そのすぐうしろにあったウェルズの眉間(みけん)にぽつんと黒い穴が開く。

がくんと膝を折ったウェルズは、ニナに抱きつくように倒れこんだ。

ニナがローズにとびついた。ローズの肩に顔をあて、泣きじゃくる。

「急ごう、ニナ。君の夢まで、あと少しだ」

ローズはささやくように告げた。

ニナがリガラルゥの檻(おり)の中に入っていくようすを、ローズは観客とともに、ステージの袖(そで)から見守った。

檻の扉が閉まる。檻の中には、発情したリガラルゥの体臭がこもっている。リガラルゥは、ニナを「結婚相手」と信じ、さらに体臭を発散させるのだ。交尾を促そうと、体臭はどんどん強くなっていく。相手が同じ種であるなら、これほどは体臭を発散させずとも、目的がかなう。その意味では、「リガラルウの祭り」は、獣の宿命的な悲恋が生みだす人間の夢なのだった。

　リガラルウは、約二時間、ふたりきりになった相手のために、匂いによるプロポーズをつづける。やがて結果が得られないと知ると、体臭は薄まり、長い眠りへと入っていく。七年後こそは伴侶にめぐり会えることを信じて。

　三時間後、モニターから内部のようすを見守っていたチキが、檻の扉を開いた。檻の中央にすえられた椅子に、ニナがぐったりとなってすわっていた。リガラルウはその足もとに体を丸くしてよこたわっている。眠りに入ったのだ。

　チキがそっとニナの体をゆすった。ニナが目を開く。ぼんやりとした虚ろな目であたりを見回した。

　その目がひとりの人物の姿をとらえた。ゆっくりと立ちあがり、おぼつかない足どりでニナは歩みよった。

　ハークロスは無言だった。そうするよう、ローズに告げられていたからだ。

　ハークロスが腕を広げた。ニナがその胸に倒れこんだ。

「パパ……」

　ニナがすすり泣きながら、そう呼びかけるのを、ローズは少し離れたところで聞いた。薄い、金メッキのような微笑が口もとには浮かんでいた。

ナイト・オン・ファイア

1　ラリー

インタホンが鳴ったのは、ベントアーム・ダンベルフライの3セット目に入ったときだ。

邑子はベンチに仰向けに横たわり、歯をくいしばってダンベルをつかんでいた。それぞれの手に10キロのダンベルを握り、肘を曲げたまま、ベンチの下までおろす。息を吐きながら、それを持ち上げる。

大胸筋が震え、肩から首にかけて燃えるように熱い。

6・7・8……9……10回。

大きく息を吐き、邑子は上半身を起こした。そしてポーチに面したガラス窓から、ダニーがこちらをのぞきこんでいることに気づいた。ラリーは、それが癖の唇をかみ、眉根に皺をよせた表情でドアをにらんでいる。

ガラスに鼻を押しつけてふざけているダニーに指をつきつけてやり、邑子は立ちあがった。レオタードのトレーニング・ウェアが汗で透けている。

ラリーは汗に濡れた自分の体を嫌がるだろうか。およそ筋肉には縁のない男だ。ラリーが扱いなれているのは、タイプライターと一眼レフ、それに――。

邑子は微笑(ほほえ)みながらドアロックを解いた。

ラリー・エバンズは、らしくもない大きな花束を抱えて立っていた。邑子がトレーニングルームにいるのを知っていて、わざとガラス窓から見えない位置に花束を隠していたにちがいない。

「ラリー！」

さしだされた花束に、邑子は叫び声をあげた。ラリーの唇に軽く唇をあわせ、ダニーを抱く。ラリーが、去った妻との間に作った10歳の芸術品。すばしこく、陽気で、いたずら盛りの少年が自分を抱きしめる力が、日に日に強くなってきていることを邑子は感じている。案の定、体を離すと、ダニーは赤くなった顔を大きくふり、屋内に走りこんだ。

「ファイア！　ファイア！」

照れを気づかれまいとしているのだ。

ダニーの叫び声に、漆黒の生き物がベッドルームから飛びだした。優美な肢体をくねらせ、ソファに躍りあがると、ダニーの腕に体を預ける。

黒豹(くろひょう)は気位の高い獣である。その美しい毛並みに触れられるのは、厳しい審査に合格した者でなければならない。

ファイアが無条件で身をゆだねる相手は、この世に3人しかいない。邑子と、ラリー、ダニエルのエバンズ父子だ。

ファイアが前足を折りたたみ、ダニーの膝に頭をのせるのを見やってから、邑子はラリーに目を戻した。

もう一度唇をあわせる。花束を持った腕が邑子の熱く火照った体を、より熱くした。

体を離すと、ラリーは鼻の頭に皺をよせた。

「俺はロックシンガーじゃなくて、バスケットボール選手に恋をしちまったんだろうか」

「どうしてよ」

「君ときたら、ロッカー室にひきあげてきたばかりのアブドゥル・ジャバーみたいに汗みどろじゃないか」

「トレーニング中なの。来週から全米縦断ツアーが始まるのよ。観客を総立ちにさせるには、それだけの体力が必要なんだから」

「どうかな」

邑子に手をひかれて屋内に入ったラリーはニヤついた。

「その濡れたレオタード1枚でステージに立ちさえすれば、歌なんか歌わなくてもティーンエイジの坊主たちは皆、前をおさえてぴょんぴょんとびはねるだろうよ」

「ラリー!」

にらみつけた邑子の唇を、もう一度ラリーの唇がふさいだ。フリーの政治ジャーナリスト、ラリー・エバンズが精通しているもうひとつのものは、日本人で、東京とロスアンゼルスを中心にコンサート活動をおこなっているロックシンガー火浦邑子だ。

邑子は、1年前、東京で催されたパーティでラリーと知りあった。主催したのは、日米の文化交流をうたい文句にひと稼ぎしようともくろむ広告代理店。出席者は、文化人をきどる芸能人や財界人、映画関係者にまで亘った。邑子はたまたま、その代理店が製作したコマーシャルに歌を使わせていたのだ。

邑子を、まるで自社のお抱えタレントのように、パーティの出席者に紹介してまわろうとした営業マンから救ったのがラリー・エバンズだった。

型通りの挨拶のあと、会場の隅から好色そうな視線をおくる日本の大企業の重役に、邑子をひきあわせようとした営業マンをラリーが止めた。

「僕は今度『ニューズウイーク』誌にジャパニーズロックシンガーについて書くことになっているんだ。是非とも、彼女の話を聞きたいね」

「そうですか、それはよかった。しかし――」

広告を手がける電算機メーカーの副社長の視線を意識しながら、営業マンは汗をふきふき、邑子をラリーからひき離そうとした。

「わたしもそれについては是非、言いたいことがあるわ」

邑子は立ち止まりいった。

「それはよかった。君は――」

ラリーはにっこりすると猛烈なスピードで英語を喋り始めた。邑子が答えると、矢つぎ早に質問を浴びせる。

早口の英語が得意でなかったその営業マンは途方にくれたようにふたりのやりとりを眺めた。やがてあきらめて、その場を立ち去った。

「ありがとう。ところであなた本当に『ニューズウィーク』に記事を書くの？」

邑子は、営業マンがミニスカートをはいた19歳の歌手を代わりにお得意のところへ連れていくのを眺め、訊ねた。

「ああ、本当さ。ただし音楽については、これっぽっちも知らない。ベートーベンとバート・バカラックの区別もつかないだろうな」

ラリーは首をふって答えた。

「僕の専門は政治さ。豪華な宮殿の晩餐会のテーブルの下で交される取り引きに一番興味があるんだ」

「まるでわからないわ。わたしリンカーンとワシントン、それにケネディくらいしか大統領の名を知らないし」

「でも顔は見分けられるだろう？」

ラリーがいたずらっぽく訊ねた。

「それはなんとか」

「それならば大丈夫だ。最近は新聞社の入社試験で、アメリカの初代大統領をスターリンと書く奴が増えているんでね。日本の首都を北京だと思っている程度の連中は、現役のジャーナリストでもごろごろいる」

「そうね、ほんの1字ちがいだし。でもわたしもついこのあいだまでは、アメリカの首都をニューヨークだと思っていたわ」

邑子は言った。

「一本とられたな。ではとっておきの話をしよう、21世紀に入るとアメリカの首都はロスアンゼルスに移る。なぜだと思う？」

「なぜ？」

「歴代大統領がハリウッドから東海岸に引越すのを面倒がるようになるからさ。馬で行くには遠すぎるってね」

ラリーは真面目くさっていい、顔を見かわしたふたりは同時に吹きだした。

「改めて自己紹介しよう。ラリー・エバンズだ。カメラとタイプを武器に全世界を敵にまわしている」

さしだされた手を握り、邑子は微笑んだ。

「ユウコ・ヒウラ。アンプとスピーカーをひきいて全米のステージを征服するつもりよ」

ラリーは、なにごとにも冷静な判断力と、少年のような好奇心を合わせもった男だった。邑子より11上の36歳で、離婚した妻との間にダニエルという男の子がいることも邑子に話した。

「ダニー・ボーイはともかく、別れた女房に送る慰謝料のために僕はせっせと記事を書かなければならないのさ」

ラリーはおどけてしかめ面をしてみせた。東京にやって来たのは、彼の著書が日本語訳され日本の週刊誌に掲載されたからだという。

「それに日本人にも興味があってね」

「たとえば？」

「たとえば、1年の半分をビバリーヒルズの家ですごす、日本人のロックシンガー」

「あら!? 音楽には興味がないと思っていたわ」

「ないさ。ロックは音楽じゃない」

「じゃあ何？」

「騒音さ。だから好きなんだ」

邑子が音楽活動のためにアメリカに渡ったのは18のときだった。邑子には、いわゆる〝箔(はく)〟をつけて日本に帰る気などさらさらなかった。最初から、アメリカでの成功を目指したのだ。ロックミュージシャンがアメリカで成功することは、イコール日本での成功を意味する。9歳のとき、ジミー・ヘンドリックスにあこがれて初めてギターを手にした邑子には、それがわかっていたのだ。

アメリカに戻ったあとも、ラリーとの交流はつづいた。ラリーは、ダニエルのために、カリフォルニアに家を持ち、仕事をニューヨークでこなす、という変則的な生活を送っていたのだ。ふたりが愛しあうようになるまで、さほどの時間はかからなかった。

ラリーは、ダニエルに対するのと同じように忍耐強く、しかも教養を誇ろうとせず、邑子に政治や、人類が犯してきたさまざまな、戦争という名の愚行について語り、ときに耳を傾けた。同時に、これまで以上に邑子の音楽を理解し、愛した。

やがてラリーとダニーにとって、邑子と、邑子が飼うファイアという名の黒豹は家族同様の存在となった。

邑子にとっても、それは同じだった。これまでにも、幾つか恋はあった。だが、ラリーほど深く邑子を理解し、愛した男はいない。誰もが邑子を自分ひとりのものにしようとしたあまり、邑子から歌をすら、奪おうとした。

歌が自分そのものであることを知っている邑子は、それに気づくと常に悩み、傷ついてきた。そして別れ、ファイアとだけ暮らす日々に戻っていった。

ラリーは、邑子に知識を与えた。さまざまな、これまで邑子が知らなかった、世界の脅威や、芸術、自然の営みについて教えた。だが、邑子を変えようとはしなかった。邑子にとってロックを歌っていくことがどれほど大切で必要なことかを知り、それも含めて愛したのだ。

邑子は、今ではラリーが望むなら、ともに暮らしてもいい、とさえ思っていた。たとえ一緒に暮らしたとしても、何の違和感もないほど、今は互いを理解しあっている。

ただし、ダニーの問題があった。ラリーは気づいていないが、ダニーは多感な思春期を迎えつつある。異性への強い興味と、淡い恋心を抱く年頃になったのだ。

邑子は、それが自分に向けられていることを感じていた。

むろん、不快な感情はない。賢いダニーは、邑子を父の愛する女性として理解し、父と邑子の関係を破壊する気は毛頭ないだろう。しかし鋭敏なその感性を、あまりに強く刺激するのは考えものだった。

ともあれ、3人と1匹は、これまでの彼らの人生にはなかった強い結びつきを持っていた。それを一言で表わすなら、この言葉しかない、と邑子は思っている。

「幸福」だ。

「おいおい、せっかく僕らが来たってのに、また汗だくのトレーニングに戻るのかい？」

ノーチラス・マシーンに向かった邑子にラリーが抗議した。

「義務よ。わたしには何事にも優先させなければならない義務があるわ。それは、チケットを買ってわたしのステージを見に聞きにくる観客を満足させること」

レッグ・エクステンションで両足の筋肉に負荷をかけながら邑子は答えた。ダニーはスケートボードを手に、ファイアを連れて表へ飛びだしていった。ビバリーヒルズの坂道は、ダニーにとっては格好の〝リンク〟なのだ。

「やれやれ」

苦しいトレーニングを再開した邑子に、ラリーは苦笑して腰かけた。

ラリーの瞳にじっと見つめられると、邑子はいつも以上に筋肉がパンプ・アップするような気がする。汗がしたたり落ちて、透けてくるようなレオタードごしに、ラリーの視線が体につき刺さってくるのだ。

邑子は唇を濡らし、挑発するような目をラリーに向けた。

「そんな目で見るなよ」

レッグ・エクステンションからトライセップス・プルダウンに移った1セット目、ついにラリーが悲鳴を上げた。邑子にとびかかり、床の上に押し倒す。

「ティーンエイジだけじゃないよ、君の魅力に参るのは。それは認める」

邑子はラリーの顔を見上げ、微笑んだ。

「それで？」

「これ以上挑発したら、責任をとらせる」

「どうやって？」

「こうやってさ」

ラリーは邑子のレオタードを乱暴に脱がせた。ふたりは床の上で荒い情熱をぶつけあった。

邑子の肉体をおしわった瞬間、ラリーは低い呻き声をあげた。邑子が筋肉に力をこめたからだ。

「どう？」

目をつぶり、こみあげてくる歓びの叫びをこらえながら邑子はいった。

「トレーニングの恩恵をこうむるのは、観客だけではないでしょ?」

「君の……勝ち……だ……」

ラリーはとぎれとぎれに言った。邑子は強くその背中をひきよせた。

ふたりの営みは、ダニーが戻ってくるまでの束の間のものだった。邑子にはそれでも不満はない。邑子の家のベッドルームは、完全な防音加工がなされている。夜になれば、もう一度、思いきり愛しあうことができるのだ。

邑子がシャワーを浴びているとダニーが戻ってきた。邑子がそれを知ったのは、浴室の鏡に映ったバスルームのドアが細めに開いたときだ。

ラリーはキッチンで〝エバンズ家特製サラダ〟のドレッシング作りにかかっている。

西陽が差しこみ、乱反射するバスルームの鏡に、燃えるような好奇心とわずかな後悔の表情を浮かべたダニーの横顔が映っている。

緊張したように大きく目を瞠(みひら)いて、邑子の背中を見つめているのだ。もちろんダニーは邑子が気づいていることを知らない。

邑子は素知らぬふりで、バスタブを出た。その目が邑子の裸身を見つめ、真円に近くなる。

「ダニー! ダニー・ボーイどこへ行った?」

そのときラリーの声が聞こえ、ダニーの顔が鏡から消えた。

「どうして花束を持って来たの？」

夕食の仕度が整い、ラリーがワインの栓を抜いたとき、初めて邑子は質問を口にした。

3人はテーブルに向かい、ファイアはその下で邑子のはだしの爪先をなめている。

「またしばらく取材でアメリカを離れることになったんだ。ダニーも連れてね」

ダニーは神妙な顔で七面鳥の肉を使ったサラダをとり分けている。

「どこへ？」

「アフリカさ。ボルジエだ」

「ボルジエ？」

邑子はそっと眉をひそめた。ダニーがその国の名の意味することを知っているかどうか、ラリーに目顔で訊ねる。

「知っているさ。ダニー、コボ将軍の名を聞いたことはあるだろう？」

「知ってるよ」

ダニーは指先についたドレッシングをしゃぶって答えた。

「ボルジエの独裁者でしょう。すごく残酷で、さからう人間の首をかたっぱしからはねるんだ」

「そんな危険なところへ、どうしてダニーを連れていくの？」

「ダニーはアフリカの自然に触れたことがない。いい機会だ。それにコボ将軍は、今まで外国のジャーナリストのインタビューに答えたことがない」

「いいチャンスなの？」

「と思っているよ。コボの恐怖政治はあまりにも有名だ。ただその具体的な内容は、アミンほどには知られていない。僕はその細かい事実を見てこようと思っている。ちょうどダニーの学校も夏休みに入るし、君はツアーで忙しくなる。時期としては悪くない、と思うが？」

「そうね……」

邑子は急に食欲が衰えるのを感じた。足もとのファイアが敏感にそれを察知し、首をもたげるとふくらはぎに鼻先をこすりつけた。

「どのくらい行くの？」

「先方の事情もあるだろうが、２週間、と踏んでいる」

邑子は、ラリーとダニーが先週釣ってきたという、虹鱒（にじます）の料理からフォークを引いた。

「どうしたの、ユウコ」

ダニーが心配そうに訊ねた。

「危険はないのね」

「まったくない、とはいえない。なにせ相手は残虐な独裁者だ。ただ彼は反共主義にこりかたまっていて、東側のジャーナリズムをこころよく思っていない。その点では、僕らは大丈夫だろう」

「………」

邑子はうつむいた。ラリーが優しくてのひらを重ねた。

「ユウコ。君が肉体を鍛えるように、僕にはジャーナリストの義務がある。それはいかなる障害をのり越えても真実を報道することだ」

真剣な口調だった。

「わかったわ」

邑子は微笑んでいった。

「そのかわり、絵ハガキを送って。あなたとダニーの写真を添えて」

「約束する。もし何だったら、ファイアの花嫁を捜してきてあげよう」

「いいわよ。ただし花嫁のエサ代は、ミスター・ラリー・エバンズ、あなたがもつのよ」

邑子はラリーの鼻先に指をつきつけた。ラリーはおおげさに肩を落とした。

「いったい俺は食べ盛りのガキを何人養わなけりゃならないんだ？」

その晩、邑子はラリーと心ゆくまで愛しあった。これまでにも、幾度かラリーが仕事でアメリカを離れることはあった。だが、これほど寂しく別離を思ったのは初めてだ。

これが二度と会えない別れになるかのように、邑子は燃えた。叫び、噛み、すすり、ついばんだ。泣き、抱きしめ、呻き、愛おしんだ。

そして疲れきったラリーがかたわらで眠りにおちたあとも、その頭をひきよせ、まんじりともせず目を瞠いていた。

2　グラハム

電話が鳴ったのは、ラリーから最初の絵ハガキが届いた日の晩だった。ツアーは、ふりだしのロスアンゼルスを成功におさめ、翌日からサンフランシスコに向かうことになっていた。

ファイアはときおり、鳴る直前の電話の気配を感じとる。そのときもそうだった。ソファにくつろいだ邑子の足もとからひょいと身を起こすと、電話機に向かい鋭い牙をむいて、低く唸（うな）った。

その瞬間、電話が鳴り始めたのだ。

「ミズユウコ・ヒウラ？」

年配の男の声が訊ねた。

「そうです。あなたは？」

「私はグラハム。ラリー・エバンズと契約していた通信社の外信部長だ」

グラハムと名乗った男が使った過去形が邑子に不吉な予感をもたらした。

「ラリーが何か？」

「実は——」

グラハムの声はためらうように沈んだ。

「ラリーに不幸な出来事が起こった。そして彼の息子のダニエルにも……」

邑子は強く受話器を握りしめた。心臓の鼓動が早まっているのが自分でもわかる。

「なにが……」

言葉が途中でつかえた。

「ミズヒウラ、気持を強くもって聞いて欲しい。ラリーとダニエルは、亡くなった」

「………」

邑子に返事はできなかった。言葉はなにひとつ浮かばない。

「今、ふたりの遺体は病院にある。ついさきほど着いた飛行機で送り帰されてきたのだ」

「――なぜ」

囁くような声が喉を通ってでた。

「コボ将軍の不興を買った、のが原因らしい。私もラリーとは長い間、仕事をしてきた。いい男だった。ダニエルにも会ったことがある。いい子だった。だから、このようなことを伝えなければならないのは、たいへん……たいへん、つらい」

言葉を呑みこみながらグラハムはいった。

邑子は目を閉じ、いった。

「今から病院に向かいます。場所を教えて下さい」

信じる気はない。ラリーとダニーをこの目で見るまでは、あのふたりが死んだなどということを信じる気はない。

グラハムから場所を教わると、邑子は立ちあがり部屋着を脱ぎすてた。何を着ようかなどということには頭が回らなかった。自分の頭脳がぱったりと動きを停止し、手足だけが動いているのを人ごとのように邑子は見つめた。

クローゼットからトレンチコートを出し、袖（そで）を通す。車のキイをつかみ、外へ出た。雨が降っていた。トレンチコートを選んだのは直感のようなものだった。

愛車の黒のZに歩みより、邑子は身震いした。寒気を感じたのだ。

運転席にすわると、再び手足が自動的に動いた。イグニションを回し、ライトをつけ、ワイパーを作動させる。

ラリーが死ぬ筈（はず）はない、と自分にいい聞かせる。これはまちがいなのだ。自分はこれからその誤りを正しにいく。病院に行き、ラリーが生きていることを皆にわからせてやらなければならない。

邑子は車を走らせた。

ラリーだった。

冷たいステンレスの解剖台の上に、体に無数の傷を受けたラリー・エバンスが横たわっていた。シーツを持ち上げて見せたのは、眼鏡をかけ、悲しげな顔つきをしたギリシャ人の医師だった。

「死因は全身に受けた打撲です。むごい話ですが、彼は殴り殺されたのです」

青白い蛍光灯が点った死体安置所には、もうひとつ、シーツをかぶせられたストレッチャーがあった。

見なくてもそれがダニエルであることはわかった。ひとまわり小さいシーツのふくらみで。

叫びも嗚咽も起こらなかった。涙だけがとめどなく流れ出た。

何が起きたのか。

邑子は無言でラリーの首を抱いた。冷たい肌が頰に触れた。涙がラリーの頰も濡らした。唇を指でなぞった。辛らつな警句や、爆発的な笑いを誘うジョーク、そして熱い愛の言葉をつむぎだしたその唇も、今は冷え、紫色をしている。

死体安置所を出た邑子を、くたびれたグレイのスーツを着た男が待っていた。50を過ぎていて、目の下には深い皺が刻まれている。

「グラハムです。こんな会い方をするのは非常に残念です。ミズヒウラ」

邑子は無言で男を見つめた。この男を憎みたかった。この男さえいなければ、自分はラリーとダニーの死を知らずにすんだ、と思った。

むろんそれはまちがいだ。グラハムがいようといまいと、ラリーとダニーは死んだのだ。

「何が、あったんです」

邑子は低い声で訊ねた。

「コボ将軍です」

　グラハムは語った。

　ボルジエを訪ねていたエバンス父子は、コボ将軍の国外宣伝策もあって歓待されていた。どこに行くにも、ガイドと通訳がつき、知りたい情報は、すぐに与えられた。だが、それはとりもなおさず、現在のボルジエが抱える矛盾をも、ラリーに知らしめる結果になった。

　独裁者コボ将軍とその側近たちの栄耀栄華を極めつくした豪奢な生活。反面、乳さえ出ないほど飢え、衰えた民衆の母子。独裁国家ボルジエは、1％にも満たない特権階級の贅を支えるために、大多数の国民が貧しく飢えていたのだ。コボ将軍の圧政に反発し、不満を抱く者はことごとく秘密警察によって捕えられ、投獄ないしは処刑の憂き目をみていた。

　それは発展途上にある国家にあっては、さして珍しくもない光景だったかもしれない。冷静なジャーナリストとして、ラリーはその問題を、ボルジエ国内で指摘すべきではなかったのだ。

「だが、ラリーはダニエルを連れていた。感じやすい年頃の息子をもつ父として、不正を、息子の前で受けいれるわけにはいかなかったのだろう……」

グラハムは悲しげに言った。

毎夜のように、エバンズ父子は、コボ将軍の主催する、特権階級のための晩餐会、パーティへと招待されていた。そして5日目の晩、将軍自らの、ボルジエをどう思うか、と言う問いにラリーはこう答えたのだ。

「ここに並べられたメニューの10分の1でも路傍で飢えていた、あなたの国民にわけてやりたい」

将軍は憤然として、ラリーを連行するように命じた。その晩、ラリーとダニエルが泊まっていたホテルの部屋が秘密警察によって〝捜索〟され、撮影禁止の軍事施設を写したネガが押収された。即決裁判の結果、ラリーにスパイ行為をおこなった敵性外国人という審判が下り、民衆の目前での公開処刑が実施された。

そして処刑場には、ダニエルもいた。父を助けようとコボに打ちかかったダニエルは、コボ自らの手で絞め殺されたのだ。

「コボは狂気の独裁者だ。根っからのサディストで、誰もその暴走を止めることはできなかった。隣国のアメリカ大使館が事態を知ったのは、ふたりの〝処刑〟がおこなわれたあとだった。大使館にできたのは、遺体を回収することだけだったのだ……」

グラハムは悲痛な表情で語り終えた。邑子は身じろぎひとつしなかった。

あまりにもむごい、あまりにも無法な話だった。ラリーがスパイ行為などする筈はないのだ。

「ボルジエとアメリカ合衆国の間には、公式な国交はない。しかも、でっちあげに決まっているがスパイ行為の証拠がそろっているとなると、どうすることもできないのだ」

呻くようにグラハムはいった。

「でもダニーは？　ダニエルまでがスパイ行為をおこなったというのですか⁉」

「ダニエルは、公式には、興奮した民衆によって私刑を受けたことになっている。コボ自らがダニエルを殺したというのは、大使館の人間が探りだした秘密なのだ」

どうすることもできない。

邑子はよろめくようにその場を離れた。自分の幸福が、今、ひとかけらも残さず破壊されてしまったことを知ったのだ。それは悲しみでも、苦しみでもなかった。

心が凍りつくような寒さだった。

病院の出口をくぐると、雨は勢いを増し、邑子の全身を叩いた。髪が額にへばりつき、瞬くまに大粒の滴をコートの内側へと落とした。かたかたと歯が鳴り、唇がみるみる紫色に、色を失っていく。

だが、冷たい雨の滴よりもなお、邑子の心は凍てついていた。豪雨を降らす、厚い雲におおわれた夜空よりもなお、邑子の心は暗黒に閉ざされていた。

3　邑　子

邑子はたとえようもない深い絶望と孤独のどん底にいた。

コンサートツアーは再開の見通しがたたぬまま中止になっていた。

邑子は抜け殻だった。

かつて歌を愛し、歌こそが自分のすべてだと信じていたのが、大きな誤りであったことを、邑子は思い知らされていた。

ラリーとダニーの死は、あまりにも大きなものを邑子から奪いとった。

死を考えぬ日はなかった。邑子のその痛みを理解したのはファイアだけだった。

主人の変化を敏感に感じとったファイアは、邑子と同じように、食事も摂らず、悲しげにうずくまったままだった。

「ファイア……」

回想の、ラリーとの甘い白昼夢からさめると、邑子は必ず黒豹に呼びかけた。獣は、首だけをもたげ、邑子を見つめる。

その瞳に、艶を失い、髪も乱れた自分が映っているのを、邑子は見返す。

「わたしを噛み殺して」

邑子は亡霊のようにつぶやく。1日1度は、邑子はそうして黒豹に、慈悲の死を懇願するのだった。だがそれにだけは、ファイアは応えなかった。その鋭い爪と牙があれば、一撃で、主人を楽にできることを、獣はわかっている筈だ。にもかかわらず、ファイアは静かに邑子の指先をなめるだけだった。

邑子は再び、回想の楽しいときの中へ、埋没していく。電話にもでず、外出もせず、髪もとかさない。

ただひたすら、ラリーとダニエルがいた頃の甘い日々を思いだすだけなのだ。

何日も何日もそれがつづいた。邑子は、果てしなく広く、果てしない暗い、闇のただ中にいた。そこには、1本の蠟燭すらない。

一条の光すら、差さないのだった。

4　コボ

暗黒の中で砲声が轟いた。地鳴りのように建物を震撼させ、豪奢なガラスのシャンデリアや陳列された絵画や彫刻などの芸術品を揺らす。

身も心も凍らせるような、砲弾の、空を切るひゅるひゅるという音が頭上をかすめる。

再び宮殿全体が震えた。

大理石ででき、宝石をはめこんだ玉座に、その黒人の巨漢はいた。かつて残忍な笑みとともに、反逆者の首をはね、財産をとりあげ、妻を奪い、子を見殺しにした男の、その玉座における最後の晩だった。

ハンドライトの光芒が室内をよぎった。漆黒の顔にはめこまれた、ガラス玉のような無情の目がライトの持主を見た。

ライトを手にしているのは、口ヒゲをはやした長身の白人だった。秘密警察の制服を脱ぎすて、今はありきたりのスーツの胸に、長官であることを示す勲章だけをつけている。

「ヴォルフか？」

コボ将軍はつぶやいた。元ドイツ国籍の、秘密警察長官、ヴォルフ・シュパングラーは踵を合わせて敬礼した。

「閣下、飛行機の用意が整いました」

「余はもうここには戻らん。そうだな？」

コボはじろりとドイツ人の部下を見やった。ヴォルフが何と答えたか、コボには聞こえなかった。その瞬間、新たな砲弾が宮殿の中庭で炸裂したのだ。

「亡命先の手配はついたのか？」

「閣下が反共活動に身命を費やされたことは、西側諸国では高く評価されております。アメリカ合衆国政府が先ほど、受け入れを極秘裡に表明いたしました」

「アメリカ、か」

コボはつぶやいた。

「お急ぎになられた方がよろしいかと存じます。暴徒が宮殿正面に押しかけ、宮殿警備兵と戦闘しておりますが、破られるのは時間の問題です」

「飛行機には誰が乗る？」

「閣下と私、それに閣下をお守りする秘密警察選りすぐりの部隊です」

ボルジエにおいて、秘密警察の選りすぐりとは、腕利きの殺し屋と同義語である。

「金は？」

「既に運びこみ終わっております。現金でUSドルが1千万、他に金、めぼしい宝石類はすべて……」

コボは頷いた。コボには、家族と呼べる存在はなかった。女は女で、抱き、子をみごもらせたとしても妻ではなかった。また妊娠が明らかになると、胎児ごとコボは、その女たちを密殺した。子ができれば、やがて己れの座をおびやかす存在になりかねない、と判断したのだ。

「よかろう」

コボは大きく息を吐いて、玉座から身を起こした。革命の狼煙は、ひとたび燃えあがるや、ボルジエ全土を覆うまで瞬くまの早さで広がった。誤算だったのは、軍部までが、コボに反旗をひるがえしたことだ。コボ政権に味方をしたのは、シュパングラーが率いる秘密警察と、コボのおこぼれで特権をほしいままにしてきた宮殿警備兵の一部だけだった。

慌ただしい足音がして、部屋の入口に警備兵の制服を着けた男ふたりが現われた。ジャケットの内側に手を走らせたヴォルフが、制服に気づき、緊張をゆるめた刹那、警備兵たちは手にしたM16をコボに向けた。

「裏切り者！」

コボの怒号が室内の空気を裂いた。勝算がないと見た警備兵が、コボの首を手土産に革命軍に投降しようと企てたのだ。

だがアサルトライフルは発射されなかった。短機関銃のくぐもった連射音とともにふたりの警備兵の背中で血が爆ぜた。

崩れ落ちた警備兵をまたぎ、無表情の東洋人がのっそりと室内に足を踏み入れる。いまだ秘密警察官の制服を着け、手には銃身の熱いウジを握りしめている。

「スン！」

ヴォルフがほっとしたように叫んだ。ヴォルフの部下の中で、最も優れた〝殺し屋〟のベトナム人だった。

「お迎えにあがりました」

スンは低い声で言った。

「閣下」

ヴォルフに応じ、コボは早足で室内をよこぎった。一瞬、警備兵の死体の前で立ち止まると、荒々しく、唾を吐きかける。

「この蛆虫どもがっ!!」

そして、スンとヴォルフにはさまれ、闇の中の脱出路を急いで進んでいった。

5　邑子

「残念ながら上院議員は、その件ではお役に立てないと申しております」

灰色の受話器をおろし、長身の若者は言った。年は、邑子とふたつと違わないだろう。

「常に民衆の囁き(ささや)きに耳をすます」ことを公約にして連続当選をつづけている上院議員の最初のドアすら、邑子は開くことができないのだ。

いかにもアイビー・リーグ出身といったこの若者は、上院議員の、NO・3かNO・4の秘書だった。邑子の懇願は、上院議員の耳はおろか、第一秘書の耳にすら届かなかった。

それは正確には、彼らが「聞きたがら」なかった、というべきだろう。

幾度も足を運ぶうちに、邑子に同情を抱いた、F・B・I・ロスアンゼルス支局の係官はこっそりとうちあけた。

「気の毒だとは思います。しかしコボ将軍の問題は、政府にとってもたいへんデリケートな課題なのです。彼が独裁者としておこなってきたさまざまな非道を、合衆国政府が知らないわけではありません。一方、彼は西側陣営にとっては、アフリカ大陸の赤化をくいとめる重要な橋頭堡(きょうとうほ)のひとつだったのです。同じような独裁者が、アフリカ大陸にはまだ幾人かいます。万一、合衆国政府が亡命してきたコボを弾劾すればどうなるか。

彼らはいっせいにアメリカ合衆国に対する信頼をなくし、東側に歩みよる姿勢をとるでしょう。独裁者たちは、いつかは自分が国を追われることを知っているのです。そのとき、頼れる相手と手を結ぼうとするのは、当然の考えですから」

コボ将軍がアメリカに亡命したことを知ったとき、邑子の凍てついた闇が揺れた。ラリーとダニエルを殺した張本人が、同じ国にいるのだ。しかも、ラリーが税金を納めていた政府の庇護を受けて！

コボ将軍は人殺しなのだ。裁かなければならない、いや裁かれる筈だ――邑子は信じていた。

ところが、どうだ。政府は何ひとつ、コボを告発しようとはしなかった。新聞やテレビ、雑誌などのマスコミも同じだ。初めのうちこそ、「殺人鬼を国費で保護するのか⁉」などと見出しをかかげた新聞もあったが、やがて沈黙し、忘れてしまった。

コボの亡命からふた月がたっていた。ラリーとダニエルが死んでからは、もう4カ月が過ぎようとしている。

邑子の心は、いまだ闇の中にあった。コンサートツアーも再開されず、とうにリリースする予定だったニューアルバムの製作もストップしたままだ。

そしてこの1カ月、邑子は足を棒にして歩き回っていた。最初に出向いたのが、ロスアンゼルス市警察だった。次にF・B・I。C・I・Aは国内問題は扱わない、ということで電話で門前払いをくった。

人権保護同盟、弁護士協会にもあたった。裁判所にも出向いた。役所、機関が役にたたないと知ると、つてを頼って国会議員にも働きかけた。大統領に手紙も書いた。

すべて何の効果もなかった。グラハムも同情は示した。だがマスコミに動く気がないことを、邑子がはっきりと知った以外は、何ひとつ得るものはなかった。コボについては政府内部に、厳重な箝口令がしかれ、タブーになっているのだ。

凍てついた悲しみは、何によっても溶かされそうになかった。

ありとあらゆる手を講じ、ときには異常者扱いすら受けた。幾つもの機関を巡るうちに、まだ会ったことすらない相手が、自分の訪問を予測していたことに邑子は気づかされた。

そんなとき、応対にでた相手は決まって、慇懃で同情のこもった態度を示した。その同情が、自分の身に起きたことではなく、心に向けられたものであることを、やがて邑子は知った。即ち、邑子は心の病人として、彼らの回覧リストに載っているのだ。

疲れ、孤独は深まるばかりだった。心配して幾度も邑子の家を訪れたマネージャーやエージェントも、あきらめることを知らない邑子に、あきれ果て、ついには恐れすら抱いて、近寄らなくなっていった。

ラリーを失った春が、夏を迎え、その終わりにさしかかろうとしていた。

邑子は、その間、自分の中を流れる日本人の血を改めて感じていた。必要最低限度の買物の他に、邑子がZの車体を向けるのは、ラリーとダニーが眠る墓地だった。墓参り。この日本的な風習が、邑子の心が、本当の病へと傾斜するのを防いでいたのだ。もし、週に1度、墓石の前に立ち、ラリーとダニーに語りかけ、悲しみを新たにしなければ、とうに邑子の心は、閉ざされた闇の中で、ふたりの死を受け入れず迷っていたろう。

そうなれば永遠にその闇を出ることもなく、均衡を失った心は、より深い闇、より危険な狂気へと、すべり落ちていったにちがいない。

上院議員のオフィスを後にした邑子は、陳情が空振りに終わったときの習慣で、ふたりが眠る墓地へと車を走らせた。

彼らの死を、いまだあがなえずにいる自分を責め、罪に感じる意識は日ましに強くなっていた。

それは、不合理な考え方だったかもしれない。

だが誰ひとり、コボを裁こうとしない現実にあって、邑子は日ごとに心苦しさがつのるのだった。

その日に、墓にぬかずいた邑子は、長い間、身じろぎひとつしなかった。もはや、自分の他に、責めるべき者はいない。邑子の心の中で、邑子以外の、生きていて何もしようとしない人間はすべて責めつくされていたからだ。

何時間、そうしていたろうか。不意に邑子は、いつもならとめどなく流れる筈の涙が乾いていることに気づいた。

すべての手はつくした。そして誰ひとり、何ひとつ、しようとはしなかった、自分は、ふたりの死をあがなわせるために、可能なことはすべてした。

あるひとつをのぞいて。

邑子の心の漆黒の闇がそのとき、赤く染まった。氷の世界が、突然業火に彩られた。炎は燃えあがり、今すべきこと、ただひとつのことを、邑子に示唆した。

夕闇が迫っていた。

邑子は静かに立ちあがると、墓石に刻まれたふたりの名に触れた。ひんやりとしたその感触すら、邑子の心に燃えた火を消すことはできなかった。

踵（きびす）を返し、Zに乗りこんだ。行先は、ロスアンゼルス市警察本部だった。

ひと月前、

「殺人犯人を告発したい」と言って窓口を訊（たず）ねたとき応対にでたのと同じ制服警官が、邑子を迎えた。

ウィルフォードという名のその警部（サージャント）は、犯人の名を〝コボ将軍〟と聞き、眉（まゆ）ひとつ動かさずに邑子を出口へと案内したのだ。

「お嬢さん、申しわけないが、我々はそのての告発に時間を割（さ）く余裕はないのです」と。

今、市警本部の階段を昇ってきた邑子を見ても、ウィルフォードにはそのときの記憶はないようだった。

ウィルフォードは、でっぷりと太った腹の上で手を組み身を乗り出した。

「何か御用でしょうか？」

邑子はウィルフォードをじっと見つめた。ラリーが〝黒い真珠〟と呼んだその瞳を見返し、ウィルフォードは当惑したように尻を動かした。警官は、一度見た顔は忘れない、といわれている。だが、この広大な街のさまざまな人間が寄せる訴えを聞いてきたウィルフォードは、亡命独裁者を殺人犯と呼んだ東洋人の女のことをすっかり忘れていたようだ。

「拳銃の所持許可証を申請したいのです」

邑子はいった。


「トリガーをひくとき、恐がってはいけない。ハンマーが落ち、雷管が火薬を爆発させるのは、物理的現象なのだ。ひきおこすのは、君自身の指だ。恐れれば、必要以上の力が加わり、狙いがそれる。標的には当たらない、という結果だ」

インストラクターが言った。

邑子はゆっくりと両腕をのばした。20ヤード先に人体標的紙が浮かんでいる。その中央黒点に照門を合わせ、ゆっくりと中心に照星がくるよう微調整する。

「そう。いいよ……。拳をにぎるように、トリガーを絞りこみたまえ」

インストラクターの声が響いた。

カチリ。

ハンマーが落ちた。

「駄目だ。ぶれてしまっている。トリガーは引くんじゃない。締めるんだ。そうすれば銃身はぶれない。もう一度」

右手の親指でハンマーを起こした。・38口径のシリンダーがくるりと回る。中に入っているのは、重さだけを合わせたダミーの弾丸だ。実包を撃つまでのトレーニングを、邑子は今、積んでいるのだった。

邑子の利き目は右目だった。右腕をまっすぐにのばし、右目の前方に照門と照星が一直線に並ぶようすえる。左手は軽く、グリップした右手を包んでいる。

カチリ。

「よし。今のはうまくいった。そろそろ実弾を撃ってみたまえ」

シューティングレンジを隔てるスクリーンにかかったイアプロテクターに手をのばしながら、インストラクターがいった。彼は週に3日、このシューティングレンジで、護身とスポーツのための女性射撃講座を開いている。邑子は、マンツーマンの短期習得コースをとったのだ。

教えられた通り、ラッチを押し、シリンダーをスイングアウトする。ダミーを抜き、プラスティックの箱に入った・38口径のワッドカッター弾を5発、装塡する。ラッチが戻るまで、シリンダーを押しこみ、邑子はリボルバーを持ちあげた。インストラクターが素早くイアプロテクターを当てがった。

ハンマーを起こした。照門と照星を合わせた。ゆっくりと、少しだけ息を吐き、邑子はトリガーを絞った。

くぐもった轟音と衝撃、そして火焔がほとばしった。右腕が正面から何かにぶつかったように揺れた。

邑子はプロテクトグラスの内側で目を瞠いた。着弾は、標的紙の、射手サイン欄だった。

インストラクターが撃ちつづけるよう身ぶりで示した。

邑子は銃をもたげた。思ったより落ちついている。ハンマーを起こした。トリガーを引いた。

再び衝撃がきた。だが炎は見えなかった。反射的に目をつぶっていたのだ。

結果、弾丸は標的紙を大きくそれ、レンジの奥に吸いこまれた。

もう一度。

今度は、一番大きい、外側の円内に命中した。つづけて撃つ。

同じ外円に当たった。あと1発。

コボ。口の中で邑子はつぶやいた。目を大きく開いた。撃った。

中央黒点わずかにかすめる円内に命中していた。

インストラクターはイアプロテクターを外して微笑んだ。

「悪くない、初めてにしては。君には才能があるよ」

肩と腕の筋肉強化が必要だった。持久力もつける必要がある。

生活が激変した。朝5時には起きると、家の回りを10キロ走る。戻ってきてシャワーを浴び、軽い朝食。

午前のメニューは肩だ。ウォームアップのあと、バーベルを使ったプレスビハインドネック。ダンベルを持ったラテラルレイズ。反動を使わず、肩の筋肉だけで、重量を持ち上げる。

その後、邑子はシューティングレンジに出かける。1日100発は撃つ。

「護身用ならば・38口径で充分だ。戦争をするわけではないからね」

インストラクターはいった。

「もしわたしが襲われ、相手が狂暴で6フィート以上もある大男だったら?」

邑子は訊ねた。

「そう……」

インストラクターは肩をすくめてみせた。

「・38口径では確かに威力が小さいかもしれない。そのような状況で、心臓や頭といった急所を狙うのは難しいし、心にもためらいが生じる。殺してしまうのではないか、とね」

「すると1発では相手の動きを止めることはできないの?」

「相手があからさまな攻撃行動をとっていて、とにかく1発しか撃つチャンスがないとすれば、・45口径かマグナムがいいだろう。マグナムには・357と・44がある。だが私は、マグナムは勧めない。力が強すぎる。相手を貫通して、別の無関係な人間をも傷つけかねないからだ。そういった点を考えると、ハローポイントの・45口径が一番だろう。弾速は遅いが、そのぶん当たったときのマンストッピングパワーは強大だからだ」

デトニクス45を邑子は選んだ。シルバーメタリックの美しいハンドガンは、直径1.1センチ余の45ACP弾7発を、マガジンに装塡できる。グリップは巨大で、重量も重く、簡単には扱えない銃だった。だがやがて、重量のある銃のほうがコントロールが容易であることを邑子は学んだ。

　軽い銃は衝撃を吸収せずに伝える。重い銃は、その点、グリップがしっかりしている限り、衝撃の伝わり方がゆるやかなのだ。それだけ集弾率も高い。

レンジから帰ると、腕の筋力アップが待っている。上腕二頭筋を鍛える、トライセップスプルダウン。フレンチプレス、プリチャードベンチカール。かつてコンサートに備えたときよりも、はるかにハードな内容を、邑子は厳しく自分に課していた。

　くじける可能性はない。邑子の意志は日を増すごとに強くなる。闇(やみ)の中にある心は、光を得ぬまま、ひとつの方向性を見出していた。

6　ニューマン

プリチャードベンチカールの3セット目に入ったとき、インタホンが鳴った。邑子はバーベルをおろし、タオルで汗をぬぐった。

ひと月以上、来客はなかった。前足の上に頭をのせ、邑子のトレーニングを見守っていたファイアが低く唸った。

邑子はトレーニングルームのカーテンのすきまに目をあてた。メッセンジャーボーイだった。邑子の視線には気づかず、ドアを見つめている。ハイスクール出たて、といった年格好だ。右手に紙袋を提げている。

邑子はバスローブをレオタードの上に羽織った。ドアを開くと、少年が受領用紙をさし出し、サインを求めた。

プレゼントで、送り主の欄は「N」というサインがあるだけだ。あて先の住所も名前も邑子のものだった。

目もとにソバカスを散らしたメッセンジャーボーイの顔を見たとき、邑子の胸に鋭い痛みが走った。ダニーにどこか似ている。

5ドルのチップを与えると、少年は嬉しげに微笑んで走り去った、残った紙袋を邑子は持ち上げた。ずっしりと重い。

中にはリボンをかけた箱が入っていた。葉巻の箱のようだが、重さは、はるかにある。

邑子はトレーニングルームにひざまずき、包装を解いた。中味を知った瞬間、驚きで体が硬くなった。ＪＨＰ（ジャケッテッド・ハロー・ポイント）の45口径弾がキャンディのような箱にぎっしりと詰まっている。

ファイアがさっと前足をたてた。電話が鳴り始める。

邑子は受話器をとりあげた。

「ユウコ・ヒウラだね」

落ちついた男の声が流れ出た。その英語には、かすかだが、どこのものとは知れない訛（なまり）があった。

「そうだけど、あなたは？」

「たった今、君が受けとったプレゼントを贈った者だ」

男はいった。邑子はゆっくりと息を吸い込んだ。慎重に言葉を選んだ。

「何のつもりなの？」

「それを役立ててもらいたい。君の目的のために」

「わたしの目的？」

「そうだ。ボルジエ、といえばわかってもらえる筈だが」

男の声にはからかっている様子はない。かといって緊張もしていなかった。ありふれた商談を進めているような調子だ。

「君の役に立ちたいと願っている人間だ。名前は、ニューマン、とでも呼んでくれたまえ」

「ニューマン……」

「君にとって必要な情報をさしあげる用意がある。よろしければ、会ってもらえないだろうか」

「どこの誰ともわからない人間に？」

「そう。だがトレーニングの成果を役立てるには、私の持っている情報が必要だ」

邑子は黙った。ニューマンは沈黙を予期していたようだった。辛抱強く待った。

「わたしの目的を知っているの？」

「君を見ていた。ずっとね」

ニューマンの声が、心なしか和（やわ）らいだように思えた。

「ビバリーヒルズ・コムストックを知っているかね？」

「ウイルシャー通りにある？」

「そう。小さいが居心地のよいホテルだ。明日の午後3時、君を待っている。忠告しておくが、君の顔は、君が思っているより知られている。来るときは、それを忘れないように」

「あなたは――」


「あなたは誰なの」

いいかけたが遅かった。カチリと音をたてて、電話は切れていた。

ニューマンは銀髪の大柄な男だった。サングラスをかけている。ロビーには、ニューマンの他には誰もいなかった。

「誤解をされると困るが、話し合いのために部屋をとってある。誰にも、我々の話を聞かれぬ用心に」

邑子にそれだけを告げると、ニューマンは立ち上がった。

部屋に入ると、ニューマンは掛け金をおろした。邑子はかけていたサングラスを外した。スカーフで髪を、サングラスで目の色を、隠していたのだ。

「どういうつもりなの？」

邑子は冷ややかに訊ねた。ニューマンはサングラスを外していない。ゆったりとソファにかけ、足を組む。

「すわりたまえ。この部屋で盗聴器の心配はない」

年齢は42〜43だろう。深みのある、落ちついた物腰は、電話の印象を裏切ってはいなかった。

「私の名前は電話でも告げたように、ニューマンと覚えてもらいたい。私の用件は、君にコボと側近たちの居所を教えることだ」

邑子は目を瞠いた。

「君と同じ願いを持っている。コボに死んでもらいたい」

ニューマンはあっさりと告げた。

「なぜ？」

「そのために色々な資材も提供する用意がある」

「資材？」

「コボは、亡命後も私兵でまわりをがっちりとガードしている。拳銃だけでは、彼の命を奪えない」

「たとえば？」

「M16A1ライフル。バズーカ、手榴弾」

「あなたは何者なの」

「いわばさまざまな情報を売り買いしている人間だ。必要な人間に必要な情報を渡す。ときには、必要となるであろう人間を、見つけ出して、売りこみもする。このようにね」

「わたしを監視していたのね」

ニューマンは頷いた。

「君を欺くつもりはない。そのようなことをしても、私には何の利益もないからだ。手始めに、ひとりの男のことを教えよう。ヴォルフ・シュパングラー。ボルジエの秘密警察長官だった男だ。ラリー・エバンズにスパイ容疑がかかるように仕組んだのもこの男だ」

　ニューマンは麻のスーツのポケットから封筒を出した。

「中に、写真と、奴の車のナンバー、そしてこれから立ち回るであろう場所を書いた地図が入っている。奴は、芝居が好きでね。コボが構えた隠れ家から月に2度は芝居を見に出てくるのだ」

　邑子は、ニューマンがテーブルにおいた封筒を見つめた。

「それであなたは何を得るの？」

「君が第一の標的を仕止めてから、その話はしよう」

　考える余地はなかった。この男は、目的のために欠けていた要素を補ってくれるというのだ。邑子は封筒をひろいあげ、バッグの中にしまいこんだ。

「わかったわ」

「結構。この部屋は、別々に出ていくことにする」

　ニューマンは微笑んで、そういった。

7　ヴォルフ

　巨大なリムジンがダウンタウンの角を回りこんでくるのを邑子は古い褐色砂岩のビルの陰から見つめていた。

純白に磨きこまれたリムジンは、ものみなすべてが薄よごれ古びたこの街にあって、異様な存在だった。

中には3人の男が乗っている。運転手とボディガード、そしてヴォルフ・シュパングラーだ。

踵の高いパンプスから、体にぴったりとはりついたタイトスカートごしに夜の冷気がはいあがってくるのを感じ、邑子は身震いした。

ニューマンの与えた情報は偽りではなかった。ヴォルフはたった今、行きつけのドイツ料理店を出て、リムジンに乗りこんだところなのだ。この先の、目的地もわかっている。

邑子が今立っているブロックから200ヤードと離れていない〝劇場〟だ。

〝劇場〟といっても、オペラやミュージカルを上演する類のものではなかった。ニューマンは、品位をおもんぱかって、芝居という言葉を使ったが、実際のところはそれは芝居などという上品なものではない。革の首輪や鞭、重い鎖などで体を縛りつけられた女優が、蠟燭の熱い滴を受けて、舞台の上でのたうちまわるショウなのだ。

ヴォルフがそこを訪ねるのを見るのは、邑子にとって初めてではなかった。つい2週間前、邑子がニューマンに会って2日後の晩もヴォルフは同じ〝劇場〟にやってきたのだ。

ヴォルフは〝劇場〟側に、たっぷりと金を払っているようだった。最初のショウで、鞭打ちを眺めて楽しんだヴォルフは、次のショウでは、自らが舞台に立つのだ。ヴォルフはそのときのために、リムジンにゲシュタポの制服を積んでいる。衣裳を着がえると、巨大な蠟燭を手に、女優を追いかけまわし、痛めつけたあげく楽屋で、ふたりの女優たちを相手におぞましい欲望をとげるのだった。ヴォルフは、肉体と蠟燭の双方で、女たちを犯すのだ。

その晩も今夜も、邑子は、体の線がくっきりと浮かびあがる衣裳にヒールの高いパンプスを履いていた。そうした服装の女たちは、肌の色を問わず、この街では目立たない。ああいった店にひとりで入ったとしても奇異の目で見られることはないのだ。誰もが、商売に現われた新顔と見なすからだ。

リムジンは〝劇場〟の前で、ヴォルフとボディガードをおろし、所定の待機地点に停止した。きっかり2時間後、欲望を満たしたヴォルフとボディガードを乗せて、ロス郊外に建つ、要塞化したコボの隠れ家へと戻っていくのだ。

ニューマンから得た情報をもとに、コボの隠れ家も邑子は調べあげていた。敷地面積が約50エーカーにも及ぶ広大な屋敷で、地元では「ザ・キャッスル」と呼ばれている。

小高い丘の頂上に位置し、周囲はひらけていて、外部には遮蔽物は何もない。一般道から約半マイルの私道の入口には門番小屋があり、銃を持った門衛がドーベルマンを従えて常時詰めている。随所にクローズドサーキットのテレビカメラが備えつけられており、周辺を監視している。

内部には、門衛の他にも、武装したガードマンが複数いると見てよさそうだった。忍びこみ、コボを殺すアイデアを、「ザ・キャッスル」の厳重な警備を知った時点で、邑子は捨てた。邑子が女ではなく、過酷な訓練を受け、実戦経験を積んだ兵士であっても答は同じだったろう。

あの「ザ・キャッスル」に侵入するのは不可能だった。

こうして、表に出てきたときを狙う他ない。

駐車位置にリムジンを止めた運転手がシートを倒すのを見とどけると、邑子は素早く踵を返した。1ブロックと離れていない場所にZを駐めてある。正気の人間だったら、この街で路上駐車をすることは考えないだろう。1時間とたたぬうちに、タイヤからラジオ、エンジンにいたるまで外され盗み出されてしまう。

だがZには、その心配はなかった。

邑子はZのドアロックを解くと、助手席のシートを倒し、手招きをした。ファイアが音もなく軽やかに降りたつ。

「おいで、ファイア」

指先をなめるファイアの頭をなでてやって、邑子は優しく語りかけた。ファイアは、影のように邑子によりそって進んだ。

闇の濃い建物の陰に入ると、ファイアの美しい黒い毛並みは、その暗がりと同化する。ただ、炎を燃やすように光る双眸だけが宙に浮いているかのようだ。

邑子は周囲を見回し、近くに人影がないのを確認して、リムジンに歩みよった。ショルダーバッグの重みがずっしりと肩にくいこんでいる。

幾度も考え、検討しつくした計画だった。だが緊張で呼吸が早くなっているのがわかる。ともすれば右手がバッグにのびそうになるのを、邑子はこらえた。

タイミングがすべてなのだ。

リムジンの運転席のかたわらまでくると、邑子はサイドウインドウをノックした。ファイアは、邑子の足元にうずくまっている。

仰向けになり、毒々しい表紙のポルノマガジンを読みふけっていた運転手がはっと身を起こした。25、26の、浅黒い肌をした若者だ。

胸元にさし入れかけた手が、邑子の姿に気づくと止まった。邑子は微笑みかけ、モデルのように一回転してやった。次いで、タイトスカートから、シームストッキングで包んだ太腿(ふともも)が露(あらわ)になるよう、ゆっくりと片足を持ちあげる。

運転手の表情が舌なめずりせんばかりになった。慌ただしくサイドウインドウをおろす。

「い、幾らだ、姐(ねえ)ち——」

おりたサイドウインドウのすきまからファイアが躍りこんだ。いいかけた言葉が悲鳴に変わる。

ファイアは、鋭い前足の爪(つめ)で、運転手の顔をかきむしった。ほとばしりかけた絶叫が、噛み切られた喉笛で途絶えた。ごろごろという断末魔の唸りをたてながら、運転手の若者は、シートに倒れた。

邑子は素早くドアを開くと若者の死体をひきずりおろした。トランクルームのリッドを開き、血まみれの死体を押しこむ。屈強なその体を持ちあげるのは、この数カ月間のトレーニングのたまものだった。以前ならば、ひきずることも容易ではなかったにちがいない。

死体を詰めたトランクを閉めると、邑子はリムジンの後部席を隔てるガラススクリーンをおろした。ファイアを後部席に移すのだ。それから車内にあったウェスで飛び散った血を拭きとった。濃い血の匂いをかがぬよう、息をとめての作業だった。

そして元通りスクリーンを上げると、何ごともなかったかのように、リムジンを離れた。

ヴォルフのボディガードは、白人の若者だった。運転手だった若者と、そう年がちがわない。

ヴォルフの前に立つようにして〝劇場〟を出てくると、衣裳の入ったトランクを置き、口笛を吹いた。リムジンと劇場の入口は、100ヤードと離れていない。

動かないリムジンにいらだったように口笛を吹き鳴らす若者を、ヴォルフが制した。人目を惹きたくないのだ。

ふたりは早足でリムジンに近づいた。無人の運転席をのぞき、若者は舌打ちした。

「あのメキシコ野郎、どこで油を売ってやがるんだ！」

ついで、後部席のドアを開いた。

「先に乗っていて下さい」

ヴォルフは無言で頷く(うなず)と、下半身から先にシートに体をすべりこませた。次の瞬間、驚愕(きょうがく)の叫びをあげてリムジンを飛びだした。

「豹だ！　豹が乗ってるぞ！」

周囲に目を配っていたボディガードの目が仰天したように丸くなった。ドアごしに内部をのぞきこみ、シートにうずくまったファイアを見ると、あんぐりと口が開いた。

その機を逃さず、邑子は建物の陰から走り出た。ショルダーバッグからデトニクス45をひきぬく。

足音に気づいたボディガードが身をひるがえして、ジャケットの内側に手を走らせた。デトニクス45が火を噴いた。ＪＨＰの45口径弾はボディガードの右手首を射抜いて、左胸に命中した。下品なブルーのシャツに血の染みが広がるのを、信じられぬような目で見つめ、ずるずるとリムジンに倒れかかる。

邑子はデトニクスの銃口をさっとヴォルフに向けた。長身のドイツ人は、驚きの表情を顔にはりつけたまま、体を凍らせていた。喉仏(のどぼとけ)が激しく上下する。

「な、何だ、おまえは……」

「ヴォルフ・シュパングラー。ラリーとダニエルのエバンズ親子を殺害したかどで死刑を宣告する」

邑子は胸を喘がせながら、一気にいった。

「な……よせっやめろ。撃たないでくれっ」

デトニクスのトリガーが絞られた。緊張と興奮で力が入り、わずかに銃口が上にそれた。心臓を狙った筈の弾丸は、ヴォルフの顔面に叩きこまれた。爆発を起こしたかのように、ヴォルフの頭蓋が吹きとんだ。リムジンの純白の車体に血と脳漿がふりかかった。

「ファイア！　おいでっ」

黒豹がしなやかに死体をとびこえて、外へ飛び出した。

邑子はデトニクスをバッグにしまい、小走りでその場をあとにした。この街では銃声を聞いて、すぐに駆けつける馬鹿はいない。最低、5分は次の銃声が響かぬのを確かめてから、人は集まってくる筈だ。

震える手でZにキイを差しこみ、邑子は運転席に乗りこんだ。ファイアをうしろのシートに乗せると、人目を惹かぬよう、ゆっくりと発進する。

その場を離れて数分後に、サイレンを鳴らし、猛スピードで現場に向かうパトカーとすれちがった。それからしばらく車を走らせ、信号で止まったとき、邑子はドアを開けて、激しく嘔吐した。

8　コボ

目の前には、戦闘服を着け、ミニ14やM16A1を握ったボディガードが控えている。その向こうに水をたたえたプールが、はるか彼方にはマルホランド・ドライブウェイが見えた。そこまでは、何十マイルと離れている。

ウォッカトニックの入ったグラスをプールサイドテラスのテーブルにおき、コボは口ヒゲに触れた。アメリカ合衆国に来てからのばし始めたヒゲだった。

デッキチェアに体をのばすと、コボはうるさげに手をふった。犬のようなボディガードたちだった。どこへ行くにも、何をするにも、暑苦しくはりついている。

ボディガードの人垣が割れると、飛びこみ台に寝そべった白人と黒人のふたりの女の姿が目に入った。水着はつけていない。コボがつけることを禁じたのだ。

脱がせて楽しむ歓びなど、コボには無縁だった。女どもが何を、どう感じようと、コボは自分のしたいときにしたいようにしか、女たちの体に接しなかった。ボルジエではそうしてきたし、アメリカでも同じようにするつもりだった。さからう人間などいない。

セックスだけではなく、すべてがそうだ。

コボは支配者とはそうでなければならないと信じ、行動をとってきた。誰でも命が惜しい。さからうことで命を失うよりは、自分の支配下に入る筈なのだ。

無表情の東洋人、スンが新たなウォッカトニックを運んできた。コボはデッキチェアに寝そべったまま、じろりと一瞥をくれた。

「ヴォルフを殺した者はどうなった？」

「ヒラリーという男を雇いました」

スンは言葉短に言った。ヴォルフ亡きあと、この有能な殺し屋が、コボの親衛隊長の役割を果たしていた。ボルジエに帰り咲いたときは、新秘密警察長官の座を与えてやることになっている。

「有能だろうな」

「ロス市警の刑事だった男です。賄賂をとっていたことがばれてクビになるまでは、優秀な成績をあげていました」

コボは唸った。犬の中でも、頭が切れる犬というわけだ。

「見つけだすのだ。見つけだしたら、すぐに殺せ」

「承知しました、閣下」

コボはふたりの娼婦に目を向けた。そろそろ飽きがきている。今夜抱いたら、スンとスンの部下どもに払い下げて、砂漠のどこかに埋めてこさせなければなるまい。特に白人の女は、態度がなれなれしすぎだ。このコボ将軍を、そこらのふぬけた客と一緒にするとは、度しがたい愚か者だ。

やがて——すぐにもその誤りを知るだろう。怯え、命乞いをしながら。

コボは満足げな笑みを浮かべ、ウォッカトニックを口に運んだ。コボは、死にかけて震え、苦痛に泣き叫ぶ女を犯すのが好きだった。

あのふたりをそうして犯したら、今度は東洋人の女を試してみよう。アメリカという国は、肝っ玉の小さな白人どもが支配している欠点をのぞけば、金で何でも手に入る便利なところだ。

東洋人の女。コボは目を細め、そのときのことを想像した。

9　アニタ

駐車場係りは何も見なかったと言いはった。もし仕事場にきちんといたなら、リムジンを襲い3人の人間を殺した犯人を必ず見ている筈なのだ。

「いいこと、これが最後よ。本当のことをいって。2日前の晩、午前零時に、あなたはここにいたの？　いなかったの？　いれば見ていない筈はないし、いなければ職務怠慢ということになるわ。どっち？」

同僚のアンドレセンがガムを嚙みながら、駐車場係りの黒人の肩をつかんだ。

「ベッピンさんだからって、このアニタ・キャラハン刑事を甘く見ると痛い目にあうぞ。アニタは、カラテのブラックベルトなんだ。おまえさんの鼻っ柱を折るくらい造作もないことなんだよ」

黒人は肩の痛みに呻いて、目をしばたいた。アニタは、アンドレセンのそうしたやり方が好きではなかった。だが、礼儀正しい訊きこみでは、ほとんどの場合、何も得られないことも確かだ。だから黙っていた。

「すんません、旦那。勘弁して下さい。本当は、このちょい先のキャメロットて店でひと休みしてたんですよ。客はあのリムジンだけですし、中には運転手が乗ってたんで、ちょいと外しても、問題はないだろうと思いまして」

「キャメロット？」

「ピーピングシアターさ」

アニタの問いに、黒人の肩から手を離したアンドレセンが答えた。肩をすくめて見せ、その場をはなれる。

「どうやら見ていない、というのは本当のようね」

車に向かって歩き出すとアニタはいった。

「ああ。目撃者は、例によって、なしときた。こうなりゃ被害者の方から割り出す他はない」

「ヴォルフ・シュパングラー。亡命したボルジエ独裁者のお供か……」

「その独裁者とやらも、てんで非協力的と来たもんだ」

「政治絡みかしら」

車に乗りこむと、ブロンドをかきあげてアニタはつぶやいた。アニタ・キャラハン2

級刑事、ロス市警殺人課勤務。夫のデイブがゲットーのチンピラに撃たれて殉職したとき は、内勤の制服巡査だった。夫の埋葬が終わるとすぐ、アニタは本部長のもとに出向き、刑事課への転属願いを出した。3級刑事に昇格したのが半年後。

2年前から殺人課に勤務している。ほんの2カ月前、誘拐暴行殺人犯を捕える囮捜査の成功で、2級刑事に昇進した。殺人犯は、逮捕の際に、アニタに撃たれた傷がいえず、まだ病院だ。出てくれば終身刑が待っている。

「もしそうなら、F・B・Iのお偉方がさっさと事件をさらっている筈だ。第一、暗殺者が喉笛を食いちぎるなんてことをするかね」

「わからないわ」

アニタは肩をすくめた。コボの残虐政治は、亡命当初、いくつかのテレビや新聞が問題にした。尤も、それはたいして時間のたたないうちにたち消えになったが。

「アフリカから連中に恨みを持っている奴が、ライオンを連れて追っかけてきたかな」

「入国管理局を洗ってみましょう」

「おいおい、本気かい？」

アンドレセンは驚いたように言った。

「本気よ。次に食い殺されるのは、あなたの子供かもしれないじゃない」

アニタはいって覆面パトカーのイグニションを回した。

「ぞっとしないな」

アンドレセンは首を振り、アニタの30代とは思えない美しい横顔に見とれた。

「45口径とライオンの取り合わせじゃ、俺たちよりもSWATの仕事だよ」

10　ニューマン

「見事だった。ほめられたからといって、不快になったり、後悔をする必要はない。ヴォルフのみならず、ボディガードも運転手も、どうしようもない人間の屑のような男たちだ。他人に暴力をふるうことでしか、今まで生きてこれなかった連中だよ」

早朝のヒルクレスト・カントリークラブのドライブウェイをゆっくりと歩きながら、ニューマンはいった。

「ただし、今後は君も狙われる側に立つことを忘れぬようにすべきだな」

「覚悟はしてるわ」

邑子は、帽子のつばでうつむいた顔を被いながら答えた。

「警察のみならず、コボの側も、誰の仕業かをつきとめようと、躍起になる筈だ。おそらく疑いをかけただけで、コボの方は消しにかかってくるだろう。用心したまえ」

「ええ」

「ヴォルフの片腕だった男で、スンという名のベトナム人がいる。ナイフや銃の扱いに長けた殺し屋だ。秘密警察の銃殺隊の隊長をつとめていた。コボの側近は皆、いろいろな国の人間のよせ集めだが、ひとつだけ共通している点がある。それは、人間の命を奪うことなど、露ほども気にしないということだ」

「わたしもそうなるわ。目的を遂げるまではね」

「できるかな」

邑子は立ち止まった。先をいきかけたニューマンがふりかえって邑子の顔を見つめた。

「できなければ、目的を遂げる前に、わたしは死ぬ。ちがう？」

「その通りだ」

「わたしは死なない。コボが死ぬまでは」

ニューマンはゆっくりと頷（うなず）いた。そして邑子を促した。

「来たまえ。君に役立つプレゼントが幾つかある。その使い方を教えよう」

11　スン

黒いZは、カリフォルニアの太陽を反射しながら、すべるようにハイウェイを走っていた。

「あの女がそうだというのか」

スンは、自分たちの乗る車を追いこし、80マイルのスピードで遠ざかるZを見送りながら言った。

「そうだ。名前は、ユウコ・ヒウラ。ロックシンガーだ。ラリー・エバンズというジャーナリストの恋人だった」

ヒラリーがチェーンスモークした煙草を灰皿に押しつけ、ハンドルに手を戻しながら答えた。

「エバンズ？」

スンの浅黒い顔に、わずかに驚きの表情が走った。

「納得したか。それにあの日本人の女は自宅で豹を飼っているらしい」

「女か」

スンはつぶやいた。

「そうだ。あんたらの長官が行きつけにしていたSMクラブの人間が、事件の前の晩に、店で、日本人の上玉を見かけていたんだ。そいつがコナをかけると、あっさりふったというんだよ。おかしな話じゃないか。ＳＭクラブに出入りするような娼婦が、声をかけてきた客をソデにするなんて、な」

スンは無言で体をねじり、バックシートからいつも持ち歩いているアタッシェケースをひきよせた。

「あの女のＺに追いつくんだ」

言葉少なに命令する。

「何をやる気なんだ？」

「将軍は常に結果でのみ評価を下される。あの女を殺すんだ」

「おい、まだまっ昼間だ、いくら何でも――」

ヒラリーは身を硬くした。スンがアタッシェケースからとりだしたウジをわき腹につきつけていたのだ。

「急げ」

ヒラリーは舌打ちをした。アクセルを踏みこむ。スンは加速した車の、フィルムコートされたサイドウインドウをおろし、獲物を見つけにかかった。


目の前のタンクローリーが道を譲らず、60マイルにスピードを落としたとき、邑子はサイドミラーの中を近づく、ブルーの車に気づいた。かなりのスピードで左側の車線を走ってくる。

あの車を先に行かせてから、左の追いこし車線に入ろう――邑子は決めて、ミラーを注視した。

ブルーの車は100マイル近いスピードを出していた。ぐんぐんと近づいてきて、やがて邑子のZと並んだ。

邑子は左のウインカーを出した。

ところが、ブルーの車は突然スピードを落とし、Zと並走し始めた。

どういうつもりなのか、邑子が真横を見たときだった。ブルーの車のガラス窓がおり、黒い銃身が姿を現わした。

とっさに邑子はブレーキを踏んだ。ウジ短機関銃が吐き出す、9㎜バラベム弾がノーズをかすめた。

怒り狂ったような警笛が背後から聞こえた。巨大なコンテナトラックが煙を吐きながら、のしかかるように迫っている。どうやら運転手は、左前の車からの銃撃に気づかず、邑子の急ブレーキに激怒しているらしい。

邑子はZのスピードを上げた。待ちかまえたように、ブルーの車が並んでくる。

再びウジが発射された。Zの横腹にミシン目のような弾痕（だんこん）が並ぶ。

前はタンクローリー、うしろはコンテナ、ま横にブルーの車で、逃れる道はない。邑子の視界の隅で、東洋人の無気味な男が、ウジの弾倉を交換する姿が垣間見えた。

邑子は歯をくいしばり、タイトスカートをたくしあげた。右足でアクセルを踏みこみながら、左足でステアリングを支える。後部シートに右手をのばした。

再び一速射を受け、邑子のくいしばった歯の間から悲鳴がもれた。弾丸が後部シートのサイドウインドウを射抜いていったのだ。

のばした右手に硬いものが触れた。

今では東洋人の狙撃者（そげきしゃ）は車から体をのり出していた。風圧でめくれあがった唇から、牙（きば）のように歯をむきだしている。

邑子は右手に触れたものをひきよせた。

狙撃者がウジを構える。邑子の右足がアクセルペダルからブレーキペダルに移った。フロントノーズに9㎜弾がつき刺さり、ボンネットカバーから淡い黒煙がもれだした。再び邑子の右足がアクセルペダルに戻った。Zは甲高い唸りを上げて、今度は自ら、狙撃者の車に接近した。

邑子は自由な両手で、後部シートからひきよせたものを構えた。左側のサイドウインドウをおろす。

歯をむいて待ちかまえていた東洋人の表情が変わった。いきなりポンプアクションのショットガンの銃口と顔をつきあわせていたのだ。

邑子の左手がスライドを前後させ、10番ゲージのマグナムショットシェルを薬室に送りこんだ。

東洋人が運転席をふり返り、大きな叫び声をあげる。邑子はショットガンのトリガーをひいた。

強烈な反動が右肩にきて、ショットガンの銃身がはね上がった。ブルーの車のフロントグラスが粉々に弾け飛ぶ。内側に東洋人が倒れこみ、衝撃で運転手がハンドルを切りそこねた。

ブルーの車は大きく道をそれ、中央分離帯に激突すると、空中に浮かんだ。そのまま一回転して、逆さまに分離帯に落下する。

あっという間だった。ペシャンコになったブルーの車をバックミラーで見とどけ、邑子はショットガンをおろした。

後方を走っていた何台もの車が急ブレーキを踏み、降りたったドライバーが、駆けよっていく。

邑子は大きく息を吐いて、サイドウインドウを上げた。

なぜだかはわからないが、恐怖も吐きけも自分に襲いかかってはこない。突然撃たれたというのに、冷静に対処した自分を、邑子は軽い驚きの気持で見つめた。

どうやら、心よりも体が戦闘に対応しているようだ。

そう、これは戦争なのだ。

邑子はルームミラーを見つめ、自分にいいきかせた。戦争は、わたしとコボの、どちらかが死ぬまでは、決して終わらない。

12　邑　子

鏡に映る自分の唇に、邑子はゆっくりと濃いめのルージュをひいた。

プールサイドのパーティ会場からは、邑子の出現を待ちきれないかのように、賑(にぎ)やかな叫びや笑い声が聞こえる。

コンサートツアーを再開するよう勧めたのはニューマンだった。じっと家に閉じこもっているよりも、パーティに出席しろ、なるべく出歩き、人目につき、普通の人間らしく、ロックシンガーのユウコ・ヒウラらしく行動すべきだ——そうニューマンは言ったのだ。

そして、コンサートツアーを再開する決心を表明した邑子のために、今日、プロダクションやレコード会社、エージェントが、再開を祝すパーティを開いた。

この席で、邑子は半年ぶりにマイクを握り、歌うのだ。明日から、もう一度ロスを皮きりにしたツアーが始まる。

誰もが、邑子を、悲しみのどん底から立ちあがったロック・クイーンとして迎えるだろう。

「そしてそれは損ではない。君が注目され、人目を惹けば惹くほど、コボの殺し屋どもや警察は、君に手出しをしづらくなるのだ」

ニューマンの言葉だった。

邑子は鏡の中の自分を見返した。ラリーが死んで以来、これほど完璧にメイクをし、ドレスアップしたことはなかった。今日から再び、ロックシンガー・ユウコが復活する。

左手にマイクを握り、右手に銃を持って。

パーティ会場に邑子が現われると、詰めかけたマスコミの取材陣、関係者から拍手が沸き起こった。

マイクを手渡され、特設のステージに立つ。

「今晩は、皆さん。わたしはまず皆さんに感謝の言葉をのべなければなりません。それは、皆さんがまだ、わたしを忘れずに覚えていてくださって、こうして励ますためのパーティまで開いてくださったことへの感謝です。

悲しいできごとのため沈んでいたユウコ・ヒウラは、ついさっき息をひきとりました。今、皆さんの前に立っているユウコは、新しく生まれ変わったユウコです……」

スピーチの途中から、チョッパーベースとドラムスがイントロを刻み始めた。そして、それを聞いた途端、邑子の全身に熱い血が流れ始めた。

ギターが激しいテンポでからみ、邑子はスピーチの終了とともに、ボーカルをスタートさせた。パーティ会場に詰めかけた人々が、リズムにのっているのがわかる。

死んではいなかった——邑子は歌いながら思った。悲しみの闇の中から、たったひとりの戦争をここまで生きのびながらも、ロックシンガー、ユウコ・ヒウラは死んではいなかったのだ。

最高潮に近づくにつれ、邑子の体はステージの上を動き始めた。たとえドレスアップしていても、歌うのはロックだ。

観客も、今では体を揺らしている。激しく身をよじり、大きく体をくねらせて、邑子は歌った。

シャウトすると同時に、大きな拍手が沸いた。カメラのフラッシュがたかれ、音楽番組のリポーターがテレビカメラに向かって、興奮したように語りかけ始める。

邑子はゆっくりとステージを降りた。シャンペンが抜かれ、お祝いの言葉をのべるために人々が集まってくる。グラスを受けとり、邑子は満面の笑みで、そうした人々に答えた。

そんな中で、自分を見つめ、会場の隅からまっすぐに近づいてくる金髪の女性に邑子は気づいた。

美しく、意志の強そうな顔をしている。どこかで会ったことがあるだろうか。見覚えはない。これだけの美人なら、決して忘れない筈だ。

金髪の女は、邑子の正面に立つとグラスをかかげた。

「おめでとう、ミス・ユウコ。素晴らしい歌だったわ。わたしは、ずっとあなたのファンだったのよ」

「ありがとう。あなたは――？」

「アニタ・キャラハン。ロス市警殺人課の刑事です」

「警察？」

「8日前、ダウンタウンで起きた殺人事件を調べているの。被害者は、ボルジエからの亡命者、ヴォルフ・シュパングラーとその運転手にボディガード」

「ボルジエから」

「そう。こんなときにつらい話を持ち出して申しわけないと思うけれど、あなたの恋人だったラリー・エバンズが、スパイ容疑で死刑を受けた国よ」

「覚えているわ」

邑子は淡々と頷（うなず）いてみせた。

「ラリーと一緒に、ラリーの息子で10歳だったダニエルも殺されたわ」

アニタは、はっとしたように息を吸いこんだ。

「そんな、子供まで？」

「ええ。ラリーを救おうとコボ将軍に打ってかかり、絞め殺されたの」

「なんてひどい……」

「わたしが半年間、ツアーを再開できなかった理由をおわかりになっていただけたかしら」

邑子はまっすぐアニタを見つめた。アニタの目に痛みが浮かんでいた。

「ひどい思いをしたのね」

「そう。地獄よ」

「今でも？」

「今でも」

アニタは息を吐いた。

「8日前の晩、あなたはどこにいました？　真夜中近く」

「家にいたわ」

「ひとりで？」

「ファイアと一緒。ファイアは、わたしが飼っている豹(ひょう)なの」

「豹……」

アニタはくり返すと、邑子を見つめた。邑子の顔に動揺の色はない。

「それでは、もうひとつ。2日前、ハイウェイを走っている車同士の間で銃撃戦があったの。一台は黒いスポーツカーでもう一台はブルーのセダン。ブルーのセダンにはふたりの男が乗っていたけど、横転して、乗っていたふたりは車をおいたまま行方不明になっているわ。心あたりある？」

「いいえ、まったく」

「そう……」

「他には？」

邑子は落ちつきはらって訊ねた。

アニタは首をふった。

「いいえ、それだけよ。どうもありがとう」

「どういたしまして。楽しんでいってください」

邑子はそう告げると、アニタの前を離れた。背中を向けても、アニタがこちらをじっと見つめているのがわかった。

ハイウェイで襲われたときと同じで、邑子は不思議に落ちついていた。こうなることはわかっていたのだ。

た。

「ユウコ！」

不意に呼びかけられ、邑子は振りむいた。アニタがBGMに負けない大声で問いかけ

「あなたの車の種類を訊くのを忘れていたわ！」

「黒のZよ！」

邑子は叫び返した。アニタの表情が厳しくなる。邑子はつづけて叫んだ。

「ただし今はオーバーホールにだしてあるけれど」

呆然としているアニタに笑いかけ、邑子はその場を離れた。

13 邑子——アニタ

三度目のアンコールを求める拍手と足踏みが楽屋全体を震わせていた。ロスアンゼルス公演は大成功だった。

汗だくになって楽屋に戻った邑子は鍵をかけ、銀色のコスチュームを脱ぎすてた。今ならば楽屋の裏口を抜けて外へでても、誰にも見とがめられる心配はない。

邑子はリハーサルのときから楽屋の隅においてあった大型トランクを開いた。ぴったりと体にフィットし、それでいて熱を逃さない革のスーツが現われる。ステージの設営から、リハーサルの打ち合わせ、リハーサル、本番を通しての間、ずっとこのトランク

は楽屋におきっぱなしにされていた。錠前はおりていたが、その中に入っている品を想像しえた人間はいなかったろう。

　邑子は革のスーツを体につけ、トランクの奥に手を入れた。ショルダーホルスターに入ったデトニクス45、予備マガジン、破砕手榴弾（しゅりゅうだん）、M16A1アサルトライフル、M72A2バズーカが次々と楽屋のフロアに並んだ。

　今では、どれについても、目を閉じていても扱えるだけの知識があった。

　ウォーキーに次のステージで歌う予定のカセットをはめこみ、ヘッドフォンをあてる。自分の歌に合わせ、邑子の手はてきぱきと武器と弾薬のチェックを始めた。

　M72A2はファイバーグラス製の折り畳み式で、内筒を外筒からひき出すことによってサイトが立ち上がる仕組みになっている。わずか2キロに満たない重量ながら300㎜の貫徹力があり、戦車をも一発で仕止める破壊力を持っている。

　M16A1は米軍の制式ライフルで口径5.56㎜、フルオートマティックで1分間に700〜800の発射速度がある。30発入るマガジンは装塡（そうてん）済みだ。1本を銃にさしこみ、一本を予備に持つ。

　デトニクス45の装弾も確認する。1発目を送り込み、ハーフコックでセフティをかけるとホルスターに固定した。予備マガジン2本はホルスターの所定位置にさしこむ。

　すべての準備が整ったことを確かめ、邑子は重い息を吐いた。

　マリーナ・デル・レイ。午前零時。

コボの手下たちが邑子を仕止めに罠をはりめぐらせているにちがいない。

ニューマンが、ハイウェイで邑子を襲った人間をつきとめた。スンと、元刑事のヒラリーという男だった。

「ヒラリーにうまく接触して、奴らをおびき出そう。私から情報を流す。君は罠をはって奴らを叩きつぶせるかね？」

ニューマンは訊ねたのだった。邑子の胸の炎は、いささかも火勢に衰えを見せていなかった。

「もし待っていれば、誰かが裁いてくれる、というのなら、わたしは待ったわ。でも、誰もそうはしない。ちがう？　ニューマン」

ニューマンは頷いた。

「君はやるだろう。彼らは女だと思って君を見くびるかもしれん。君の胸にある炎が、地獄の業火だということを知らないからな」

邑子は手首にはめた夜光時計をのぞいた。午後9時20分。

戦いが再び始まったのだ。


Zは夜を切り裂くように走っていた。ニューマンがスンたちをおびきだすのは、マリーナ・デル・レイでもヨットハーバーの外れにある倉庫街だった。スンは、あるいはそれを罠と見抜くかもしれない。だが邑子を処刑する絶好のチャンスとして、殺し屋を大挙ひきつれて乗りこんでくるにちがいなかった。

堤防からのびた一本道で、その倉庫街はヨットハーバーとつながっていた。倉庫街に進入する車は、その道を使わざるを得ないのだ。

邑子は倉庫街をZで一周すると、巻きぞえになりそうな人間、先回りしている狙撃者がいないことを確かめた。それから入路からは死角になる、プレハブの事務所の陰にZを止めた。

ルームランプを点し、手鏡で自分の顔を映す。ステージの汗ではげてしまったメイクを、邑子はゆっくりと塗り直した。


アニタは車の中から、黒のZがコンサート会場の裏口をすべりだすのを見つめていた。巨大なトランクを抱えZに乗りこんだ邑子は、アニタが今まで見たこともない黒い革のコスチュームにコートを羽織っていた。ぞっとするほど冷ややかで美しい横顔だ。

自分の勘はまちがっていなかった。

アニタはZのバックランプを見すえながら、車のイグニションキイを回した。パーティで会ったときに、犯人は邑子だと確信していた。

それは、さほど難しいことではなかった。

邑子自身が認めた通り、邑子の胸のほんのすぐ内側には地獄があったのだ。

同じ女として、それがなにゆえであるか、アニタにはすぐに察しがついた。ただ性が同じであるだけではない。アニタ自身もまた、愛する者の命を奪われた経験があったからだ。

もし夫のディブを殺したチンピラがその場で別の警官に逮捕されていなければ、アニタは捜しだし、射殺したにちがいない。

コボが邑子の恋人とその息子にしたことを知ったとき、なぜアメリカ政府がコボの亡命を受け入れたのか、アニタには信じがたい思いがしたものだ。そして、捜査を進めるうちに、邑子が同じ思いを抱いて、あちこちを歩き回ったことを知った。

その結果、誰も邑子の苦しみや怒りを和らげる手段を持ちえなかったことがわかった。コボは政府によって不可触(アンタッチャブル)の存在にされたのだ。そしてそのことこそが邑子を、氷の女から炎の女へと変えたのだ。

自分は邑子を逮捕できるだろうか――アニタはZを尾行しながら自問していた。この数日間、邑子をぴったりとマークし、尾行していることは、パートナーのアンドレセンすら知らない。なぜだかはわからないが、パーティのあと、アニタは邑子に抱いた自分の印象をアンドレセンに告げずにいたのだ。

あのときアンドレセンがパーティ会場の外にとめた車で待たず、一緒に訊問(じんもん)していれば事態はまったくちがったものになったかもしれない。

邑子がどこへ向かい、何をしようとしているか、むろんのことアニタは知らなかった。だがZに乗りこむときの横顔から、邑子が再び人を殺すつもりでいることだけはわかっていた。

自分はそれを止められるのか。邑子が愛する者の仇をうったとき、殺人犯として捕え、手錠をかけることができるだろうか。

答は、邑子が目的地に着くまでには出そうになかった。

ヘッドライトの光芒が海面に広がった。邑子は倉庫街の入路を進んでくる2台の車を見つめた。

甘い潮の香りが車内に満ちている。2台はゆっくりと、スピードを落としながら、倉庫街に進入してきた。

Zから最も遠い水銀灯の下を先頭の車が通過したとき、助手席にスンの姿が見えた。運転しているのはヒラリーだろう。

2台目には、3人の、戦闘服をつけた男たちが乗っていた。

11時だった。スンたちも待ち伏せの罠を張りにやって来たのだ。邑子は闇の中で微笑を浮かべた。

間もなく彼らは、地獄がより早く待ちうけていたことを知る。

2台は倉庫街の中心をぐるりと回るようにして停止した。Zはまだ彼らの位置からは見えない。

邑子はサイドウィンドウをおろし、Tバールーフを開いた。潮風が車の中を吹きぬける。

エンジンをかけると、ライトをビームにしアクセルを思いきり踏みこんだ。

甲高いスキッド音をたて、Zは蹴飛ばされたように発進した。2台の車の間を狙ってつっこむ。

車から降りかけていた男たちが泡をくったように身を投げた。ハイビームの目つぶしをくらい、銃を手にしたものの、狙いが定まらない。

Zは2台目の運転席のドアをはねとばして、車の間を走りぬけた。堤防の突端まで一気につっ走る。

あと数メートルで海面に飛びこむ、というところまで来て邑子は速度計を見ながらフルブレーキを踏んだ。重いハンドルを切り、サイドブレーキを力いっぱいつかみあげる。ロックされた後輪のせいでZが車体を大きくふった。同時にサイドブレーキをゆるめ、ハンドルを戻す。

Zはくるりと半回転し、堤防の入口に車首を向けて止まった。500ヤードほど先の堤防の入口を1台の車が猛然とつっこんでくるのが見えた。追いすがってきたのだ。

邑子は落ちついてM72A2をつかみあげた。Tバールーフから上半身を車外に出すと、M72A2を開く。

カシャッという音とともにサイトが起きあがった。右肩の上にM72A2を固定し、突進してくるヘッドライトにサイトを合わせた。

あと200ヤード。

邑子の指がトリガーにかかった。150ヤード、100ヤード――トリガーを絞った。筒先が上に持ちあがる反動とともに、対戦車ロケット弾が発射された。

堤防の細い道の上では、運転者は、自分に向けられたバズーカを知っても、左右の海の他は逃げ場がなかった。

轟然たる爆発音とともに車は吹きとんだ。炎をひく破片が邑子の耳もとをかすめる。

空になったM72A2を後部席に投げこみ、邑子はZから降りたった。

吹きとんだ車のあとを追ってきた車が炎の向こうで急停止し、バックし始めるのが見えた。M16A1を備え、そのフロントグラスにフルオートの速射を叩きこむ。

あっという間にフロントグラスはクモの巣状に砕けた。それでも止まらず、車は倉庫街までバックすると、中から男たちが転がり出た。スンとヒラリーだ。

邑子は走り出した。スンがふり向きながら銃を構えるのが見えた。

乾いた銃声とともに、弾丸が耳もとをかすめた。燃えさかる車のかたわらを走りすぎ、腰だめにしたM16を撃った。

スンとヒラリーはふた手に別れ、倉庫街の中へ走りこんだ。邑子はあとを追った。

ヨットハーバーの入口に止めた車から、爆発音を聞き、アニタはハンドバッグをひきよせた。

Zのあとしばらくして2台の車が倉庫街に入っていくのを、アニタは見ていた。2台目には戦闘服を着た男たちが乗っていた。

優秀な警察官ならば、すぐに応援を呼ぶべきだったろう。アニタ・キャラハンは、ロス市警殺人課でも指折りの刑事だった。ハンドバッグから38口径のS&Wを取りだす。

アニタはダッシュボードの下につけた無線器を見つめた。そのとき決心がついた。

アニタ・キャラハンは、女だった。車を降り、ひとりで倉庫街へ向かった。

アニタにとって一番の不安は、邑子が殺されることだった。従って銃声を聞いたとき、まだ戦闘が終結していないことを知り、緊張すると同時に、安堵した。

倉庫街に入って最初に目についたのは、堤防の上で燃えている車だった。入口のところには乗り捨てられたもう1台の車がある。

アニタは用心深く進んだ。プレハブの事務所まで来ると、腰をおとし姿勢を低くする。そのとき乗り捨てられた車の向こう側に邑子を見つけた。アニタは事務所をはさんだ反対側の方向にM16の銃口を向けている。

そこから銃声が響き、邑子がさっと伏せた。たてつづけに弾丸が浴びせられる。

この事務所を回りこめば、邑子を撃っている男の背後に出られる筈だ――アニタは素早く計算した。邑子がM16をもたげ連射した。プレハブの壁がこっぱみじんに吹っ飛ぶ。

アニタはそろそろと壁を回りこんだ。海面とのせまいすき間を進み、事務所の反対側をめざした。

まず見えたのは、茶のブルゾンを着けた小柄な東洋人の後ろ姿だった。右手にパイソン357マグナムを握っている。その肩ごしに、邑子が盾にしている車が見えた。

アニタは東洋人の背中にS&Wの銃口をすえた。

邑子が車の陰から頭を出した瞬間、

「動く(フリーズ)な！　警察だ！」

と叫んだ。東洋人は予想もしていなかった背後からの声に、文字通り凍りついた。

そのときだった。邑子の背後側にあたる倉庫の陰から拳銃を手にしたもうひとりの男が邑子に狙いをつけるのを、アニタは見た。

「危い！」

アニタは叫んで、S&Wをその男めがけて発射した。男が足を撃ち抜かれて転げるのと、東洋人が振り向いてアニタを撃つのが同時だった。

邑子は、357マグナムの衝撃でアニタが後方に叩きつけられるのを見た。立ちあがり、M16を肩に構えた。向き直ったスンの胸がサイトの中にあった。トリガーを絞る。セミオートで吐き出された5.56㎜弾がスンの胸にふたつの拳(こぶし)大の穴をうがった。

振り返るとヒラリーが足をひきずって倉庫の陰に逃げこもうとしていた。邑子に向けて拳銃を乱射する。邑子はセレクタリーをフルオートに切りかえ、トリガーをひいた。マガジンが空になるまで、ヒラリーの体は踊りつづけた。

邑子はゆっくりとM16をおろし、仰向けに倒れたアニタに歩みよった。胸に真っ赤な染みが広がり、口からも血が溢(あふ)れている。

アニタが目を瞠(みひら)き、邑子を見つめた。邑子はひざまずいた。

アニタの唇が震えた。

「どうして助けたの?」

邑子は囁(ささや)くように訊(たず)ねた。自分を助けようとさえしなければ、撃たれずにすんだのだ。人殺しと人殺しの争いならば、放っておけばよかったのだ。

「どうして?」

邑子は囁いた。アニタの唇に微笑(ほほえ)みが浮かんだ。

「あなたの歌が……好きだった、からよ」

アニタが手を差しのべた。邑子は握りしめた。アニタの笑みが大きくなり、瞳(ひとみ)が光を失った。唇の震えも止まる。

邑子はそっと息を吐きだした。アニタの瞼(まぶた)を閉じてやり、立ちあがった。

右肩が痛んだ。ヒラリーの弾丸がかすったのだ。数歩あるきかけ、邑子は振り返った。

アニタの微笑みは消えていなかった。微笑んだまま、息絶えたのだ。

その姿が、不意に涙でぼやけた。

14 ニューマン

「彼女は後悔しなかったろう。女として、戦士として、正しい戦いに参加したのだから」

　ニューマンはきっぱりといった。今日もサングラスを外そうとしない。

「あなたもそうなの？」

　邑子は無表情に問い返した。マリーナ・デル・レイの戦いは、戦略的には失敗だった。コボの腹心の部下を皆殺しにはした。だが無関係であった筈の刑事を死に至らしめ、戦慄したコボは街を離れてしまった。

「私の条件は変わらない。君が目的を遂げたとき、報酬を要求する」

「お好きなように」

　邑子は冷ややかな笑みを浮かべた。コボの命さえ奪うことができれば、邑子には惜しいものなど何もなかった。肉体も、心も。

「コボは、今、モロカイにいる。ハワイ諸島の小さな島だ。ハネムーンを過ごすカップルくらいしか訪れぬようなところだ。そこで空港を部下に監視させ、万全の保安態勢をとっている。奴は怯えているんだ」

「ハワイね」

「君は一度、日本に帰るといい。モロカイへは、オアフを経由した日本の観光客やアベックがたくさんやってくる。それにまぎれこむのだ。ただし――」

ニューマンは淡々と言った。

「君は銃器の類いは一切、身につけていくことはできない。日本の官憲のそうした武器に対するチェックの厳しさは、君もよく知っている筈だ」

「わかっているわ」

邑子は頷いた。

「それでも君はひとりで目的を遂げなければならない。可能かね、それとも不可能かね？」

邑子はサングラスの奥にあるニューマンの目を見つめ返し、ひと言だけ告げた。

「可能よ」

15

コボ――邑子

澄んだ水面に鮮やかなビキニが溶けこむと、白い光が煌めいた。

女はのびやかに水を切り、蹴っている。大胆な魅力に溢れている。

プールを泳ぎ渡ると、濡れた髪をかきあげ、思いきりよく背中をそらす。

見事な胸とひきしまったウエスト、そしてつきあがったヒップが、めりはりのきいた曲線美を描いた。

プールサイドにあがった女が、タオルで髪の水けをふきとり、飛びこみ台の上に、うつぶせに横たわるのを、コボはじっと見つめた。

女の手がうしろに回り、ビキニの上のトップの留め金を外す。一瞬だが、弾力のあるふくらみが、飛びこみ台の板に押しつけられる瞬間を、コボは見届けた。

目を屋敷の内部に転ずる。いかつい男たちが、汗で濡れねずみになりながら立っている。

閉じこもることに、コボは飽き飽きしていた。ヴォルフやスンは愚かな死をとげた。犯人が誰であろうと、ここは何千マイルと離れた場所だ。

用心はしている。ヴォルフやスンに代って〝補給〟した男たちが、毎日、空港に降りたつ人間を監視しているのだ。死んだヒラリーという名の元刑事は、一連の犯人を、あのアメリカ人ジャーナリストの恋人だった女だと告げていた。

馬鹿者めが。女にあれだけの戦闘がおこなえる筈はない。おそらく腕のたつ傭兵でもやといいれたにちがいないのだ。アメリカは、金さえ出せば、どんなものでも手に入るところなのだ。どんなものでも。

コボは荒々しく息を吐いた。彼は今、自分の欲望を満たす女に飢えていた。

その朝、コボの顔を初めて、間近に見た。ガラス玉のような目、つぶれた鼻、残忍そうな口もと。

邑子は体が知らず震えるのを感じた。恐怖ではない。早く、一刻も早く、あの男のより近くに辿(たど)りつきたかった。

あせるのは禁物だとわかっていても、炎は灰と化す敵を求めて燃えさかっている。

最後の、そして最大の敵。ラリーとダニーを殺した男。

コボは、邑子がモロカイについて3日目、ようやく厳重な警戒をしいた屋敷から出てきた。ボディガードたちに身を守られ、クルーザーに乗りこむ。

邑子は屋敷のすぐ近くに建つホテルに泊まっていた。中庭にあるプールからは、垣根をへだて、コボの屋敷が手にとるように見える。屋敷の庭に出たコボの目が、プールで泳ぐ自分の姿をとらえられるよう、たっぷりと時間をかけた。

そして4日目の早朝、クルーたちが、コボのクルーザーをひきだすのを見て、邑子は大急ぎで浜に出、コボを見たのだ。

コボの目がクルーザーのデッキの上から、自分に注がれているのを邑子は感じていた。

今までは、その視線に気づかぬふりをしてきた。だが、今朝はちがった。

邑子は浜辺を歩きながら、髪をかきあげ、コボの目をはっきりと見返した。無表情なその瞳に微笑みを映してやる。

コボの顔に変化はおきなかった。だがクルーのひとりを手招きし、邑子から視線を外さぬまま、何事かを囁いた。

邑子は罠の手応えを感じた。

「ミスター・コボが、クルージングのあと昼食に御招待したいとおっしゃっておられます」

屋敷からやって来た使者はそう告げた。

「光栄です。でもわたし、ちゃんとした洋服を持ってきていないので」

邑子はたどたどしい英語でいってのけた。

「結構です。ミスター・コボは堅苦しいことをお好みになりません。どうか水着のまま、おこし下さい」

「わかりました。喜んで、御招待をお受けします」

使者はそう告げた。

コボは彼女の手をひきよせた。指輪の跡はない。東洋人の女と肌を合わすのは初めてだった。日本から来たモデルだというこの女は、屋敷の雰囲気と豪華な昼食に、うっとりと酔っているように見える。

「気にいったか」

女は答えず、笑みを浮かべた。

「来るがいい」

コボはプールサイドを離れ、屋敷の中に入った。女が水着の他に何ひとつ身につけていないことはわかっている。

女をソファにすわらせ、コボは棚の上の宝石箱をとりあげた。金、プラチナ、サファイア、パール、ダイアモンド、瑪瑙……、女がはっと息を呑むのがわかる。

「水着の代わりにこれを身につけてみろ」

女は目をしばたかせながら宝石をとりあげた。ボルジエで、奪い、貯えてきたものの、ほんの一部だ。

「ここで？」

女はためらったようにいった。

「ここでだ」

コボはくり返した。束の間、女は迷ったようだ。だがこれだけの宝石を身につけてみたいという欲望が勝った。

女は全裸になり、ソファに横たわった体を宝石で被った。コボは欲望が身を熱くするのを感じた。

のしかかろうとすると、女が囁いた。

「ここでは嫌。ベッドルームで」

コボは女の体を抱えあげた。羽のように軽い女だ。見ていろ、すぐに泣き、のたうちまわらせてやる。

ボディガードを屋外に追い払い、コボは女をベッドルームへ運んだ。力は、張り裂けそうなほど、猛り狂っている。

女はベッドにおろされると、くるりと体を回転させた。両腕を折り畳み、じらすような含み笑いをする。

コボは息苦しくなるほどの欲望にとらえられていた。つかまえようとすると、するりと手を逃れる。

女はベッドをはさみ、コボを挑発しては、その体に触れさそうとしない。コボの欲望といらだちが臨界点にまで達しようとしたとき、女は自ら、ベッドの上に身を投げた。濡れた瞳でコボを見あげ、唇の間から舌をのぞかせながら、かすれた声でいう。

「来て」

コボが獣のように荒い息をたてのしかかったとき、邑子はその頰に手をすべらせた。ふしくれだった手が、もどかしげに邑子の体をまさぐる。邑子は笑みを浮かべ、あやすように体をくねらせた。

邑子の手が、コボの肩をなでた。爪をたて、なぞるように首へと回る。

「ミスター・コボ……」

甘く囁きかけ、邑子は黒人の首に回した腕に力をこめた。

「なんだ――」

いらだちを露わに大男は邑子の顔を見おろした。荒い息づかいが邑子の頰を打つ。

「わたし、あなたに会うのを夢見てきたわ。ずっと、ずっと……」

「なんだと⁉」

コボは眉根(まゆね)に皺(しわ)をよせた。

「どういうことだ？」

「あなたは、わたしの一番大切なものを奪い、粉々に壊したの。その報いをあなたに受けさせたかった」

「なに⁉」

コボの目が瞠(みひら)かれた。邑子はしなやかな体に隠していた筋肉に全力を注ぎこんだ。うっとコボが呻(うめ)き声をたてた。邑子はその首をひきよせた。

「忘れてはいない筈(はず)よ。ラリー・エバンズとダニエルの親子を殺したことを。彼らは、わたしの愛しい恋人と息子だった。許さない、絶対に。地獄に堕ちるがいい」

「馬鹿な……」

コボの手が自分の首にかかった邑子の腕にのびた。だが鋼(はがね)のように張りつめた筋肉はびくともしなかった。

それは文字通り、力と力の争いだった。片方は生きのびようと全力をふりしぼり、片方は、その命を絶たんと全力をふりしぼっていた。数分の間、ふたりは、ひと言も言葉を発さず、満身の力をこめて闘った。

邑子は片膝(かたひざ)をついた。そして、もう1歩をベッドから踏みだす。歯をくいしばり、腕が震えた。

コボの目は苦しみの中で、信じられぬものを見届けようとしていた。邑子の両足がベッドから降りたち、床を踏みしめたとき、自分の巨大な体が宙に浮いていたのだ。

邑子は、大きく足を開き、さしあげた両手でコボの全体量を支えていた。

コボの唇が震えた。だがすでに言葉にならない。

「あなたが……ダニーを殺したのと、同じ、方法で……あなたを殺す、わ」

くいしばった歯の間から、邑子はとぎれとぎれに宣告した。コボの足が懸命に宙を蹴った。

ひとつの国家を率い、君臨した巨人が、たったひとりの女の手で〝吊る〟されているのだ。地獄の炎は、残忍な独裁者を大きく包みこみ、死の苦痛を味わわせていた。

邑子は胸の中で叫びをあげた。ラリーに、ダニーに聞かせる叫びだった。それは、怒りの、悲しみの、炎の叫びだった。

その長い、長い叫びが胸のうちの思いをすべて吐き出し終えたとき、コボの体から力が抜け、呼吸が止まった。つきだした舌と瞠かれた目を邑子は見上げていた。

突然、全身から力が抜けた。音をたてて、コボの死体は床に転がった。

邑子は、虚ろな目でそれを見おろし、こわばった手で、その瞼を閉じてやった。

30分後、邑子はベッドルームを出た。ソファに落ちていた水着をつけ、プールサイドにいるボディガードたちに告げる。

「ミスター・コボは、少し眠りたいとおっしゃっています。わたしとは、夕食をまた御一緒する約束ですから、一度ホテルに戻って洋服を着がえて参ります」

ボディガードはサングラスの奥から邑子を見つめ頷(うなず)いた。

「6時に迎えに来て下さい」

「承知しました」

邑子は屋敷を出ていった。ゆっくりと。歩いて。

太陽はまだはるかに高い。電話を1本かけ、10分もすれば、空港に小型のセスナが待ちうけている筈だ。それに乗りこみ、オアフへ飛ぶ。オアフからはロスへの直行便が待っている。

邑子はホテルへと海岸線を辿(たど)りながら、一度だけ立ち止まった。

終わった。だがこの気持は何なのだろうか。途方もない虚しさと、哀しみに満ちたこの気持は。

ファイアに会いたかった。

16 ニューマン

その日、ビバリーヒルズ・コムストックの部屋にふたりはいた。初めてニューマンが邑子に協力を申し出た、同じ部屋だ。

ニューマンはソファにかけ、足を組んでいた。サングラスを外してはいない。

「報酬を払うべきときね」

邑子はモロカイでの出来事を話し終え、ベッドルームに消えた。数分後、ニューマンが扉を開くと、ランジェリーだけになった邑子は、ベッドの上に横たわり、天井を虚ろな目で見あげていた。

ニューマンは無言でドアによりかかり、邑子を見つめた。邑子はゆっくりと首をねじり、ニューマンを見た。

「どうしたの？　わたしを抱かないの？」

「その必要はない」

ニューマンは首を振り、サングラスを外した。邑子は初めてその目を見つめた。

ニューマンは深く息を吸い、言葉を口にした。

「君にひとりの男の話をしよう。鉱山技師としてささやかな成功をおさめ、よりその成功を大きくしようと、妻と子を連れて、アフリカ大陸に赴いた男の話だ。

男の妻は、優しく誰にでも愛される美貌の持主だった。いつも男によりそい、陰になり日なたになって夫を助け、家族を支えていた。あるとき、男はボルジエの独裁者からの金の試掘の仕事を請けおった。男の試掘は成功し、喜んだ独裁者は、宮殿でひらかれた晩餐会に、男とその家族を招待した。男にとって不幸だったのは、独裁者がその席で男の妻を見初めてしまったことだ。独裁者は男の妻を我がものにしようと考えた。

翌日、男が仕事から帰ってみると、家にはむごたらしく殺された子供たちの死体がよこたわり、妻の姿はなくなっていた。男は半狂乱で妻を捜し歩いた。そして妻が独裁者に捕われ、自分の生命にも危険が及んでいることを知った。

妻を救いだそうとした男の努力も空しく、妻は独裁者に犯され、悲しみと苦しみにたえかねて自分の命を絶った。それを知った男は命からがらボルジエを逃れ、ある組織に身を投じて、復讐の機会を待った……」

「組織？」

邑子は身を起こした。

「そうだ。広い世界には、なんとしても正義の及ばない犯罪者が幾人もいる。権力と財産をほしいままにし、法の目を欺いている犯罪者がね。この組織は、そうした悪に鉄槌を下すために作られたのだ」

「あなたはその組織の……」

「歯車にすぎない。だがユウコ、君はシンガーとしてだけでなく、ファイターとしても類いまれな才能があることを証明した。我々の組織は優秀なファイターを必要としている」

「わたしが払うべき報酬はどうなるの？」

「貸しにしておこう」

ニューマンは、サングラスを戻した。

「君は成功したロックシンガーとして、全世界のどこへでも赴くことができる。人を酔わせ、感動させる歌唱力を持っている。そして、標的を見つけだし、狙いをさだめ、叩きつぶす破壊力も。我々に、いつかまたその破壊力が必要となるときまで、貸しにしておこう。

それは可能かね？　それとも不可能かね？」

邑子は唇をかみ、ニューマンを見つめた。さまざまな感情が心を駆けめぐっていた。悲しみと怒り。恐怖と孤独。絶望とその果てに燃えあがった紅蓮の炎。

邑子は考え、そしてひとつの答にたどりついた。

「可能よ」

運命を信ずるならば。

再会の街角

新宿に足を向けたのは何年ぶりだろう。以前この街を訪れたときは、失踪した十七歳の高校生の行方をつきとめるのが目的だった。

突然の失踪、と人はいう。私がプロの探偵であった時代を含めると、依頼人や家族、友人の口からいく度となくその言葉を聞いた。

百回？　いや、百回ではきかない。五百回、ことによると千回は聞いているかもしれない。

しかし失踪とは、たいていの場合、突然であるものだ。あらかじめ予告された失踪などはありえない。

いや、失踪を宣言して行方をくらました人間を、捜そうと考え私立探偵を雇う人間などはいない、というべきか。

もし本人が本気になって、誰にもいどころを知られたくないと願い、クレジットカードも使わず銀行の自動支払機にも近づかない生活を心がけ、知人や親戚のひとりもいない土地にいって偽名を使い暮らすなら、その人間によほどの身体的あるいは容貌の特徴がない限り、私立探偵の努力は徒労に終わる。

私立探偵が駆りだされるのは、大半の場合、計画性のない、突発的な感情の爆発がひき金となった失踪である。

失踪者は、いどころをつきとめられる材料をその足跡にたれ流し、信頼するに足ると考えた友人、知人に連絡をとり助力を乞う。あるいは誇らしげにいう。自分は失踪したのだ、と。

失踪人調査とは、常にインタビューだ。初めてその存在を知った人間の人生に踏みこみ、必要最小限のインタビューをして、できればその人間の人生に何の痕跡も残さず立ち去りたいと願う。

痕跡を残さないことはおおよその場合難しくないが、ごくまれに困難を覚えるときがある。

我も人、彼も人。初対面で好悪にかかわらず、強い感情をかきたてられる人物と出会ったときがそうだ。殴りあう、あるいは愛しあう、といった状況にまでは発展しないにせよ、しばらくのあいだは池に投げこまれた石の波紋のような印象を互いの心に残す結果になる。

それが仕事なのだから、波紋を思い出にすべきではない、という人もいる。他人の人生に立ち入り、そして出ていく。そんな仕事を平然と行っているような人間が、仕事の過程で得た感情の起伏を思い出にするのは、職業倫理にもとるというわけだ。

私はその考えには与しない。思いだすことが第三者を傷つけるというのなら、躊躇もしよう。思いだすことと、それを言葉にして誰かに伝えるのは別の問題だ。過剰なストイシズムを抱いた探偵は、通常、長つづきはしないものだ。矛盾しているようだが、忘れるために思いだす、という手順を踏むこともあるのだ。忘れようとしなければ、思いだす必要すらない。そして忘れようとしない探偵は、長つづきしない、そういうことなのだ。

新宿は大きくかわったようにも見えた。おそらくは本質の部分はさほどかわっていないのだろうが、衣裳(いしょう)がやや派手になったというところか。ドレスを着た淑女であった例しはないにせよ、トップとボトムをおおう下着姿だった時代はある。といって今はトップレスだから、次はボトムレスになるとは限らない。流行りのスタイルがたまたまトップレスだというだけの話だ。いずれにしても、流行りを作りだすのはこの街に流れこむ人々で、彼ら彼女らの心の中に存在する欲望は、おそらく私が生まれる前から死んで後に至るまで、本質には何ひとつ変化がない。

もちろん、だからといってすべての盛り場を理解したと考えるのは愚か者だ。盛り場には常に、無秩序と予想外のできごとが存在する。知ったかぶりをしていればひどい目にあうだろう。

私を呼びだしたのは、以前の私と同じ仕事をしていた人物と共通の友人で今は財団法人の理事長となった男だった。彼はあるとき、今は亡くなった彼の妻の素行調査を私に依頼した。私は彼の友人が腕のいい探偵であったことを知っていたので、なぜその友人に頼まないのかを訊(たず)ねた。

理由は単純だった。

「女房とできてるかもしれない」

と彼はいった。

しかしその事実を彼はつきとめたいのではなかった。彼の妻は、彼と知りあう前から薬物中毒であった過去があり、結婚した結果、金と孤独を手に入れた彼女が中毒を再発させたのではないかと疑ったのだ。

結婚して孤独を手に入れるというのは奇妙に聞こえるかもしれないが、結婚を経験している人間には理解ができる筈(はず)だ。

人の姿がまるでない深山幽谷よりも、むしろ都会の雑踏の中でこそ、よるべない孤独感や寂寥(せきりょう)が胸を食むという経験は誰にでもある。同様に、生活の伴侶(はんりょ)となるべき人物を得、しかしすれちがいや失望を感じるとき、ひとり身であったときよりも明確な孤独を見いだすことは間々あるのだ。

調査の結果は彼の憂慮を裏づけるものだった。妻と友人が〝できている〟という証拠はなかったが、彼女が薬物に手をだしているのは明白だった。

彼が私の報告を受け、何をした、あるいはしなかったか、私は知らない。ほどなくして私は彼の妻の死を知った。葬儀にはいかなかった。それは私の決めごとだった。調査の対象となった人間の冠婚葬祭には足を向けない。

彼は、西新宿の高層ビルにある会員制のバーで私を待っていた。背後の窓からはビル群の夜景が広がっていたが、彼はそれには興味を感じていないようすで背を向けていた。

私もそれには同感だった。現在の私の仕事場はわずか八階しか高さがないが、このビルの窓からの眺めよりはるかに人の営みを感じることができる。体温の感じられない光の羅列よりその眺めの方が、私を感傷に誘いこむ。

「太ったな」

開口一番、彼はいった。

「体重はさほどかわってない。前に会ったときに比べて。ただ体型が少し、な。あんたも人のことはいえないだろう」

「爺(じじ)いになることに決めたんだ。体を動かすのはゴルフだけだ。でかい面をして外車を乗り回し、貧乏人を見下す」

シガリロに火をつけ、彼は答えた。

「おもしろいか」

「たいしておもしろかない。いい子でいても、人は同じ目で見るさ。ただそれだけのことだ」

歩みよってきたウェイターに私は焼酎(しょうちゅう)を注文した。一対一の水割り、レモンを絞ってくれ。

「焼酎。焼酎を飲んでいるのか」

「太らないんだ。それに体が楽だ」

「二十年前はバーボンを飲んでいたじゃねえか」

「ああ。それからアイリッシュにかえた。バーボンが流行ったのが気に食わなかったから。その頃、ブランデーを飲んでいるオヤジを見て、あんな腑抜けにだけはなりたくないと思った。だが三十の声を聞いて変節した。今はシングルモルトか焼酎だ」

「長生きしたくなったのか」

「昔から長生きをしたかった。体の限界が縮んだだけさ」

彼は鼻で笑った。

「なんで探偵だった奴ってのは、いいわけをしたがるんだ」

「プライベートのときしか、いいわけするチャンスがない。彼は元気か」

「元気だ。東京に戻る準備を始めてる。カムバックするらしい」

私はつかのま無言だった。

「いってるんだ。金持の依頼人だけを相手にする、とびきりのプロになれって」

「できるかな」

「奴が？」

私は頷いた。

「さあな。俺とちがって爺いになる気はないらしい」

「抗うのが好きなんだ」

私はいった。

「お前はどうなんだ」

「俺もそうさ」

「どうかな。ふんぞりかえるのが楽な商売だろう。先生、先生とおだてられて」

「そんなものは記号だ。商品を生みだせなくなれば、たちまち捨てられる。難しい顔して唸っていれば大事にされるような芸術家とはわけがちがう」

「そんな芸術家が実際にいるのか」

「見たことはない」

彼は笑いだした。

「で、何の用なんだ」

私は訊ねた。

「先生にこんなことを頼むのは心苦しいんだが、届け物をしてもらいたいんだ」

「どこに何を」

彼はシガリロを灰皿に押しつけた。

「歌舞伎町に『オンディーヌ』ってクラブがある。だいぶ前に自殺した荒井ってやくざが女にやらせていた店だ。オーナーは代替わりしたが、ママはかわってない。そのママにこれを届けてくれないか」

彼は足もとにおいてあったアタッシェケースを、組んだ脚の爪先でさした。

「中身は」

「想像通りの代物さ。ただし日本円じゃない」

私は煙草に火をつけ、考えるふりをした。彼はいった。

「メッセンジャーならいくらでもいる。そういいたいだろう。だがこいつはその辺の小僧には頼めないんだ。別にもち逃げされるのが心配なのじゃない。メッセンジャーだと誰も思わない人間に頼みたいんだ」

「監視されているのだな」

彼は頷いた。

「誓っていうが、ママは犯罪にはからんじゃいない。もうちっと複雑な件がひっかかっている。監視している奴は、ママに接触してくる人間を押さえたがっている」

「伝言ゲームの駒か」

「そんなものだ。金は、ママが中国人に渡すことになっている。純粋に商売上の取引だ。ただ記録に残らない両替を俺が頼まれた」

「信じるとするか。いずれにしろ、あんたには借りがある」

私はいった。彼が何を私に頼もうと、命を失う可能性がない限り、断われない。一度だけは。

「貸しなんかあったかな」

私は彼に微笑んだ。

「あんたは知らない、本を読まないのだろ」

彼は合点した。

「なるほど。そういう貸しか」

私は頷いた。

「アタッシェケースをよこしてくれ」


「オンディーヌ」は古い造りのクラブだった。歌舞伎町のつきあたり、ホテル街の入口に近いビルの地下にある。筆記体のネオン看板が階段の入口にあった。

木の扉を押し、私は階段を降りた。赤いカーテンがあって、それをくぐると酒壜をおさめたキャビネットがあった。

「いらっしゃいませ」

地味なグレイのスーツを着た女とタキシードの男がいて異口同音にいった。

「おひとりですか」

私は頷いた。店の奥に向かって赤褐色のカーペットをしいた通路がのびていた。低いピアノの音と人のざわめきが伝わってくる。内装の印象では、できてから十年はたっている。

「お荷物をお預かりします」

スーツの女がアタッシェケースに手をのばした。私は小さく首をふり、それを断わった。

　タキシードの男が通路を先に進み、私を店内へと案内した。通路をくぐり抜けた先のステージでピアノの演奏がおこなわれていた。向こう側には百人以上はすわれるボックス席があって、八割がたが埋まっている。

　ざっと見渡した限り、客はまっとうな人間が中心だった。あからさまに正体がそれとわかる人間はふた組くらいだろうか。といって大声をだしたりしているようすはない。

　私はピアノに近い席に案内された。床に膝(ひざ)をつき、預かりボトルの有無と指名するホステスの名を訊ねた男に、私は吉四六とママを頼んだ。

「かしこまりました」

　アイスペールとミネラルウォーター、グラスのセットが私の前のテーブルに届けられた。私は煙草に火をつけ、さりげなく周囲に目を向けた。

　私の顔に気づいている人間はいそうになかった。わずかに安堵(あんど)し、しかしそれではメッセンジャーの役には立たないのだと思い直した。

「失礼いたします。ミカヨさんです」

　別のウェイターが、ミニのスーツを着けたホステスを私の前に連れてきた。

「いらっしゃいませ」

　小柄で目の大きな娘だった。

私はいった。ミカヨは私の向かいに腰をおろし、

「あら、ボトルがまだなんですね」

といった。

「今にくるだろう。この店は長いの？」

「半年ちょっと。お金を貯めようと思って」

ミカヨは笑った。吉四六の新しい壜が届けられ、私は水割りを手にした。

あたりさわりのないお喋り（しゃべ）をミカヨと五分ほど交した頃、ママが現われた。二十七、八に見える。若い頃はファニーフェイスといわれる顔立ちだったろう。やくざの情婦だったとは考えにくい、育ちのよさげな雰囲気を残していた。

「いらっしゃいませ」

ママはミカヨと入れかわりに私の向かいにすわり、首を傾げた。

「以前、お目にかかったことがございますよね」

「いや。初めてだと思うよ」

あ、そうかとママは小さく口の中でいった。

「お顔を存じあげていただけですわ。失礼いたしました。ようこそいらっしゃいませ」

名刺をもってくるように近くのウェイターに命じた。

「新宿にはよくおいでになるのですか」

「やあ」

「いや」

私は首をふった。

「今は東京にもいないのでね。前の仕事をやめて、この仕事を始めようと決めたときに海の近くに小さな家を買った」

「じゃあ新宿は――」

「何年ぶり、というくらいだね」

私は届けられた名刺を受けとった。

「次にいつこられるかわからないけれど、いただいておこう。今日はお使いできた身なんだ」

「お使い？」

私は頷き、彼の名をいった。ママの目がわずかにみひらかれた。

「メッセンジャーに適役だと彼は思ったらしい」

ママの口元に笑みが浮かんだ。

「あの人らしいわ。先生がお使いをするなんて、確かに誰も考えないでしょうから」

私は微笑み、煙草をくわえた。ママがライターの火をさしだした。

「見張られているそうだね。警察か」

私は低い声でいった。

「ええ」

ママは頷いた。

落ちついた表情だった。

「でもわたしをつかまえるのが目的ではないみたい。つかまえられるような覚えもありませんし」

「なるほど。だから平然としているのか」

「理事長からわたしのことをお聞きになったのでしょう。昔は刑事さんと会うというだけでどきどきしたものですけれど、今はもうすっかり慣れてしまいました」

やくざと暮らしていれば、刑事とのやりとりはもちろん、逮捕、拘留などといった事態も大騒ぎするにはあたらない日常のできごととなってしまう、という口調だった。

「純粋に職業的な興味で訊こう。たとえ答えてもらえなくとも、この品はおいていく。何につかう金だい？」

ママは目をあげ、私を見すえた。

「身代金」

私は無言でママを見返した。

「先方の要求がドルなんです。それはたいした問題じゃありません。警察は噂を聞きつけていて、でてきたがっているみたいですけれど私にはその気はないんです。ばらばらにされた弟が帰ってきてもしかたがないから」

わずかに声が震えた。何が誓ってだ、私は理事長の言葉を思いだした。

「金を払っても、ばらばらにされるかもしれない」

私はいった。

「だとしても、わたしは後悔しないですみます。わたしたちが警察に怯えないように。刑事さんたちからすれば、わたしの弟の命なんてどうでもいい命かもしれない」

私はその言葉を嚙みしめた。世間的には、彼女の弟は、ただのクズということだ。

「金はあなたが自分でもっていくのか」

「そこまでお人好しじゃないわ。わたしもメッセンジャーを見つけたの」

「信頼のできる？」

「よくは知らない。でも業界の評判はいいわ。六本木のバーを事務所がわりにしている人なの。プロだという評判よ」

「プロね」

私はため息を吐いた。

「とにかくその人にこのお金を預けてみる。最悪の場合は、覚悟しているけど……」

私は頷いた。

「かかわった以上は、うまくいくよう願っている。できればもう一枚くらい、別のカードに張っておくことを勧めるが……」

三十分ほどしてから「オンディーヌ」をでた。歌舞伎町の雑踏をしばらく歩き、立ち止まった私は煙草に火をつけた。久しぶりの新宿の景色をのんびりと眺めたい、というのが自分へのいいわけだった。本音は、自分が知った事実にどう向きあうか決めかねていたのだ。

「失礼ですが――」

背が高く、うしろ髪をのばした男が私の前に立った。独特の目をしていた。人によっては、それを傲慢(ごうまん)と感じるかもしれない。見かけの線の細さとは裏腹に、しぶとさと妥協を容易にはうけ入れそうにない鋭さがあった。あくまでも自分の信念にしたがって行動するとその目は語っている。信念の内容を口にすることはめったにないだろうが。

彼が警察手帳を提示しても、私は驚かなかった。ただし刑事には珍しいタイプだとは思った。こんなに強い印象を外見から与える刑事はそう、いない。多くはありきたりのサラリーマンに見えるし、さもなければ犯罪者のような雰囲気を備えている者が多い。

「今、『オンディーヌ』にいらっしゃいましたね」

彼は単刀直入に私に訊ねた。

「いたよ」

瞬(まばた)きもせず、私を見つめた。

「よくいかれるのですか」

言葉づかいはあくまでもていねいだった。

「初めてだ。知りあいに勧められたんだ。ママが美人だというので」

彼の目で何かが反応した。私がゲームをしかけたことに気づいたのだ。

「ママにお会いになりましたか」

私は頷いた。

「話通りの美人だった。それにすごくしっかりしている。歌舞伎町であれだけの店を張っているのだから当然かもしれないが」

「彼女には弱みがあります」

私は無言で彼を見つめた。彼の表情がわずかだが柔らぐのに気づき、小さな驚きを感じた。

「彼女が商売熱心でしっかりしているぶん、甘えている身内です。やくざでもなければカタギでもない。ひどく中途半端な生き方をしていて、それが原因でトラブルに巻きこまれた」

「知りあいかね」

「いいえ。調べた結果です」

「警察は弟さんがどうなろうとたいして気にはしない、彼女はそう考えているようだ」

「ふつうの暮らしをしている人は、警察が日常に介入してくれば不安を感じるものです。しかし彼女はそうではありません。刑事は、日常的な〝敵〟だったんです。店に嫌がらせをしかけたり、定期的に生活の場に土足で踏みこんでくる。そう思っても不思議はありません」

「あなたもしたのか、それを」

彼は首をふった。

「今までは彼女とは接点がありませんでした。私は仕事以外で、管内のクラブに飲みにいくことはしないんです」

「珍しいね」

彼は答えなかった。私はいった。

「あなたがそれ以外の点でも、刑事として珍しいタイプなら、彼女はあなたを信頼するかもしれない」

「彼女の弟さんの生命に危険があることは知っています――」

「彼女は弟さんを無傷で助けたい。警察が介入すれば弟さんは殺されるかもしれない。それに、弟さんにも何らかの罪が問われるかもしれない」

私は彼の言葉のあとをひきついだ。彼は微笑(ほほえ)んだ。

「わかっていらっしゃるんですね」

「そうかもしれないと思っただけだ。私は彼女にもう一枚、カードを用意するように勧めた。あなたがそのカードになるかどうかは、あなたの彼女に対する誠意しだいだろう」

「誠意」

彼は笑みを大きくした。

「カタギの人の口からその言葉を聞くのは、うんと久しぶりのような気がします」

「そうかね」

「あなたは今、もう一枚の、といわれた。つまり、とりあえずのカードを彼女は手に入れたわけですね」

「ということになるな」

彼はつかのま考えていた。

「わかりました。感謝します」

「結果的に、彼女がよかったと思う形にあなたが動いてくれることを期待している。もっとも組織の中の一個人であるあなたには難しいか」

彼は一瞬の間をおき、いった。

「組織にはいますが、判断は私自身のものを常に優先するよう心がけています。後悔はしたくないので」

「その後悔は誠意ともつながっている？」

彼は微笑んだ。私は手をふった。

「これで用済みかな」

「あなたからうかがったことは、ママには話しません」

「別にいってくれてもかまわない」

彼の顔に怪訝そうな表情が浮かんだ。

「私にメッセンジャーをさせた人間は、私がお喋りであると計算した上で、役割をふってきたのだろうから」

彼にそれが理解できたかどうかはわからなかった。

六本木のバーにいた。東京にでてくると必ず立ち寄ることにしている店だ。誰かと待ちあわせをしたらしい、ひとりの若者がカウンターにいるだけだった。

まだ十代に見える。少年がバーにいることをとがめる気にはならないが、いかにも場ちがいだった。

少年は背のびすらしていない。細身の筋肉質の体に、ジーンズとヨットパーカーといういでたちは、彼のごく自然なふだん着のように見えた。

「何を飲んでいるんだ」

私の方から声をかけた。少年ははっとしたように私をふりむき、

「カルピス。おじさんが少年係りなら」

といった。グラスの中身は透明だった。

「刑事に見えるか？」

少年は肩をすくめた。目にユーモアの輝きがきらめいた。

「答その一。刑事にしてはお金持そう。その二、刑事だったら話しかけてはこない。その三、だからといって刑事じゃないと思うと、もっと恐い人だったりするから気は許せ

ない」

　私は笑った。

「若いわりにいろんな目にあっていそうだな。学生かね」

「都立高校の落ちこぼれです」

　私は少年の前の飲み物を指さした。

「同じものをもう一杯奢ろう。カルピスだとして――」

　少年はバーテンダーに頷いた。バーテンダーはバーボンのボトルをとりあげた。

「待ちあわせの相手は彼女かい」

「親父です、本物の。パパじゃなくて。あなたがそういう趣味には見えないけど」

　私は笑いだした。

「どんな親父さんだか興味があるね」

　少年は腕時計をのぞき、いった。

「たぶん、あと一時間もして、生きていれば現われると思います。今ちょっとロシアマフィアの親分のところに乗りこんでいる筈なので」

「ほう？」

　少年は肩をすくめた。

「ロシアマフィアと中国マフィアをケンカさせようと考えた国家権力のお先棒を担がされたんです」

「たいへんな役だな」

少年はため息をついた。

「たいへんじゃない仕事なんてしたことがないんです。家族にはいい迷惑ですよ」

「でも君はそれで、人より早く大人になったようだ」

少年は横目で私をにらんだ。

「同情してくれますか」

「いや。いいお父さんのような気がする」

「親父がきたら一杯奢らせます。なにせアルバイト学生なんで、懐ろに余裕がなくて」

店の電話が鳴った。バーテンダーが受話器をとり、相手の声に耳を傾けると、少年にさしだした。

「はいはい」

受話器を受けとった少年は軽やかな口調で答えた。が、すぐに口を尖らせた。

「何それ？」

「じゃ、無駄足だったわけ？」

「わかった。それじゃあ横にいるお金持風の紳士に奢ってもらうことにする」

そのみっつの会話を口にして、受話器をバーテンダーに返した。

少年は私をふりむいた。

「たまには国家権力も空振りするみたいです」

「どうした？」

「中国マフィアのところへ、先に乗りこんでいった人がいて全滅させちゃったそうです。なんだか別の件がからんでいたらしくて……」

「別の件？」

「中国マフィアが誘拐をしていて、その人質を助けにきたターミネーターみたいなおじさんがいたんです。親父がロシアマフィアをひき連れていく前に。結局、親父は新宿署の刑事さんと鉢合わせて、二人でロシアマフィアの相手をする羽目になったって。で、疲れたからもう帰って寝ると」

「人質は無事だったのかな」

「ええ。刑事が連れて帰ったって。金になんないって、ぼやいてました。親父の奴」

ほっとしたような表情だった。

「オンディーヌ」のママは、確かに腕のいいメッセンジャーを雇ったようだ。

少年がストゥールをすべり降りた。

「じゃ、僕も帰って寝ます。どうもごちそうさまでした」

「どういたしまして。親父さんによろしく」

いって私は煙草をくわえた。ぺこりと頭をさげ、少年はいった。

「あ、そういえば親父からおじさんへ伝言があるそうです。『お見限りだな』って。そういえばわかるといってました」

私は苦笑した。

「近いうちに会おう、そう伝えてくれ」

「近いうちですね」

少年は、くるりと瞳を回した。信じられない、そういいたげだった。

少年がでていくと、バーテンダーが控え目な咳ばらいをした。私は彼を見た。

「何だ？」

「先ほど別のお客さまがいらっしゃいまして、これをお渡しするようにと――」

カウンターの上に「はしづめ」と書かれた包装紙に包まれた箱が現われた。

「とてもおきれいな方でした。チャイナドレスのよく似合う――」

私は息を吐いた。

「帰りにラーメンでも食べていくとしよう、彼女の店で――」

忘れようとしなければ、探偵は長つづきしない。だが忘れてしまったものを他人が思いださせるような職業では、少なくともない。

それが今の私の仕事とはちがうところだ。

解説

細谷正充

正月にデパートをブラブラしていると、ワゴンに山積みされた福袋をよく見かける。あれを目にするたびに欲しいと思うのだが、たいがい女性客向きなので、手にするのを躊躇せざるを得ない。いくら値段以上のものが入っているからといって、女性用の商品ばかりでは、男の私が買っても無意味だからなあ。結局は、指をくわえて見ているだけになってしまうのが、ちょっと悔しい。

なぜそんなに、福袋が欲しいかというと、何が出てくるか分からない、ドキドキ感が大好きだからだ。そしてこのドキドキ感と同等の気分を味わえるのが、短篇集を繙く瞬間だ。なぜなら短篇集は、時にとんでもない宝物が入っている、小説の福袋なのだから。と、強引に話を繋げたところで『冬の保安官』である。本書は大沢ファンにとって、買って損のない、なんとも豪華な福袋となっているのだ。

内容に触れる前に、個々の作品の読みどころを、より深く理解するため、まずは作者のハードボイルド観を再確認しておきたい。

作者は「私にとってのハードボイルド」というエッセイで、ハードボイルドを〝惻隠の情〟〝傍観者のセンチメンタリズム〟と定義。さらにそれを補足して、〝ハードボイルドの主人公は、おおむねの場合、主テーマとなる事件に対して、第三者である。しかしさまざまな理由、多くは職業的なものによって、事件にかかわっていく。

その事件には本来的な関係者の個人史が動機、犯行手段などに大きく影響を落としている。したがって事件の解決のためには主人公は、それらの人々の個人史にわけいっていかなければならない〟

と述べている。といっても、作者は自身のハードボイルド観をシャクシ定規に守っているわけではない。むしろ、こうしたハードボイルド観を踏まえた上で、どこまで自分の作品が定義から逸脱できるのか、挑戦しているように見受けられるのだ。

たとえば表題作だが、主人公は事件そのものに踏み込まず、その輪郭をなぞるだけに終始する。これは、ハードボイルドの主人公が事件に対して傍観者の立場にあるという部分を拡大解釈したものといえよう。

本来、小説の主人公は物語の中心に位置するものだが、ハードボイルドの主人公は、メイン・テーマとなる事件の傍観者の立場にいることが多い。これはハードボイルドという小説形式が根本的にもつ矛盾である。誤解のないようにいっておくが、第三者の立場から事件にかかわるハードボイルドが悪いというのではない。しかし、そうした定形に満足できないあまたの作家は、この矛盾を解決するために、事件を探偵のトラウマと呼応させたり、肉親や親友の事件により探偵自身の問題など、さまざまな工夫を凝らしてきたのだ。

　そして作者も、この作品で定形を逸脱しているのだが、驚くべきは、先人が採用した手法と正反対のアプローチをしてのけたことだ。極力、主人公を事件とかかわらせないことにより〝傍観者のセンチメンタリズム〟に徹したハードボイルド・ヒーロー像を屹立させているのである。つまりハードボイルドが抱える矛盾に、斬新な角度からひとつの解答を導き出したのだ。

　こうしたハードボイルドに対する鋭敏な問題意識は「湯の町オプ」にも窺える。そもそもハードボイルドはアメリカの歴史・風土から生まれた文学であり、日本の風土には馴染まないと、昔からいわれ続けてきた。作者はそうした疑義を逆手に取って、ちょっと寂れた温泉街という、きわめて日本的な風景の中に、ハードボイルドな男を投げ込んでみる。そして純和風な風土でもハードボイルドが成立することを、さりげなく証明してみせるのだ。もちろんこれは、作者のセンスのよさと、しっかりしたハードボイルドの本質への認識があってこそ成功したアクロバットといえよう。

　お次は本書の目玉、ローズ・シリーズに目を向けたい。掲載誌の廃刊などさまざまな事情により「小人が哄った夜」「黄金の龍」「リガラルウの夢」の三篇しか書かれなかったが、いろいろな意味で話題性のあるシリーズとなっている。

　まずビックリさせられるのが、これがＳＦハードボイルドであることだ。時代は遥かなる未来。舞台は、宇宙でも最大級の歓楽都市惑星「カナン」の都市部中央に建つホテル「パレスオブプロミス」のホテル探偵ローズである。そして主人公は「カナン」。いきなり意表を突いてくれるが、やはりこれもハードボイルドらしからぬ舞台で、いかにハードボイルドを書くのかという、作者のチャレンジ精神の産物であろう。

さらにローズの人物造形も凝っている。とある事情から最悪の麻薬「ローズショット」の中毒者になった彼は、一定時間おきに「ローズショット」を摂取しなければ、死んでしまう体なのだ。しかも「ローズショット」を摂取する時間は、だんだん短くなっていく。つまりローズは常に死を見つめている、タナトスに彩られた主人公といえるだろう。SFとハードボイルドを融合させた背景には、こうした過激な設定を可能にしようという意図もあったように感じられる。

そしてもうひとつ留意すべきは、ローズがホテル探偵であることだ。大沢在昌とホテル探偵とくれば、熱心なファンには思い当たる節もあるだろう。そう、レイモンド・チャンドラーの短篇「待っている」の主人公トニー・リゼックだ。「トニー・リゼック」という、そのものズバリの題名のエッセイで、

〝何の縁もゆかりもない男女のために自分を張る、リゼックの姿に、僕はハードボイルドのエッセンスを感じた〟

と熱く語る作者にとって、彼は理想のハードボイルド・ヒーローなのである。だからローズの、ホテル探偵という設定には、トニー・リゼックへのオマージュが込められて

いるのだ。

おっと、肝心のストーリーだが、第一話で、立場の違う男同士の交情。第二話が、男と女の恋愛。そして第三話が、父娘の絆と、どれも人と人の心の繋がりを描いている点が、チェック・ポイントといえるだろう。このシリーズの狙いは、ローズ自身が気づいてないという〝自分の凍てついた上辺の内側にあるものを〟を、さまざまな人と人の繋がりを通じて表明していくことだったのではないかと、思われるのである。作者がラストで、ローズにどのような生と死を与えるつもりだったのか。今となっては想像するしかないのが、なんとも残念だ。

続く「ナイト・オン・ファイア」は、内容もさることながら、その発表形態が注目を集めた作品である。なんとこの作品は『NIGHT ON FIRE! 浅野ゆう子写真集』に掲載されたものなのだ。写真と小説をコラージュすることにより、新しい物語空間を創造しようとした試みが、実に作者らしい。

ところで、この写真集にはちょっとした思い出があるので、蛇足ながら付け加えておきたい。作者が写真集に小説を付けたことに、しばらく気づかなかった私は、当然ながら本を買い逃してしまった。その事実を知って慌てて探したけれど、新刊本ではもはや入手不可能。しかたがない、古本で探すかと思ったら、浅野ゆう子の人気が再燃したため、写真集の古書価も高騰。とてもじゃないが、短篇ひとつのために買うような値段ではなくなってしまった。「なぜ、よりによって浅野ゆう子の写真集に小説を書いたのだ。

ドチクショォォォ！」と血の涙を流したものである。おまけに友人と、古本屋巡りをしているとき、たまたま安く売っていた写真集（今でも覚えているぞ。値段は五〇〇円だった）を、目の前で友人に取られてしまったりと、踏んだり蹴ったりのていたらく。だから、この作品が本書に収録されたのを知ったときは喜んだね。

物語の方は、恋人と恋人の子供をアフリカのとある国の独裁者に虐殺された女性ロック・シンガーが、復讐のために単身立ち上がるという、バリバリの冒険小説だ。女性を主人公にした『相続人ＴＯＭＯＫＯ』『天使の牙』『撃つ薔薇』といった諸作の先駆けを成すものであり、その意味でも注目に価しよう。

そして巻末の「再会の街角」。これは冗談抜きで〝特別〟な書き下ろしだ。なんと作者が生み出した、三大シリーズ・キャラクター夢の共演である。

元失踪人調査員と、新宿警察署の刑事、そしてトラブルメーカーの親父に振り廻される高校生。名前こそ出てこないものの、誰が誰だか愛読者には一目瞭然だろう。まったく、こういう粋なお遊びをサラッとやってくれるから、大沢ファンはやめられないのだ。

ところで、作者の書くコミカル・ハードボイルドを偏愛する私としては、某シリーズの高校生が登場するのが、とにかく嬉しい。本書が刊行された平成九年といえば、既に〝新宿鮫〟の大沢在昌というイメージが確立されており、コミカルなハードボイルドは、まったく発表されなくなっていた。もうコミカル・ハードボイルドは書いてくれないのかとガッカリしていたところに、この作品だ。こっちの路線も忘れちゃいないぜ、という作者の表明と受け取り、欣喜雀躍したものである。まあ、その後、現在に至るまで某シリーズは復活していないのだが、この一篇があるために、いつの日にか再開されるという希望を、いまだに捨てきれずにいるのだ。だから私個人にとっても重要な、本当に特別な作品なのである。

なお「ジョーカーの選択」「カモ」に触れる余裕がなくなったが、こちらも他の収録作品に負けず劣らずの佳作だ。以上九篇、どれも大沢ハードボイルドのエッセンスが詰まった、極上品といえよう。まさに本書は、作者が大盤振る舞いしてくれた、短篇の福袋なのだ。

本書は、一九九七年六月に小社より単行本として、一九九九年十一月に文庫として刊行された作品の新装版です。

冬の保安官

新装版

大沢在昌

平成29年 1月25日　初版発行

発行者●郡司 聡

発行●株式会社KADOKAWA
〒102-8177　東京都千代田区富士見2-13-3
電話 0570-002-301（カスタマーサポート・ナビダイヤル）
受付時間 9:00〜17:00（土日 祝日 年末年始を除く）
http://www.kadokawa.co.jp/

角川文庫 20160

印刷所●旭印刷株式会社　製本所●株式会社ビルディング・ブックセンター

表紙画●和田三造

◎本書の無断複製（コピー、スキャン、デジタル化等）並びに無断複製物の譲渡及び配信は、著作権法上での例外を除き禁じられています。また、本書を代行業者などの第三者に依頼して複製する行為は、たとえ個人や家庭内での利用であっても一切認められておりません。
◎定価はカバーに明記してあります。
◎落丁・乱丁本は、送料小社負担にて、お取り替えいたします。KADOKAWA読者係までご連絡ください。（古書店で購入したものについては、お取り替えできません）
電話 049-259-1100（9:00 〜 17:00/土日、祝日、年末年始を除く）
〒354-0041　埼玉県入間郡三芳町藤久保 550-1

©Arimasa Osawa 1997, 1999　Printed in Japan

ISBN978-4-04-104918-1　C0193

角川文庫発刊に際して

角川源義

第二次世界大戦の敗北は、軍事力の敗北であった以上に、私たちの若い文化力の敗退であった。私たちの文化が戦争に対して如何に無力であり、単なるあだ花に過ぎなかったかを、私たちは身を以て体験し痛感した。西洋近代文化の摂取にとって、明治以後八十年の歳月は決して短かすぎたとは言えない。にもかかわらず、近代文化の伝統を確立し、自由な批判と柔軟な良識に富む文化層として自らを形成することに私たちは失敗して来た。そしてこれは、各層への文化の普及滲透を任務とする出版人の責任でもあった。

一九四五年以来、私たちは再び振出しに戻り、第一歩から踏み出すことを余儀なくされた。これは大きな不幸ではあるが、反面、これまでの混沌・未熟・歪曲の中にあった我が国の文化に秩序と確たる基礎を齎らすためには絶好の機会でもある。角川書店は、このような祖国の文化的危機にあたり、微力をも顧みず再建の礎石たるべき抱負と決意とをもって出発したが、ここに創立以来の念願を果すべく角川文庫を発刊する。これまで刊行されたあらゆる全集叢書文庫類の長所と短所とを検討し、古今東西の不朽の典籍を、良心的編集のもとに、廉価に、そして書架にふさわしい美本として、多くのひとびとに提供しようとする。しかし私たちは徒らに百科全書的な知識のジレッタントを作ることを目的とせず、あくまで祖国の文化に秩序と再建への道を示し、この文庫を角川書店の栄ある事業として、今後永久に継続発展せしめ、学芸と教養との殿堂として大成せんことを期したい。多くの読書子の愛情ある忠言と支持とによって、この希望と抱負とを完遂せしめられんことを願う。

一九四九年五月三日

角川文庫ベストセラー

感傷の街角　大沢在昌

早川法律事務所に所属する失踪人調査のプロ佐久間公がボトル一本の報酬で引き受けた仕事は、かつて横浜で遊んでいた"元少女"を捜すことだった。著者23歳のデビューを飾った、青春ハードボイルド。

漂泊の街角　大沢在昌

佐久間公は芸能プロからの依頼で、失踪した17歳の新人タレントを追ううち、一匹狼のもめごと処理屋・岡江から奇妙な警告を受ける。大沢作品のなかでも屈指の人気を誇る佐久間公シリーズ第2弾。

追跡者の血統　大沢在昌

六本木の帝王の異名を持つ悪友沢辺が、突然失跡した。沢辺の妹から依頼を受けた佐久間公は、彼の不可解な行動に疑問を持ちつつ、プロのプライドをかけて解明を急ぐ。佐久間公シリーズ初の長編小説。

かくカク遊ブ、書く遊ぶ　大沢在昌

物心ついたときから本が好きで、ハードボイルド作家になろうと志した。しかし、六本木に住み始め、遊びを覚え、大学を除籍になってしまった。そんな時に大沢在昌に残っていたものは、小説家になる夢だけだった。

天使の牙(上)(下)　大沢在昌

新型麻薬の元締め〈クライン〉の独裁者の愛人はつみが警察に保護を求めてきた。護衛を任された女刑事・明日香ははつみと接触するが、銃撃を受け瀕死の重体に。そのとき奇跡は二人を"アスカ"に変えた！

角川文庫ベストセラー

天使の爪 (上)(下)　大沢在昌

麻薬密売組織「クライン」のボス、君国の愛人の体に脳を移植された女刑事・アスカ。かつて刑事として活躍した過去を捨て、麻薬取締官として活躍するアスカの前に、もう一人の脳移植者が敵として立ちはだかる。

深夜曲馬団（ミッドナイトサーカス）　大沢在昌

フォトライター沢原は、狙うべき像を求めてやみくもに街を彷徨った。初めてその男と対峙した時、直感した……〝こいつだ〟と。「鏡の顔」の他、四編を収録。日本冒険小説協会最優秀短編賞受賞作品集。

シャドウゲーム　大沢在昌

シンガーの優美は、首都高で死亡した恋人の遺品の中から〈シャドウゲーム〉という楽譜を発見した。事故から恋人の足跡を遡りはじめた優美は、彼に楽譜を渡した人物もまた謎の死を遂げていたことを知る。

六本木を1ダース　大沢在昌

日曜日の深夜0時近く。人もまばらな六本木で私を呼び止めた女がいた。そして行きつけの店で酒を飲むうちに、どこかに置いてきた時間が苦く解きほぐされていく。六本木の夜から生まれた大人の恋愛小説集。

眠りの家　大沢在昌

学生時代からの友人潤木と吉沢は、千葉・外房で奇妙な円筒形の建物を発見し、釣人を装い調査を始めたが……表題作のほか、不朽の名作「ゆきどまりの女」を含む全六編を収録。短編ハードボイルドの金字塔。

角川文庫ベストセラー

一年分、冷えている　大沢在昌

人生には一杯の酒で語りつくせぬものなど何もない。それぞれの酒、それぞれの時間、そしてそれぞれの人生。街で、旅先で聞こえてくる大人の囁きをリリカルに綴ったとっておきの掌編小説集。

烙印の森　大沢在昌

私は犯罪現場専門のカメラマン。特に殺人現場にこだわるのは、"フクロウ"と呼ばれる殺人者に会うためだ。その姿を見た生存者はいない。何者かの襲撃を受けた私は、本当の目的を果たすため、戦いに臨む。

ウォームハート　コールドボディ　大沢在昌

ひき逃げに遭った長生太郎は死の淵から帰還した。実験台として全身の血液を新薬に置き換えられ「生きている死体」として蘇ったのだ。それでもなお、愛する女性を思う気持ちが太郎をさらなる危険に向かわせる。

B・D・T［掟の街］　大沢在昌

不法滞在外国人問題が深刻化する近未来東京、急増する身寄りのない混血児「ホープレス・チャイルド」が犯罪者となり無法地帯となった街で、失跡人を捜す私立探偵ヨヨギ・ケンの前に巨大な敵が立ちはだかる！

悪夢狩り　大沢在昌

未完成の生物兵器が過激派環境保護団体に奪取され、その一部がドラッグとして日本の若者に渡ってしまった。フリーの軍事顧問・牧原は、秘密裏に事態を収拾するべく当局に依頼され、調査を開始する。

角川文庫ベストセラー

未来形J　大沢在昌

その日、四人の人間がメッセージを受け取った。四人はイタズラかもしれないと思いながらも、指定された公園に集まった。そこでまた新たなメッセージが……差出人「J」とはいったい何者なのか？

秋に墓標を（上）（下）　大沢在昌

都会のしがらみから離れ、海辺の街で愛犬と静かな生活を送っていた松原龍。ある日、龍は浜辺で一人の見知らぬ女と出会う。しかしこの出会いが、龍の静かな生活を激変させた……！

魔物（上）（下）　大沢在昌

麻薬取締官・大塚はロシアマフィアと地元やくざとの麻薬取引の現場を押さえるが、運び屋のロシア人は重傷を負いながらも警官数名を素手で殺害し逃走。その超人的な力にはどんな秘密が隠されているのか？

ブラックチェンバー　大沢在昌

警視庁の河合は〈ブラックチェンバー〉と名乗る組織にスカウトされた。この組織は国際犯罪を取り締まり奪ったブラックマネーを資金源にしている。その河合たちの前に、人類を崩壊に導く犯罪計画が姿を現す。

アルバイト・アイ　命で払え　大沢在昌

冴木隆は適度な不良高校生。父親の涼介はずぼらで女好きの私立探偵で凄腕らしい。そんな父に頼まれて隆はアルバイト探偵として軍事機密を狙う美人局事件や戦後最大の強請屋の遺産を巡る誘拐事件に挑む！

角川文庫ベストセラー

アルバイト・アイ
毒を解け
大沢在昌

「最強」の親子探偵、冴木隆と涼介親父が活躍する大人気シリーズ！　毒を盛られた涼介親父を救うべく、東京を駆ける隆。残された時間は48時間。調毒師はどこだ？　隆は涼介を救えるのか？

アルバイト・アイ
王女を守れ
大沢在昌

冴木涼介、隆の親子が今回受けたのは、東南アジアの島国ライールの17歳の王女の護衛。王位を巡り命を狙われる王女を守るべく二人はある作戦を立てるが、王女をさらわれてしまい…隆は王女を救えるのか？

アルバイト・アイ
諜報街に挑め
大沢在昌

冴木探偵事務所のアルバイト探偵、隆。車にはねられ気を失った隆は、気付くと見知らぬ町にいた。そこには会ったこともない母と妹まで…！　謎の殺人鬼が徘徊する不思議の町で、隆の決死の闘いが始まる！

アルバイト・アイ
誇りをとりもどせ
大沢在昌

莫大な価値を持つ「あるもの」を巡り、右翼の大物、ネオナチ、モサドの奪い合いが勃発。争いに巻き込まれた隆は拷問に屈し、仲間を危険にさらしてしまう。死の恐怖を越え、自分を取り戻すことはできるのか？

アルバイト・アイ
最終兵器を追え
大沢在昌

伝説の武器商人モーリスの最後の商品、小型核兵器が行方不明に。都心に隠されたという核爆弾を探すために駆り出された冴木探偵事務所の隆と涼介は、東京に裁きの火を下そうとするテロリストと対決する！

角川文庫ベストセラー

生贄のマチ
特殊捜査班カルテット

大沢在昌

家族を何者かに惨殺された過去を持つタケルは、クチナワと名乗る車椅子の警視正からある極秘のチームに誘われ、組織の謀略渦巻くイベントに潜入する。孤独な潜入捜査班の葛藤と成長を描く、エンタメ巨編！

解放者
特殊捜査班カルテット2

大沢在昌

特殊捜査班が訪れた薬物依存症患者更生施設が、何者かに襲撃された。一方、警視正クチナワは若者を集めたゲリライベント「解放区」と、破壊工作を繰り返す一団に目をつける。捜査のうちに見えてきた黒幕とは？

十字架の王女
特殊捜査班カルテット3

大沢在昌

国際的組織を率いる藤堂と、暴力組織〝本社〟の銃撃戦に巻きこまれ、消息を絶ったカスミ。助からなかったのか、父の下で犯罪者として生きると決めたのか。行方を追う捜査班は、ある議定書の存在に行き着く。

作家の履歴書
21人の人気作家が語るプロになるための方法

大沢在昌他

作家になったきっかけ、応募した賞や選んだ理由、発想の原点はどこにあるのか、実際の収入はどんな感じなのか、などなど。人気作家が、人生を変えた経験を赤裸々に語るデビューの方法21例！

悪果

黒川博行

大阪府警今里署のマル暴担当刑事・堀内は、相棒の伊達とともに賭博の現場に突入。逮捕者の取調べから明らかになった金の流れをネタに客を強請り始める。かつてなくリアルに描かれる、警察小説の最高傑作！

角川文庫ベストセラー

てとろどときしん 大阪府警・捜査一課事件報告書 黒川博行

フグの毒で客が死んだ事件をきっかけに意外な展開をみせる表題作「てとろどときしん」をはじめ、大阪府警の刑事たちが大阪弁の掛け合いで6つの事件を解決に導く、直木賞作家の初期の短編集。

疫病神 黒川博行

建設コンサルタントの二宮は産業廃棄物処理場をめぐるトラブルに巻き込まれる。巨額の利権が絡んだ局面で共闘することになったのは、桑原というヤクザだった。金に群がる悪党たちとの駆け引きの行方は——。

螻蛄 黒川博行

信者500万人を擁する宗教団体のスキャンダルに金の匂いを嗅ぎつけた、建設コンサルタントの二宮とヤクザの桑原。金満坊主の宝物を狙った、悪徳刑事や極道との騙し合いの行方は⁉「疫病神」シリーズ‼

繚乱 黒川博行

大阪府警を追われたかつてのマル暴担コンビ、堀内と伊達。競売専門の不動産会社で働く伊達は、調査中の敷地900坪の巨大パチンコ店に金の匂いを嗅ぎつけると、堀内を誘って一攫千金の大勝負を仕掛けるが⁉

ハロウィンに消えた 佐々木譲

シカゴ郊外、日本企業が買収したオルネイ社は従業員、市民の間に軋轢を生んでいた。差別的と映る〝日本的経営〟、脅迫状に不審火。ハロウィンの爆弾騒ぎの後、日本人少年が消えた。戦慄のハードサスペンス。

角川文庫ベストセラー

新宿のありふれた夜　佐々木　譲

新宿で十年間任された酒場を畳む夜、郷田は血染めのシャツを着た女性を匿う。監禁された女は、地回りの組長を撃っていた。一方、事件を追う新宿署の軍司は、新宿に包囲網を築くが。著者の初期代表作。

鷲と虎　佐々木　譲

一九三七年七月、北京郊外で発生した軍事衝突。日中両国は全面戦争に。帝国海軍航空隊の麻生は中国へ出兵、アメリカ人飛行士・デニスは中国義勇航空隊として出撃。戦闘機乗りの熱き戦いを描く航空冒険小説。

くろふね　佐々木　譲

黒船来る！　嘉永六年六月、奉行の代役として、ペリーと最初に交渉にあたった日本人・中島三郎助。西洋の新しい技術に触れ、新しい日本の未来を夢見たラスト・サムライの生涯を描いた維新歴史小説！

北帰行　佐々木　譲

旅行代理店を営む卓也は、ヤクザへの報復を目的に来日したターニャの逃亡に巻き込まれる。組長を殺された舎弟・藤倉は、2人に執拗な追い込みをかけ……東京、新潟、そして北海道へ極限の逃避行が始まる！

逸脱　捜査一課・澤村慶司　堂場瞬一

10年前の連続殺人事件を模倣した、新たな殺人事件。県警を嘲笑うかのような犯人の予想外の一手。県警捜査一課の澤村は、上司と激しく対立し孤立を深める中、単身犯人像に迫っていくが……。

角川文庫ベストセラー

歪 捜査一課・澤村慶司
堂場瞬一

長浦市で発生した2つの殺人事件。無関係かと思われた事件に意外な接点が見つかる。容疑者の男女は高校の同級生で、事件直後に故郷で密会していたのだ。県警捜査一課の澤村は、雪深き東北へ向かうが……。

執着 捜査一課・澤村慶司
堂場瞬一

県警捜査一課から長浦南署への異動が決まった澤村。その赴任署にストーカー被害を訴えていた竹山理彩が、出身地の新潟で焼死体で発見された。澤村は突き動かされるようにひとり新潟へ向かったが……。

不夜城
馳星周

アジア屈指の歓楽街・新宿歌舞伎町の中国人黒社会を器用に生き抜く劉健一。だが、上海マフィアのボスの片腕を殺し逃亡していたかつての相棒・呉富春が町に戻り、事態は変わった——。衝撃のデビュー作!!

鎮魂歌（レクイエム） 不夜城Ⅱ
馳星周

新宿の街を震撼させたチャイナマフィア同士の抗争から2年、北京の大物が狙撃され、再び新宿中国系裏社会は不穏な空気に包まれた！『不夜城』の2年後を描いた、傑作ロマン・ノワール！

夜光虫
馳星周

プロ野球界のヒーロー加倉昭彦は栄光に彩られた人生を送るはずだった。しかし、肩の故障が彼を襲う。引退、事業の失敗、莫大な借金……諦めきれない加倉は台湾に渡り、八百長野球に手を染めた。

角川文庫ベストセラー

虚の王　馳星周

兄貴分の命令で、高校生がつくった売春組織の存在を探っていた覚醒剤の売人・新田隆弘。組織を仕切る渡辺栄司は色白の優男。だが隆弘が栄司の異質な狂気に触れたとき、破滅への扉が開かれた――。

長恨歌 不夜城完結編　馳星周

残留孤児二世として歌舞伎町に生きる武基裕。麻薬取締官に脅され引き合わされた情報屋、劉健一が、武の精神を蝕み暴走させていく――。大ヒットシリーズ、衝撃の終幕！

古惑仔　馳星周

5年前、中国から同じ船でやってきた阿扁たち15人。だが、毎年仲間は減り続け、残るは9人……。歌舞伎町の暗黒の淵で藻掻く若者たちの苛烈な生きざまを描く傑作ノワール、全6編。

弥勒世（上）（下）　馳星周

沖縄返還直前、タカ派御用達の英字新聞記者・伊波尚友は、CIAと見られる二人の米国人から反戦運動家たちへのスパイ活動を迫られる。グリーンカードの発給を条件に承諾した彼は、地元ゴザへと戻るが――。

走ろうぜ、マージ　馳星周

11年間を共に過ごしてきた愛犬マージの胸にしこりが見つかった。悪性組織球症。一部の大型犬に好発する癌だ。治療法はなく、余命は3ヶ月。マージにとって最後の夏を、馳星周は軽井沢で過ごすことに決めた。

角川文庫ベストセラー

殉狂者（上）　馳 星周

1971年、日本赤軍メンバー吉岡良輝は武装訓練を受けるためにバスクに降りたった。過激派組織〈バスク祖国と自由〉の切り札となった吉岡は首相暗殺テロに身を投じる――。『エウスカディ』改題。

鳥人計画　東野圭吾

日本ジャンプ界期待のホープが殺された。ほどなく犯人は彼のコーチであることが判明。一体、彼がどうして？　一見単純に見えた殺人事件の背後に隠された、驚くべき「計画」とは!?

探偵倶楽部　東野圭吾

「我々は無駄なことはしない主義なのです」――冷静かつ迅速。そして捜査は完璧。セレブ御用達の調査機関〈探偵倶楽部〉が、不可解な難事件を鮮やかに解き明かす！　東野ミステリの隠れた傑作登場!!

さいえんす？　東野圭吾

「科学技術はミステリを変えたか？」「男と女の〝パーソナルゾーン〟の違い」「数学を勉強する理由」……元エンジニアの理系作家が語る科学に関するあれこれ。人気作家のエッセイ集が文庫オリジナルで登場！

殺人の門　東野圭吾

あいつを殺したい。奴のせいで、私の人生はいつも狂わされてきた。でも、私には殺すことができない。殺人者になるために、私には一体何が欠けているのだろうか。心の闇に潜む殺人願望を描く、衝撃の問題作！

角川文庫ベストセラー

ちゃれんじ？　東野圭吾

自らを「おっさんスノーボーダー」と称して、奮闘、転倒、歓喜など、その珍道中を自虐的に綴った爆笑エッセイ集。書き下ろし短編「おっさんスノーボーダー殺人事件」も収録。

さまよう刃　東野圭吾

長峰重樹の娘、絵摩の死体が荒川の下流で発見される。犯人を告げる一本の密告電話が長峰の元に入った。それを聞いた長峰は半信半疑のまま、娘の復讐に動き出す――。遺族の復讐と少年犯罪をテーマにした問題作。

使命と魂のリミット　東野圭吾

あの日なくしたものを取り戻すため、私は命を賭ける――。心臓外科医を目指す夕紀は、誰にも言えないある目的を胸に秘めていた。それを果たすべき日に、手術室を前代未聞の危機が襲う。大傑作長編サスペンス。

夜明けの街で　東野圭吾

不倫する奴なんてバカだと思っていた。でもどうしようもない時もある――。建設会社に勤める渡部は、派遣社員の秋葉と不倫の恋に墜ちる。しかし、秋葉は誰にも明かせない事情を抱えていた……。

ナミヤ雑貨店の奇蹟　東野圭吾

あらゆる悩み相談に乗る不思議な雑貨店。そこに集う、人生最大の岐路に立った人たち。過去と現在を超えて温かな手紙交換がはじまる……張り巡らされた伏線が奇蹟のように繋がり合う、心ふるわす物語。

横溝正史ミステリ大賞
YOKOMIZO SEISHI MYSTERY AWARD

作品募集中!!

**エンタテインメントの魅力あふれる
力強いミステリ小説を募集します。**

大賞 賞金400万円

●横溝正史ミステリ大賞

大賞：金田一耕助像、副賞として賞金400万円
受賞作は株式会社KADOKAWAより刊行されます。

対象

原稿用紙350枚以上800枚以内の広義のミステリ小説。
ただし自作未発表の作品に限ります。HPからの応募も可能です。
詳しくは、http://shoten.kadokawa.co.jp/contest/yokomizo/
でご確認ください。

主催 株式会社KADOKAWA
角川文化振興財団

エンタテインメント性にあふれた
新しいホラー小説を、幅広く募集します。

日本ホラー小説大賞

作品募集中!!

大賞 賞金500万円

●日本ホラー小説大賞

賞金500万円

応募作の中からもっとも優れた作品に授与されます。

受賞作は株式会社KADOKAWAより刊行されます。

●日本ホラー小説大賞読者賞

一般から選ばれたモニター審査員によって、もっとも多く支持された作品に与えられる賞です。

受賞作は角川ホラー文庫より刊行されます。

対象

原稿用紙150枚以上650枚以内の、広義のホラー小説。

ただし未発表の作品に限ります。年齢・プロアマは不問です。

HPからの応募も可能です。

詳しくは、http://shoten.kadokawa.co.jp/contest/horror/でご確認ください。

主催 株式会社KADOKAWA
角川文化振興財団